푸른 낙엽

푸른 낙엽

초판 1쇄 인쇄 · 2023년 8월 10일
초판 1쇄 발행 · 2023년 8월 20일

지은이 · 김유경
펴낸이 · 한봉숙
펴낸곳 · 푸른사상사

주간 · 맹문재 | 편집 · 지순이 | 교정 · 김수란, 노현정 | 마케팅 · 한정규
등록 · 1999년 7월 8일 제2-2876호
주소 · 경기도 파주시 회동길 337-16 푸른사상사
대표전화 · 031) 955-9111(2) | 팩시밀리 · 031) 955-9114
이메일 · prun21c@hanmail.net
홈페이지 · http://www.prun21c.com

ⓒ 김유경, 2023

ISBN 979-11-308-2082-8   03810
값 18,000원

50
푸른사상
소설선

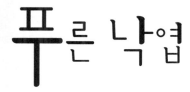

푸른 낙엽

김유경
소설집

푸른사상
PRUNSASANG

낙엽은 가을의 정취이자 낭만이다. 따사로운 햇살에 몸을 말려 한껏 가벼워진 나뭇잎들이 흙과 하나 될 채비로 같은 색깔을 띠고 땅에 눕는다. 저만 편안한 것이 아니라 사람들의 발걸음에도 넉넉한 부드러움을 준다. 겨울을 이겨내고 봄 여름을 알차게 살아낸 낙엽의 완성된 삶은 다시 땅과 합쳐서 나무를 살찌울 것이다. 무슨 여한이 있으랴.

하지만 비바람에, 갑작스러운 한파에 단풍으로 미처 물들지 못한 채 땅과 마주한 푸른 이파리들도 있다. 푸른 낙엽이다. 충만하고 완성된 결말이 아니라 때 이르게 땅에 팽개쳐진 푸른 낙엽은 안쓰럽고 처량하다.

푸른 낙엽을 닮은 이들이 있다. 탈북민이다. 그들은 북한이라는 나무에서 거센 폭풍에 휘말려 어쩔 수 없이 세상 밖으로 던져졌다. 뒹굴고 찢기고 피 터지는 고난의 여정을 거쳐야만 한국이라는 안식처에 안길 수 있다. 그 고단했던 탈북의 여정이 어떤 이는 조금 가볍거나 단축되기도 하지만, 목숨을 걸어야 하는 길이다.

북한을 떠나 무사히 국경을 넘는다고 탈북이 끝나지 않는다. 불법체류자 신분으로 중국 대륙을 가로지르고 몽골의 사막을 넘거나, 메콩강을 건너야 하는 기나긴 탈북 여정이 십 년 넘게 걸린 이가 수두룩하다. 그 나날들에 무슨 일인들 없었으랴. 그 힘없고 연약한 푸른 낙엽 중에 몽골 사막의 모래밭에 영영 파묻히거나 메콩강의 거센 물결에 흔적 없이 떠내려간 이들은 그 얼마이던가.

천신만고 끝에 한국에 왔지만, 탈북민의 고단함은 계속 이어진다. 도망자의 길은 끝난 것 같지만 불안은 새로워진다. 대한민국 주민등록증을 가진 국민이지만, 정체성을 두고 혼란스러워한다.

탈북민은 누구인가? 국민은 맞는데 2등 국민인가? 아니면 아웃사이더인가? 이방인인가? 아직도 부평초 같은 방랑자인가? 이름할 수 없는 소외감은 장마 습기처럼 몸에 늘 축축이 배어 있다. 이 세상의 변두리를 감도는 듯한 외로움에 뼈가 시리다. 자격지심인가?

그토록 자유와 문명을 갈망하였지만, 정작 광활한 기회 앞에 소심해지고 주눅이 든다. 알아서 경쟁에서 살아남는 자본주의가 낯설다 못해 두려운 것이 솔직한 심정이다. 많은 탈북민이 정착에 어려움을 겪고 사회 밑바닥 처지를 숙명으로 여긴다. 복지제도의 그늘에 숨어 기초생활수급자로 사는 이들이 적지 않다. 북한에서는 굶어 죽을 뻔했는데, 한국에서 이밥에 고깃국을 먹는 것만 해도 감사하지. 자유를 누리는 게 어디야. 중고차일망정 자가용 차가 있으니 인생 역전한 거지. 많은 탈북민의 자체 위안이 아닐까 싶다.

상대적 박탈감과 북한이 새겨 넣은 붉은 낙인을 지우지 못해, 자유를 찾아온 땅에서 자살한 이들도 있다. 차별이 싫다며 외국으로 떠난 이들, 우울증에 시달리는 이들도 많다. 먼저 찾아온 통일이라는 미사여구도 있지만, 정작 탈북민 사회는 어둡고 불안하다.

비관만을 말하자는 것이 아니다. 이 사회에 적응하려는 억세고도 열

정적인 퍼덕임은 분명 밝은 빛이다. 한국 사회가 호락호락하지 않지만, 재간껏 그 장벽을 넘으려 한다. 한국 문화와 문명, 선진 기술을 배우는 데 많은 에너지를 쏟는다. 생존과 직결되기 때문이다.

북한에서 교수였지만 용접 일을 배워 돈을 번다. 40대 아줌마가 머리 싸쥐고 공부하여 50대에 박사가 되어 끼이고 싶은 사회 포지션을 향해 억세게 몸을 비빈다. 음식 솜씨를 발휘해 식당 사장으로 성공한 이도 있다. 가능한 자격증을 많이 따서 여기저기 도전한다. 한국말을 빨리 배워 탈북민 티를 내지 않으려 애를 쓴다.

그렇게라도 이 사회에 발을 들이밀고 작지만 자기의 의자를 가진 탈북민이 삼만오천 명 중에 얼마나 될까. 탈북민이 알아서 이 사회에 잘 적응하는 게 정답이지만, 한국 토박이와 이 사회에 탈북민에 대한 이해와 연민을 바라는 것은 염치없는 생각일까? 어느새 탈북민에 대한 변명과 옹호를 말하고 푸념을 늘어놓게 된다. 양해를, 아니 용서를 바란다.

꺼이꺼이 찾아온 세상을 탓하고 싶지는 않다. 하지만 물 위에 기름처럼 탈북민이 이 사회와 어울리지 못한다면, 이 사회가 탈북민을 경원시하고 쉽게 받아들이지 않는다면, 통일은 얼마나 요원한 것인가! 북한 주민들은 통일이라는 말만 나와도 눈물이 글썽해진다. 통일 같은 큰 사변이 일어나야 지금의 각박한 운명에 변화가 생길 것 같은 막연한 갈망 때문이다. 그런데 남한에는 통일이 왜 필요한지 회의감을 가진 이들이 많다고 한다.

하지만 만약 8·15해방처럼 시대적이고 외적인 요인으로 북과 남이 하나가 된다면 거대한 물과 기름 덩어리가 맞붙게 될 것이다. 과연 어떤 물리적 반응이 일어날까? 왠지 섬뜩한 예감이 든다. 그 충격을 줄일 수 있는 방도가 이 사회와 탈북민이 어울리는 과정에 있는 것은 아닐까! 탈북민이 앞당겨 온 통일이라는 것은 결코 틀린 말이 아니다.

탈북민을 다문화로 보는 시선도 있지만, 언어도 문화도 뿌리도 같은 한민족이다. 다만 남과 북, 상반되는 두 제도를 삶으로 경험한 사람들일 뿐이다. 더 분명한 것은 대한민국 국민이라는 것이다. 그러니 탈북 디아스포라가 아니라 남한 사회에 녹아들어 같은 구성원으로 사는 것이, 가장 바람직한 일이라고 생각한다.

탈북민이 남한 사회에서 어떻게 살고 있는지는 북한 사람들의 큰 관심사라고 한다. 한류를 통해 북한 사람들이 한국을 동경한다는 것은 널리 알려진 사실이다. 목숨 걸고 한국 영화를 보고 문화를 따르려 한다. 동경은 곧 희망이다. 탈북민의 삶이 북한 사람들에게 희망을 주었으면 좋겠다.

대한민국에 대한 탈북민의 사랑과 자유에 대한 각성은 남다르다. 나 자신이 그러하니까. 한반도의 절반 땅에나마 자유롭고 선진적이고 미래 지향적인 사회가 존재한다는 것은 한민족의 커다란 행운이라고 생각한다. 그 경이로움이 짝사랑이 아니기를 소망한다. 탈북민의 애환을, 이해와 화합의 바람을 그리고 희망을 나의 소설에 담았다.

2023년 어느 봄날
김유경

내가 북한에 유별난 관심을 갖기 시작한 것은 스물여덟 해 전이었다. 박정희 시대의 반공 교육에 가려졌을 법한 북한의 참모습이 궁금하던 차였다. 1996년부터 옌볜 지역에 점증하는 탈북자들 취재에 나섰다. 베이징에서 북한 관리들을 만나 귀를 세웠다. 곡절 끝에 1998년에는 평양에 첫발을 디뎠다. 이후 십여 년 넘게 여러 차례 방북이 이어졌다. 북한 관리들은 남쪽 사람의 신변 안전에 이상이 생길까 우려한다며 시내 산책조차 막았다. 호텔도, 식당도, 가고 싶은 곳도, 만나고 싶은 사람도 내 의사를 반영하는 체하며 모두 그들이 정해주었다. 그래도 그들 어깨 너머로 주민들의 일상이 눈에 들어왔다. 등에 자루 같은 배낭을 메고 하염없이 걷는 사람들이 많았다. 나이가 어려도 계급이 높으면 늙은이에게 반말을 썼다. 평양 밖에 나갔다가 돌아올 때는 누구나 검문을 당했다. 북한의 모습은 내가 배우고 상상했던 것 밖에 있었다. 체험을 중히 여기던, 그런 시기에 김유경을 만났다. 김유경은 북한에서 조선문학가동맹 맹원으로 활동한, 극소수 탈북 작가 중 한 사람이다.

탈북 작가가 그런 북한을 소재 삼은 작품들을 쓰면, 대체로 '북한 인권 문학'으로 호칭된다. 북한에서의 삶과 목숨을 건 탈북 과정이 북한 밖의 시선으로는 그 자체로 인권 유린 현장이 되는 데 연유했으리라. 그러나 김유경의 소설들은 '인권문학'에만 머무르지 않는다. 탈북 이후 남쪽 생활에도 초점을 맞춘다. 평생 작은 둠벙에서 살던 물고기가 강을 만나면 어떤 삶을 살까? 소설들 속에는 낯섦이 익숙함을 지향하면서 겪는 아픈 시간들이 차분하게 담겨 있다. 단숨에 읽었다. 궁금증이 증폭된 탓만이 아니었다. 내 일상 속에서 시들어가던 공감대가 밤새 뜨겁게 일어난 탓이 더 컸다.

탈북자를 평범한 이웃이라고 한번도 생각해본 적이 없다는 듯 하찮게 여기는 사람들을 통해서, 아무렇지도 않게 음식을 버리는, 이해하려 하면서도 자꾸 가슴에 켕기는 남쪽 며느리의 생활 태도를 통해서, '원수님'의 품으로 돌아가자는 동생의 간절한 호소를 통해서 김유경은 북한 소재 문학의 새 지평을 열고 있다. 먼 후일 사람들이 김유경의 소설들을 다시 읽는다면, 이미 통일 이후의 남북 문화 충돌을 진지하게 고민한 작가가 있었음을 알게 될 것이다.

김유경의 유창하고 아름다운 필치가 펼치는 감동의 세계와 하룻밤 함께하기를 독자들에게 권한다.

2023년 초여름

이정 | 통일문학포럼 상임이사, 소설가

차례

평양손님

평양 손님

1

평양에서 천 리 넘게 떨어진 이 산골 농장으로 뜻밖의 손님이 찾아왔다. 천지개벽만큼 놀라운 일이었다. 부락 당비서가 문을 두드리며 수혁 동무 있소, 하고 불렀을 때만 해도 자기 아들 과외 수업 부탁하러 오는 줄 알았다. 부락 당비서는 맏아들이 남편의 과외를 받고 좋은 대학에 가자 재미를 붙였다. 시험 때가 되면 둘째 아들 과외를 종종 부탁해 오곤 했다. 과외 선생질은 공식적으로 못 하게 되어 있어 사람들 눈을 피해 어슬녘이면 찾아왔다. 낮에는 농사일하고 저녁에 과외 선생하는 건 어지간히 고단한 일이었다. 하지만 부락 당비서 부탁이라 거절할 수 없었다. 그 대가로 조금 쉬운 작업인 물 관리를 맡겨주었다. 남편은 군말 없이 부락 당비서의 집으로 건너가곤 했다.

오늘 저녁에는 뜻밖에도 평양 손님 한 분을 달고 나타났다.

"동무가? 허수혁 동무 맞소?"

남편과 마주 선 손님의 첫마디였다. 남편을 바라보는 손님의 입은 펑 뚫린 채 여며질 줄 몰랐다. 남편도 동시에 몸을 부르르 떨며 굳어졌다. 그들은 삼십여 년 전 함께 유학 생활을 했던 대학 동창이었다. 젊었을 때나 별로 변한 것 같지 않은 대학 동창의 급작스러운 출현에 남편은 놀랐고, 평양 손님은 옛 친구가 너무 몰라보게 변한 것에 입을 다물지 못했다.

평양 손님이 내 남편과 동갑이고 대학 동창이라는 게 나도 믿어지지 않았다. 기름기 도는 손님의 얼굴은 오십 대 중반임에도 별로 주름이 없고 희멀쑥했다. 말쑥하게 고급 양복을 차려입은 몸에서는 장년의 건장함이 물씬 풍겼다.

반면 남편은 그 나이에 벌써 머리가 허옇고 허리가 구부정했다. 얼굴은 햇볕에 타 까맣게 반들거리고 밭고랑 같은 주름이 얼기설기했다. 뼈가 치솟은 여윈 어깨는 색 바랜 작업복 안에서 소심하게 오르내렸다.

"중앙당에서 내려온 지도원 동지이시오. 수혁 아바이를 찾아오셨소."

부락 당비서는 불과 몇 년 위인 남편을 아바이라 불렀다. 하긴 남편은 누가 봐도 초췌한 시골 노인네였다.

반가움보다 당황한 표정이 역력한 남편과 달리 중앙당 손님은 벙글거리며 매끈하고 통통한 손을 내밀었다. 얼결에 마주 내밀던 남편의 손이 허공에서 엉거주춤 굳어졌다. 퍼런 힘줄이 불거지고 마디가 웅크린 남편의 바싹 마른 손등에는 검버섯이 돋아 있었다. 평양 손님은 주저하는 남편의 손을 얼른 당겨 잡으며 측은해하는 눈빛으로 바라보았다.

신고식처럼 어렵게 인사를 나눈 남편은 마른기침을 지으며 방으로 올라왔다. 뒤따라 들어온 평양 손님은 호기심 어린 눈으로 방안을 둘러보았다. 나는 괜히 창피한 생각이 들어 손님의 눈치를 살폈다. 뒷산 가문비나무를 켜서 친정아버지가 손수 만들어준 옷장이며, 그 위에 놓인 이불 두어 채, 벽에 못을 박고 걸어놓은 작업복들이 오늘따라 궁상스럽고 초라해 보였다.

　술상을 마주하고 앉은 두 사람은 더 뚜렷한 대조를 이루었다. 굵은 허리를 꼿꼿이 펴고 책상다리를 하고 앉은 평양 손님은 아랫사람을 내려다보는 상전처럼 거만해 보였다. 허술한 작업복 안에서 마른 등걸처럼 우적거리는 남편의 몸에서 살아 있는 건 눈빛뿐이었다. 빛은 바랬으나 여전히 서늘하고 예리한 남편의 눈빛은 조금도 손님에게 눌리지 않았다. 남편도 평양에 있었으면 손님보다 더 멋진 신사로 살았을 것을. 나는 괜히 심통이 치밀어 중얼거렸다. 양복을 멀쑥하게 차려입은 남편의 모습을 떠올리려니 도무지 상상되지 않았다. 하긴 그런 모습의 남편이라면 나 같은 시골 여자와 결혼할 리 만무했다.

　평양에서 남편을 왜 찾아왔는지 바싹 궁금해진 나는 부엌에서 안절부절못했다. 손님은 찾아온 목적을 선뜻 말하지 않고 대학 동창들 소식을 알려주며 이런저런 딴소리만 하였다. 주로 손님이 말을 하고 남편은 듣기만 했다. 남편은 동창의 갑작스러운 출현이 궁금하지 않은 듯했다. 어떻게 왔느냐는 질문마저 하지 않았다. 예고도 없이 찾아온 사람이 알아서 말하겠지 하는 태도였다. 워낙 상대방이 먼저 말 걸기 전에는 말을 하지 않고 좀처럼 속내를 드러내지 않는 사람이었다. 어쩌면 소 뚝심 같은 남편의 마지막 자존심일 수 있었다.

하지만 나에게는 평양 손님의 출현이 쥐구멍에 든 햇볕처럼 예사롭지 않게 느껴졌다. 데면데면한 남편의 태도에 은근히 등이 달았다. 남편 술잔은 조금 비워졌을 뿐인데 손님만 연거푸 술잔을 기울였다.

"그동안 자네는 어떻게 지냈나?"

평양 손님이 꼬집어 물어서야 남편은 고개를 들고 눈동자를 치떴다 다시 내리꽂았다.

"뭐, 보다시피 농군으로."

외마디 대답을 하고 입을 꾹 다무는 남편을 아연하여 바라보던 평양 손님이 종내 먼저 용건을 털어놓았다.

"자네에게 개과천선의 길이 열렸네. 당에서 평성 국가과학원 물리학연구소 연구사로 자네를 소환하려고 하네. 자넨 이미 러시아 유학 시절에 박사학위를 딴 수재가 아닌가. 자네 의향은 어떤가?"

나는 들고 있던 행주를 부엌 바닥에 떨어뜨렸다. 내 귀를 의심했다. 평양 손님이 농담하지 않는다면 이것은 나무꾼 앞에 드리워진 하늘의 두레박 줄만큼이나 희한한 천운이었다. 나는 막 소리치고 싶은 환희를 간신히 누르며 얼른 방으로 들어와 남편 옆에 앉았다. 그 희한한 소식을 가까이에서 듣고 싶었다. 실례라는 생각을 못 하고 손님의 얼굴을 빤히 쳐다보며 숨을 죽였다. 몸이 떨려 옆에 앉은 남편의 손을 더듬어 꼭 쥐었다. 남편의 손은 싸늘했다. 굳어진 얼굴은 조금 붉어진 듯했다. 남편이 혹시 듣지 못했나 하여 귀에 대고 속삭였다.

"여보, 당신을 평양에서 데려간대요."

허공을 헤매던 남편의 눈동자가 점차 흔들리기 시작하고 회색 안막에 한 돌기 한 돌기 물기가 짙어갔다. 툭 불거져 나온 울대뼈가 우적 우적 소리를 내며 오르내리고 마침내 고개를 푹 수그렸다. 남편의 애절한 통곡이 들려오는 듯하여 나의 귀가 멍해졌다. 그러나 남편은 호곡을 터뜨리지 않았고 돌부처처럼 고개를 숙이고 굳어져만 있었다. 내가 먼저 훌쩍거리며 눈물을 쏟았다.

"그래, 충격이 크겠지. 아직 믿어지지 않을 걸세."

남편은 천천히 고개를 들더니 어서 식사하자고 나직이 말했다. 남편의 얼굴은 속내를 가늠하기 힘든 무표정으로 다시 돌아왔다. 손님은 조금 아쉬운 표정이었다. 더 격렬하게 감격을 표하지 않은 데 대한 불만이 역력했다. 뜻밖의 반가운 소식을 가지고 온 손님에게 감사의 말 한마디 하지 않은 남편이 나도 불만스러웠다. 손님이야 오죽하랴. 나는 미안해 죽을 지경이었다.

"정말 감사합니다. 이 은혜를 어떻게 다 갚을까요. 정말 고맙습니다."

남편을 대신하여 내가 머리를 깊숙이 조아렸다. 남편이 끙 헛기침을 지으며 나를 자제시켰다. 저녁상을 치우고 마주 앉아서도 손님만 이런저런 얘기할 뿐 남편은 종시 침묵으로 일관했다. 벙어리 속 같은 남편의 속내를 도저히 짐작할 수 없었다. 손님만 없었으면 등짝을 한번 갈겨주고 싶었다. 그렇다고 내가 대화 상대로 나설 수 없으니 속에서 불이 일었다.

손님은 수혁 동무가 이렇게 변할 줄 몰랐다는 말을 거듭했다. 그만 고생하고 새로운 인생을 살라고 했다. 내가 괜히 눈물이 찔끔 나서 콧물을 연이어 들이켰다.

그럭저럭 조마조마한 시간이 흘러 잘 시간이 되자 나는 안도의 숨을 내쉬었다. 그윽한 달빛 속에서 잠자리에 나란히 누우면 서먹함도 덜해질 수 있었다. 얼굴을 마주 대했을 때보다 말이 쉽게 나오지 않을까. 윗방에 손님과 남편의 잠자리를 나란히 펴려고 서둘러 이불장에서 이부자리를 내렸다. 뻐금뻐금 마라초를 피우던 남편이 헛기침을 지으며 중얼거렸다.

"윗방엔 손님 자리만 펴오."

손님이 의아해하며 손을 내저었다.

"왜? 같이 자면서 오랜만에 회포나 풀자고."

"내가 코를 몹시 곯아서 그러이."

남편이 누그러진 어조로 말했다. 넌지시 바라보는 손님의 얼굴에 야유처럼 느껴지는 웃음기가 얼핏 스쳤다. 마지못해 이부자리를 아랫방으로 옮기려니 저절로 한숨이 나왔다. 남편의 옹고집이 답답하면서도 평양 손님과 자꾸 비교되고 측은하게 여겨지는 것은 어쩔 수 없었다.

코를 심하게 곤다는 것은 핑계였다. 차라리 코를 우렁차게 골았으면 마음이 덜 서글프겠다. 필경 향수 내를 물씬 풍기는 멀쑥한 평양 신사 옆에 고된 농사일로 쪼그라진 육신을 나란히 하기 싫었을 것이다.

청아한 밤새 소리가 창문을 흔들었다. 윗방 손님이 오히려 코를 골았다. 옆에 누워 뒤척이던 남편은 기척이 없었다. 왜소해진 몸을 모로 꼬고 잦아들듯이 노그라졌다. 자그마한 비닐 창문으로 들어온 푸르스름한 달빛이 남편의 몸에 얼룩무늬를 그렸다. 누렇게 변색된 담요를 덮은 남편의 몸이 오늘따라 자그마한 넝마 무지처럼 초라해 보였다. 알릴락 말락 오르내리는 모양만이 살아 있는 목숨이라는 것을 알게 했다. 밤이 퍽 깊은 것 같은데, 정신은 점점 새록새록 맑아지기만 했다.

2

삼십여 년 전 이른 봄날, 우리 농장에 처음 나타난 남편은 지금 모습과는 비슷하지도 않았다. 내가 분조장 된 지 얼마 안 되어, 평양 추방 가족을 우리 분조에 배치한다는 지시가 떨어졌다. 전해에 사망한 귀머거리 순돌 할매 집에 추방 가족을 들이라고 했다. 나는 추방 가족에 대해 비교적 소상한 정보를 알고 있었다. 당시 부락 당비서를 하던 큰아버지가 우리 아버지와 술을 마시면서 나누는 이야기를 들었었다.

"젠장, 골칫거리가 생겼네. 평양에서 추방되는 가족이 또 우리 농장에 내려왔어. 개성 지방 지주 출신인데, 지주가 큰아들을 데리고 월남하고 미처 월남하지 못한 지주 마누라는 작은아들을 데리고 북에 남았다는 거야. 지주 마누라는 사는 고장을 평양으로 옮기고 지금껏 폭격에 가족을 잃은 피난민으로 신분을 속이고 살았대. 평양에서 자란 지주의 작은아들은 간부로 발전했고 지주 손자는 웬만해서는 가기 힘든 유학까지 갔다는 거야."

"저런, 타도 계급이 출세하고 자식을 유학까지 보냈으면 누릴 건 다 누렸구만."

"지주 손자가 그렇게 소문난 수재였다네."

"아무리 수재면 뭘 하오. 이젠 이 산골에 와서 평생 농사를 지어야겠는데. 그런데 어떻게 신분이 들짱났다오?"

"한 고향 사람이 우연히 지주 마누라를 봤다는구먼. 신고했다나 봐.

지주 마누라하고 아들은 정치범 수용소로 가고 며느리하고 손자는 여기로 추방되었다네."

"그래도 가족까지 다 끌려가지 않은 게 다행이구면."

"며느리 쪽이 성분이 엄청 좋대. 그 가족도 언제 끌려갈지 모르지. 추방돼 왔다가 쥐도 새도 모르게 끌려가는 가족이 있지 않나. 젠장, 우리 농장이 뭐 반동 가족 추방되는 유배지인가? 쩍하면 추방 가족을 들이밀게. 내 군당에 가서 좀 들이받아야겠네."

큰아버지가 투덜거렸다. 나는 술상 심부름을 하며 추방 가족의 소설 같은 가정사를 눈을 반짝이며 흥미 있게 들었다.

추방 가족이 오는 날 오전에 분조원 한 명을 데리고 순돌 할매 집을 대강 수습했다. 사람이 들지 않은 낡은 집은 귀신의 집처럼 을씨년스러웠다. 사람을 무서워하지 않는 강아지만 한 쥐들이 대놓고 달리기를 했다. 매캐한 곰팡내가 코를 찔렀다. 부엌과 방 한 칸이 잇달린 집안은 군데군데 벽이 떨어져 패어 있었다. 찢어져 너풀거리는 천장 사이로 시커멓게 그을린 서까래가 해골처럼 드러나 보였다. 찌그러진 출입문 옆에 나란히 뚫린 창문도 앙상한 창틀만 붙어 있는 빈 구멍이었다.

급한 대로 당장 허물어질 것 같은 벽에 나무 받침대를 세웠다. 먼지가 석 섬인 집 안도 대충 쓸어냈다. 가마가 없이 시커먼 입을 쩍 벌리고 있는 부뚜막은 한산하기 이를 데 없었다. 끼니를 지어 먹자면 당장 가마며 땔나무가 있어야 했다. 반동인 주제에 평양에서 호강한 것들은 고생해봐야 한다고, 일을 거들던 분조원이 투덜거렸다.

늦은 오후에야 자그마한 나무 궤짝과 이불 보따리가 전부인 초라한

이삿짐을 실은 소달구지가 마을 길에 나타났다. 달구지 뒤로는 어머니와 아들로 보이는 두 사람이 고개를 푹 숙이고 절뚝거리며 따라오고 있었다. 어제 큰아버지가 이야기해준 바로는 여자는 지주 며느리일 테고, 청년은 지주 손자일 것이다.

소달구지 위에는 달구지꾼 조 영감이 흔들거리며 앉아서 풀풀 담배 연기를 날리고 있었다. 조 영감이 구성지게 뽑아내는 아리랑 곡조와 그들의 행색이 묘한 조화를 이루었다. 달구지는 순돌 할매 집 쪽으로 곧장 오고 있었다. 마을 길로 천천히 굴러오는 달구지 위 이삿짐을 창문 너머로 얼핏 보니 가마는 보이지 않았다. 마당에 소를 세우며 달구지꾼이 와와 하고 질러대는 군소리가 구멍 난 창문을 넘어왔다. 나는 얼른 마당으로 마주 나갔다.

다음 순간, 가까이 다가오는 그들을 무심결 바라보던 나는 헉 하고 숨을 들이마셨다. 그만 넋을 잃고 평양 청년의 모습을 빤히 쳐다보았다. 너무 눈이 부셔 바로 뜰 수가 없었다. 반고수 앞머리가 드리워진 희고 반듯한 이마 아래 영민해 보이는 두 눈이 슬픔에 젖어 더 그윽하고 기품 있어 보였다. 높고 곧은 콧날 아래 붉은 입술은 너무 매혹적이었다. 영화 화면에서 금방 걸어 나오는 것처럼 황홀한 자태였다. 아들과 나란히 들어서는 청년의 어머니 역시 우아하고 연약해 보였다.

나는 갑자기 심장이 벌렁거렸다. 무릎 나온 바지와 색 바랜 작업복을 걸친 튼실한 내 모습이 부끄러웠다. 조금 구겨지기는 했으나 그들의 옷은 나와는 비교 안 되게 세련되고 멋스러웠다. 내가 맛보지 못한 문명의 체취가 강하게 풍겼고 다른 세상 사람처럼 낯설었다. 추방 가족이기는 하나 아무나 살 수 없는 평양에서 온 사람들이요, 어느 모로 보나 시골 농장원인 나하고는 격이 다른 것 같았다. 동경심과 동시에 시기가 슬그머니 치밀었다. 저도 몰래 주눅이 든 나는 쭈뼛거리며 옆으로 물러섰다.

마당에 짐을 대강 내려놓은 조 영감은 추방 가족을 외면하고 서둘러 자리를 떴다. 방안을 정리하던 분조원도 추방 가족을 흘깃거리며 문둥병 환자를 피하듯 종종 가버렸다. 나 역시 손 털고 돌아서면 그만이었다. 초면에 이삿짐을 날라줄 만한 비위가 없었다. 추방 가족의 편의를 돌봐주라는 지시를 받은 적도 없었다. 하지만 차마 발걸음이 떨어지지 않았다.

이곳 사람들은 처음 추방 가족이 오면 곁을 잘 주지 않았다. 시골보다 호화롭게 잘 살았는데 어디 고생해봐라, 하는 심술기가 없지 않았다. 그보다는 추방 가족하고 어울리면 혁명성이 떨어진다는 평가를 받을까 봐 외면했다. 세월이 흐르면 추방 가족도 도시 사람의 태가 벗겨졌다. 자기들과 다를 바 없는 시골 사람이 되면 비로소 한 가족처럼 어울렸다. 시골 사람다운 텃세였다.

마당에 서서 한참이나 망연자실한 표정으로 집을 쳐다보던 그들 모자는 반나마 허물어진 흙마루에 털썩 주저앉았다. 절망에 빠진 그들의 모습을 보자 나는 동정심을 느끼며 가슴을 폈다. 그들은 불우한 사람들이고 약자였다. 과거는 화려했을지 몰라도 현실은 내가 우월하다고 생각하니 너그러워졌다. 자신감이 생겼다.

아무리 추방 가족이라고 해도 마을에 이사 오는 분조원을 아주 외면할 정도로 산골 인심이 야박하지는 않았다. 감자며 채소를 담은 바가지를 든 분조원 몇이 나타나 컴컴한 방안을 둘러보며 혀를 찼다. 자신들에게는 일상인 시골 생활이요 농사일이지만, 하얀 손을 가진 그들에게는 얼마나 고욕인가를 짐작하고 있었다.

그들에게 당장 필요한 것이 땔나무와 솥이었다. 우리 집 창고에 있던 자그마한 쇠가마 두 개가 떠올랐다. 이전에 쓰던 것인데 어머니가 큰 알루미늄 가마로 바꾸면서 창고에 넣어둔 것이었다. 그래, 그걸 가져다주면 되겠네.

나는 부리나케 집으로 달려와 창고를 뒤졌다. 한창 부스럭거리는데 어머니가 들어와 뭘 하느라 먼지를 피우느냐고 물었다. 새로 이사 온 집에 가마가 없어 쇠가마를 가져다주려고 한다며 눈치를 살폈다. 당시 산골에서 쇠가마는 귀한 물건이었다. 어머니가 요긴하게 쓰려고 건사한 것 같은데 의논 없이 마음대로 결정한 것이 마음에 걸렸다.

"오지랖이 넓기는, 쇠가마 버린 물건 아니야. 아무리 분조장이라도 추방 가족에게 함부로 인심을 쓰면 되겠냐?"

말은 그렇게 하셔도 어머니는 더 말리지 않으셨다. 나는 가마와 나무 몇 단, 이것저것 필요해 보이는 물건을 달구지에 싣고 순돌 할매 집, 아니, 이젠 평양 집이 된 그 오막살이로 서둘러 향했다. 그 후 동네에서는 그 집을 평양 집, 모자네 집이라고 불렀다.

다행히 내가 가지고 온 쇠가마가 그 집 부뚜막에 얼추 들어맞았다. 평양 집 아주머니는 나에게 고맙다고 몇 번이고 허리를 굽혀 인사했다. 악센트가 센 이 지방 말투와는 달리 상냥한 평양 말씨가 귀를 간질거렸다. 나는 가지고 온 등잔에 불을 붙이며 방안을 기웃거렸다. 그 집 총각이 눈에 뜨이지 않았다. 집을 둘러보는 척 뒷마당으로 가보았다. 순돌 할매가 살 때 작대기 몇 개를 꽂아 울타리라고 경계를 만들어놓은 뒤뜰에도 그는 없었다. 작대기 사이로 나와 잠시 사방을 둘러보았다.

집 뒤로 야트막한 산비탈 밭이 펼쳐졌다. 군데군데 녹지 않은 눈이 먼지를 뒤집어쓰고 졸아드는 몸을 버티고 있었다. 작년에 가을하고 버려진 누런 배추 떡잎들이 눅눅한 밭고랑에 눌어붙어 바람에 펄떡였다. 잔뜩 부풀어 오른 밭들은 디디면 발목까지 푹푹 빠졌다. 봄이 코앞에서 큰 숨을 내쉬고 있었다. 하지만 추방 가족은 혹독한 겨울 한복판에 서 있다는 생각이 문득 들었다.

밭이 끝나는 산자락 잡관목 사이로 그 사람이, 눈부신 자태의 평양 총각이 불쑥 나타났다. 총각은 삭정이 몇 가지를 어설프게 안고 울퉁불퉁한 밭 사이를 서툴게 걸어 내려왔다. 엉겁결에 마중 가려던 나는 부끄러움을 느끼며 얼른 집 모퉁이에 몸을 숨겼다. 마음 같아선 당장 달려가 삭정이를 받아 안고 싶었으나 옴짝할 수가 없었다. 비틀거리는 총각의 걸음걸이를 가슴 조이며 지켜만 보았다. 쌀쌀한 봄바람이 달아오른 나의 볼을 휘익 스치며 희롱했다.

그는 마당에 들어설 때까지 눈길을 땅에 박은 채 고개 한 번 들지 않았다. 그 후에도 그는 오랫동안 사람을 마주 보지 않았고 늘 눈길을 땅에 박고 다녔다.

상부로부터 평양 집에 제일 어렵고 힘든 일을 시키라는 지시가 내려졌다. 사실 제일 힘든 것은 소 밭갈이하는 일이었으나, 기술과 힘이 요구되는 그 일을 그들에게 맡길 수 없었다. 그보다는 금방 들판으로 옮겨진 여린 모와 같은 그들에게 차마 제일 힘든 일을 골라 시킬 수 없었다. 나는 그들에게 한껏 호의를 베풀고 싶었다. 하지만 상부와 대중의 눈 때문에 난감했다.

고민하다가 첫 작업 지시로 허물어진 논도랑 치는 일을 맡겼다. 우리 분조에서 제일 힘이 세고 날랜 청년 하나를 짝꿍으로 붙여주었다. 삽으로 도랑에 메워진 흙을 파내고 막돌로 둑을 쌓는 일은 쉽지 않은 중노동이었다. 대신 도급제 양을 조금 적게 주었다.

작업 첫날부터 문제가 발생했다. 저녁 작업 총화에서 팀을 이루었던 청년이 같이 일하지 못하겠다고 대놓고 까탈을 부렸다. 무슨 남자가 삽 하나 제대로 들지 못하는가, 그래도 밥이 입으로 들어가는지 모르겠다고 투덜거렸다. 추방 집 모자가 평양에서는 특권층으로 살아왔지만, 이 땅에서만큼은 토착민이 우세하다는 걸 과시하려는 듯 기세를 부렸다. 사람들은 구석에 옹송그리고 앉은 그들에게 노골적인 경멸의 눈길을 보냈다.

"처음 하는 일이라 서툴 수 있지요. 누군 뭐 배 속에서부터 일을 배워서 나왔수? 한 분조인데 서로 도와가면서 일하자고요."

나는 얼결에 그들을 감싸며 분조 사람들을 이해시키려 했다. 첫 고비만 넘기면 조만간 농장 일에 익숙해지리라 생각했다. 분조원들과 어울려주기를 기대했고, 그렇게 해달라고 몇 번이고 귀띔했다.

하지만 평양 집 모자는 오랫동안 일을 터득 못 해 말밥에 올랐다. 물과 기름처럼 사람들과 어울리지 못했다. 눈을 마주치지 않았고 묻는 말에 예, 아니요, 로 대답할 뿐 말을 섞지 않았다. 그 또한 오해와 미움을 사는 소지가 되었다. 촌사람을 우습게 여기는 건방진 것들이라고 입을 비죽거렸다.

평양 집 총각은 분조장인 내가 작업 지시하는 때조차 마주 보지 않았다. 내 말이 끝나면 고개를 꾸벅하는 것으로 대답했다. 같이 일한 지 몇 달이 되도록 그 총각의 말소리를 들은 적이 없었다. 잠자리에 누워서 그의 목소리를 상상해보곤 했다. 내가 좋아하는 그 영화배우처럼 중저음일까? 아마 목소리도 기가 막히게 좋겠지? 그의 아름다운 입에서는 분명 황홀한 목소리가 울려 나올 거야!

내가 먼저 그에게 말을 걸며 다가섰으나 평양 총각은 굳어진 얼굴로 외면하곤 했다. 그러는 그가 얄미웠지만, 총각이 우리 분조에 있다는 것만으로도 나는 좋았다. 아침마다 작업 조회를 할 때, 군중 속에서 흰 백합처럼 얼른 눈에 뜨이는 평양 집 총각을 보는 것이 즐거웠다. 매일 아침이 기다려졌다.

그들이 우리 농장에 내려온 지 반년이 되던 어느 날, 나는 그 총각의 목소리를 처음 들었다. 분조 사무실에서 하루 일 뒤처리를 하고 집으로 가던 길이었다. 평양 집 옆을 지나다가 가늘게 들려오는 흐느낌 소리에 발걸음을 멈추었다. 정전이라 평양 집 쪽창으로 희미한 등불만 불안하게 흔들릴 뿐 사방은 캄캄하였다. 마음 놓고 그 집 창가에 붙어서 귀를 기울였다.

"수혁아, 엄마 앞에서 그게 무슨 소리냐? 죽어버리고 말겠다니? 제발 그러지 마. 이를 악물고 견디노라면 좋은 날이 오지 않겠니? 희망을 잃지 말자, 수혁아."

평양 집 여인의 울음 섞인 목소리였다.

"희망이요? 아버지는 관리소에 끌려가 생사를 알 수 없어요. 전 영원히 흙이나 만지며 살아야 하고요. 무슨 희망이 있단 말이에요? 전 물리학자예요. 과학을 떠나서 무슨 사는 의미가 있어요? 살아도 죽은 목숨이지요. 정말 죽고 싶은 생각밖에 없어요.”

“아이고, 목소리를 낮추어라. 누가 들으면 어쩌려고, 수혁아!”

그들 모자의 흐느낌 소리는 오래 이어졌다. 기대선 차가운 흙벽을 통해 나의 몸이 눅눅히 젖어들었다. 보위원이 불쑥 나타날까 봐 두 눈을 부릅뜨고 사방을 노려보았다. 어둠이 그들의 대화를, 마음을 숨겨 주기를 바랐다. 그들의 슬픔과 고통이 내가 상상하지 못하게 크다는 것을 처음 느꼈다.

3

잠을 이루지 못하고 뒤척이며 평양 손님의 아침을 어떻게 차릴 것인지 고민했다. 저녁에는 얼떨결에 김치와 감자 찬 몇 가지로 얼추 상을 차렸다. 상상 못 하던 귀한 손님에게 아침까지 궁색하게 대접하고 싶지 않았다. 하지만 신통한 반찬거리가 없었다. 작년 봄에 따서 말린 고사리며 취나물을 물에 불구고 용돈을 마련하느라 아끼며 모으는 달걀이 전부였다. 깊은 산골이라 해물 한 꼬랑지 얻기 힘들었다. 아무래도 알 낳는 닭이라도 잡아야 했다. 알뜰히 키우는 닭 몇 마리는 한창 재미나게 알을 낳고 있는 젊은 놈들이라 목을 비틀기는 일렀다. 하지만 아깝지 않았다. 잠자는 남편을 흔들어 내일 아침 닭 한 놈 잡을까요? 물었다. 마음대로 하라고 무뚝뚝하게 대꾸하며 남편은 돌아누웠다.

아침을 하면서도 여러 번 손질이 헛나가고 그릇을 엎질렀다. 평생 산골을 떠나본 적이 없는 촌 여자가 영화에서 보던 화려한 도시에서 살게 되는 게 아닐까? 눈앞이 어질어질해지고 실실 웃음이 나왔다. 아버지에게 매 맞으며 기어코 남편과 결혼한 보람이 있었다. 아침밥이 거의 돼가고 있는데 손님이 부엌문을 기웃거렸다.

"세면을 어디서 할까요?"

"여긴 촌이라 세면장이 따로 없어유. 제가 대야에 물을 담아 드리리다."

"이 친구, 남편은 어디 가셨나요?"

"집 뒤 감자밭으로 간 것 같아요. 새벽이면 주변 뙈기밭을 돌아보는 습관이 있어서요."

"허, 수혁 동무가 정말 농군이 다 되었군요."

손님은 어푸어푸 세수하고 혼자 빈방으로 들어갔다.

"에구, 오늘은 손님하고 세수도 함께하고 오순도순 이야기를 나누면 좋으련만, 손님을 팽개치고 새벽부터 뭔 밭인고? 밭을 돌보다 죽은 귀신이 붙었는지 원."

미안하고 민망하여 혼자 투덜거렸다. 손님 접대를 소홀히 하는 남편이 안타깝다 못해 미욱하게 생각됐다. 인생 역전의 희소식을 가져온 귀인이 아닌가. 농장원인 남편이 아득히 높은 신분인 중앙당 지도원을 소 닭 보듯 하는 배짱에 기가 막혔다. 평생을 같이 살아왔지만 깊은 우물 속 같은 남편의 속내는 알다가도 모를 것 같았다. 일생일대 행운을 남편이 망칠까 봐 몹시 조마조마했다.

남편을 찾아 집 뒤 감자밭으로 달려갔다. 아니나 다를까 남편의 굽은 등이 무성한 감자 순 사이로 보였다. 시퍼렇게 독이 오른 감자 순 짬으로 남편의 회색빛 등이 작은 바윗돌처럼 편안히 자리 잡았다. 연줄연줄 마을을 둘러싼 산발들이 보얀 아침 햇살에 싸여 서서히 기지 개를 켜고 있었다. 감자밭 북돋아주기가 끝났으니 지금쯤 생기기 시작한 잎벌레를 잡는 것 같았다. 벌레가 잠에서 깨어나기 전에 잡으면 훨씬 효과가 좋아 이맘때면 이른 아침마다 벌레를 잡곤 했다.

가까이 가보니 남편은 놀이에 빠진 소년처럼 재미있는 표정을 짓고 벌레를 잡고 있었다. 끝이 뭉툭하고 투박한 손이 유능한 외과 의사 집게처럼 정확하고 재빨리 벌레를 잡아내는 양이 신기했다. 다른 때 같으면 태생이 농사꾼인 나보다 더 기막히게 땅과 어울리는 남편을 흐뭇하게 바라보았을 것이다. 그러나 오늘은 궁상맞게 보이기만 했다. 어서 내려가자고 몇 번을 소리쳐서야 남편은 느릿느릿 자리에서 일어났다.

아침상을 물리자 평양 손님은 섭섭한 기색이 역력한 얼굴로 남편과 마주 앉았다.

"자넨 아직도 행운이 믿어지지 않나 보군. 자넨 드문 행운아야."

손님의 말이 조금은 야유적으로 들렸다. 남편은 비로소 이마의 주름을 잡으며 눈을 치떴다.

"행운아라고? 내가?"

"그렇다니까. 이제 곧 소환장이 떨어질 걸세. 이젠 물리학연구소에 가서 자네 꿈을 마음껏 펴야지!"

굽은 허리를 펴는 남편의 눈가에 굵은 주름이 잡히며 눈이 가늘어졌다.

"꿈? 내가 물리학연구소에 가서 뭘 한단 말인가?"

"물리학 박사가 물리학연구소에서 뭘 할지 모른단 말인가?"

"물리학 박사라? 하하······."

남편 웃음소리가 턱없이 높아졌다.

"이 사람이? 생각나나? 대학 2학년 때인가? 시험 문제를 풀지 못해 고심하는 나에게 뒤에 앉았던 자네가 답변을 적은 쪽지를 몰래 전했던 일 말이야. 사실 그땐 고마웠다기보다 수치감에 자네가 얄미웠네. 하하······ 참 오래전 일이지만."

평양 손님은 남편과 친밀감을 과시하려는 듯 학창 시절 콤플렉스까지 털어놓았다. 왠지 평양 손님이 많이 초조해 보였다.

"난 다 잊었네. 지금은 보다시피 농사꾼이지. 평생 농사만 지었다네."

"자네 심정은 이해되네. 그래서 당에서는 자네에게 재생의 길을 열어준 게 아닌가. 자네가 과오를 충분히 뉘우치고 혁명화되었을 것이라고 판단하고 말일세."

남편은 쓴 것을 삼킨 듯 얼굴을 찡그렸다. 허공을 쳐다보는 눈가에 서서히 물기가 번들거렸다. 어금니가 빠진 홀쭉한 볼은 경련하듯 푸들거렸다. 말없이 마라초 한 대를 말아 연거푸 연기만 내뿜는 남편의 눈에 아득한 구름이 몰려왔다.

4

과오, 혁명화, 나의 인생에도 뼈저리게 한이 맺힌 낱말들이었다.

"이년아, 그 사람은 엄중한 과오를 범하고 혁명화로 추방된 사람이야."

내가 평양 집 총각에 대한 짝사랑에 빠져 결혼하게 해달라고 부모님께 고백했을 때 아버지는 대번에 빗자루부터 집어 들었다.

"이런 정신 빠진 년 봤나? 새빨간 우리 집 출신 성분에 흙탕물을 섞고 싶어 환장했냐? 그 사람하고 결혼하는 순간 너의 큰아버지도 부락 당비서 자리에서 쫓겨날 거고, 군 보위부에서 일하는 네 사촌 오라비랑 평양 호위국에서 복무하는 네 동생이랑 다 촌으로 쫓겨올 수 있다는 걸 몰라? 이 미친년아!"

아버지는 동네 사람들이 들을까 큰소리는 못 치고 이를 갈며 나직하게 독설을 내뿜었다.

"그 사람은 성실하고 진실한 사람이에요. 그 사람이 죄를 지은 건 아니잖아요."

"닥치지 못해! 반동분자 자식은 평생 반동분자야. 안 되겠다. 그 빌어먹을 평양 집 사람들을 당장 다른 분조로 옮겨달라고 형님한테 말해야지. 네년 때문에 집안에 망조가 들겠어."

"제발 그러지 말아요. 그 사람은 아무것도 몰라요. 다 나 혼자 생각이에요."

"이런 미친년을 봤나!"

아버지는 사정없이 빗자루를 휘둘렀다. 나는 매를 피해 집을 뛰쳐나왔다. 발걸음은 어느새 평양 집 쪽으로 옮겨졌다. 마음 같아선 그 집으로 달려가 총각의 품에 안겨 실컷 울고 싶었다. 그러나 실은 그 총각과 사랑은커녕 인간적인 대화조차 변변히 나누지 못했다. 그냥 나 혼자 반해 가슴을 태우던 참이었다.

물웅덩이에서 개골, 개골……. 목청을 돋우는 개구리마저 그만, 그만, 하고 만류하는 것 같았다. 애꿎은 개구리에게 돌멩이를 던지며 훌쩍거렸다. 설사 평양 집 총각의 마음을 얻어도 결혼이 쉽지 않다는 것을 비로소 실감했다.

평양 집 앞에 다다른 나는 더는 발걸음을 옮기지 못하고 수수떡 같은 전등불이 비치는 그 집 뙤창을 하염없이 바라보았다. 방안을 왔다 갔다 하는 총각의 모습이 언뜻 보였다. 갑자기 눈물이 좔좔 흘렀다. 평양 집 총각에 대한 짝사랑은 날이 갈수록 포기되기는커녕 바람 맞은 산불처럼 더 활활 타 번졌다. 벼르던 끝에 어느 날, 평양 집 총각을 개울가로 불러내는 데 성공했다. 그럴듯한 일 구실을 댄 것이다.

"동문, 날 어떻게 생각해요?"

"뭘, 말입니까?"

"난, 동무를……, 동무하고……."

나는 말을 이을 수 없었다. 온몸이 걷잡을 수 없이 와들와들 떨리고 도저히 말이 되지 않았다. 게다가 눈물까지 줄줄 흘러내렸다. 다행히 어둠이 나의 딱한 모양을 감추어주었다. 그만 홱 돌아서서 허둥지둥 도망쳤다. 분조 사무실로 달려와 캄캄한 빈방에서 화끈거리는 얼굴을 싸쥐고 발을 동동 굴렀다. 너무 창피하고 속상하여 눈물만 자꾸 쏟아졌다. 이 순간을 얼마나 벼르고 기다려왔던가. 만나면 해야 할 멋진 말을 줄줄 외우며 공상에 빠져 있던 시간이 하나도 소용없게 되었다.

그때 일을 생각하면 저절로 웃음이 나왔다. 이제는 아련한 추억이 되었지만, 당시 남편하고 결혼하기까지 참으로 힘겨운 일이 많았다. 일단 얼어붙은 남편의 마음을 얻는 데 일 년이 넘게 걸렸다. 사촌 형제에게 피해가 간다고 결사적으로 반대하는 큰아버지와 가족들 때문에 또 일 년이 흘렀다.

평양 집 총각의 마음을 얻고 한창 정분이 나 돌아치던 때였다. 그날은 평양 집 아주머니가 관리 사무실 경비를 서는 날이었다. 나는 총각과 같이 있고 싶어 그의 집을 찾아갔다. 구실은 분조 경영 일지 정리를 도와달라는 것이었다.

그동안은 야밤에 개울가나 야산 언저리 숲에서 만나곤 했다. 전등불이 환한 방안에 마주 앉게 되자 둘 다 얼굴이 달아오르고 몸이 굳어졌다. 숲속에서 입을 맞추고 서로의 몸을 더듬던 짓거리를 떠올리며 눈길을 허둥댔다. 어색해 쩔쩔매는 우리를 구원해주려는 듯 마침 정전이 되었다.

어둠은 용감성과 자유를 주었다. 평양 총각과 나는 하나가 되어 뒹굴기 시작했다. 그날 처음으로 남자의 몸을 알았다. 아픔과 희열로 온몸이 달아오른 순간, 막 흐느끼며 총각을 그러안았다. 나 자신보다 그를 더 사랑하고 있다는 것을 확신했다.

그때, 갑자기 계시오? 하고 격하게 부르는 소리가 들려왔다. 아버지 목소리였다. 밤늦게 들어오지 않는 딸이 틀림없이 평양 총각의 집에 있을 것이라 짐작하고 찾아온 것 같았다. 평양 집 아주머니가 경비를 선다는 것은 아버지도 알고 있었다. 우리는 화들짝 놀라며 어둠 속에서 손더듬이로 옷을 찾았다. 인기척을 느꼈는지 아버지가 쾅쾅 문을 두드리기 시작했다. 덜커덩 문고리가 벗겨지고 짝, 하고 문이 벽에 부딪혔다. 눈뿌리 빼는 손전지 조명이 겨우 급한 데만 가린 우리 알몸을 사정없이 들이비쳤다.

"이런 쌍 미친 연놈을 봤나. 니들 오늘 죽어봐라."

거친 욕을 퍼부으며 길길이 날뛰던 아버지는 창문 밑 낮은 책상 위 두꺼운 책을 집어 들어 우리 쪽을 향해 사정없이 던졌다. 날쌔게 몸을 피하는 바람에 날아온 책은 벽에 딱 하고 부딪치고 다시 방바닥에 태를 쳤다.

"이년, 죽고 싶지 않으면 당장 집으로 와. 오늘 결판을 내자."

아버지는 벌거벗은 우리를 상대로 차마 더 행패를 부리지 못하고 으름장을 놓고 돌아가버렸다. 나는 북받치는 설움과 분노로 총각의 목을 그러안고 왈칵 울음을 터뜨렸다.

그런데 총각은 위로를 바라는 나를 와락 밀치더니 방바닥에 절반으로 쪼개져 뒹구는 책을 집어 들었다. 자잘한 꼬부랑 글이 빼곡히 쓰인 알지 못할 책이었다. 볼썽사납게 절반으로 쪼개진 책을 집어 든 총각의 손은 풍을 만난 사람처럼 후들후들 떨렸다. 이어 뚝뚝 눈물이 책 위에 떨어졌다. 죽은 자식이라도 되듯 책을 가슴에 그러안고 통곡을 터뜨리기 시작했다. 그 울음이 얼마나 비통하고 애절했던지 순간적으로 고깝게 생각했던 나까지 그만 울어버렸다.

그 책은 평양에서 유일하게 건져온 물리학 서적이었다. 추방 당시 생활에 필요한 초보적인 가장집물만 가져올 수 있었다. 서재에 빼곡한 책은 가져올 엄두를 내지 못했다. 책은 그의 희망이고 분신이고 사랑이었다. 그래서 부엌세간 하나를 버리는 대신 좋아하는 책 하나를 간신히 건져왔다.

그 책은 물리학에 대한 그의 끈질긴 미련이었다. 과거에 대한 유일한 향수고 그리움이었다. 그는 몇 년이 지나도록 그 가냘픈 끈을 놓지 못하고 있었다. 몸은 이곳에 서서히 적응해갔지만, 마음은 계속 이방인으로 방황하고 있었다. 그날 그의 마음을 어렴풋이나마 느낄 수 있었다.

5

그에게서 그 미련의 끈이 완전히 끊어지기 시작한 것은 결혼하고 나서부터였다. 토박이인 나와의 결혼은 그가 이곳에 완전히 뿌리를 내렸다는 상징과 같았다. 이곳 생활인습의 아주 세세한 부분까지 맞아들이게 되는 과정이었다.

어느 날인가, 남편이 책을 찢어 담배를 말아 피우는 것을 보게 되었다. 나는 깜짝 놀라며 책을 빼앗았다. 이제는 여기 사람으로 서서히 변해가며 이전의 모습을 잃어가는 남편이었다. 내가 반했고 동경했던 문명 세계의 말끔한 모습은 찾아보기 힘들었다. 그 책만이 과거의 유일한 증표 같아서 오히려 내가 더 소중히 여겼다. 아버지가 찢어놓은 부분을 읍에 가서 산 흰 종이로 정성스레 붙이고 애지중지 보관했다. 그런데 다른 사람도 아닌 남편이 그 책을 찢어 담배를 말다니, 분노마저 느꼈다. 남편은 서글픈 웃음을 지으며 책을 달라고 손을 내밀었다.

"아무짝에도 쓸모없는 책이오. 담배를 말아 피우니 맛이 기막히군."

남편은 그 책을 쪼개어 동네 남정들에게 나누어주었다. 자신도 일 년 넘게 담배 종이로 사용했다. 그 책이 없어짐과 동시에 과거의 남편은 완전히 사라졌다. 빛이 발산하던 흰 얼굴은 허울 같았다. 원래 타고난 것은 구릿빛 얼굴인 듯 늘 검게 번들거렸다. 곧고 보폭이 단정하던 걸음새도 다리를 벌리고 느릿느릿 걷는 농사꾼 걸음새로 변했다.

모델처럼 훤칠하던 몸매도 점차 구부정한 몸매로 변했다. 희고 매끈하던 손은 마디가 툭툭 불거지기 시작했다. 벌레를 봐도 몸을 움츠리던 그가 작대기를 휘둘러 뱀이며 쥐를 때려잡았다. 단정한 평양 표준말이 조심히 흘러나오던 아름다운 입술로는 이랴, 이 소새끼야, 빌어먹을, 하는 상말이 거침없이 나왔다. 희고 가지런한 치아는 마라초 연기에 절어 누렇게 변했다. 힝힝 손으로 코를 풀고 벅벅 가려운 데를 긁었다.

남편은 다듬거나 추스르지 않고 시골 농촌이 빚는 대로 조용히 적응해버렸다. 이 고장 농군과 조금도 다를 바 없는 모양새가 되었다. 내 가슴을 끓게 했던 그 달콤한 향수는 흔적 없이 사라졌다. 섭섭했지만 대신 친근감을 자아내는 새로운 모습으로 변했다. 남편은 땅이 하는 말을 알아들을 줄 알았다. 소와 다정한 친구로 지낼 줄 알았다. 야들야들한 어린 싹을 자식처럼 사랑했고 가을의 열매를 거두며 행복한 미소를 지을 수 있었다.

남편이 땅과 농사에 더욱 집념하게 된 데는 우리 사이에 자식이 생기지 않은 데도 있었다. 나는 아이를 낳아주지 못해 늘 미안해했지만, 남편은 한 번도 내색하지 않았다. 다른 시집 같으면 구박과 시비가 따랐을 것이나 시어머니는 오히려 나를 위안해주었다. 무척 착한 분이셨다. 내가 당신의 아들과 결혼해준 것을 늘 감사하게 생각하셨다.

하지만 더 감지덕지하게 생각한 것은 나였다. 나에게 남편은 하늘에서 뚝 떨어진 왕자 같은 신랑이었다. 나 같은 촌 여자는 처음 보는 꼬부랑 글씨를 쫼쫼 내리읽는 박사고, 명문대 출신에 유학까지 다녀온 뛰어난 수재였다. 겉모습은 초라해도 대쪽 같은 심지가 박힌 너무도 멋진 남편이었다. 그가 아무리 농군으로 변해도 남편에 대한 긍지는 나의 마음속에 언제나 소중히 간직되어 있었다.

시어머니는 사망하는 마지막 순간까지 나를 자기 아들을 구원해준 은인이라고 말했다. 출신 성분이 새빨간 내가 정치범 추방자 가족인 당신의 아들하고 기를 쓰고 결혼한 것에 대한 감사의 표현이었다. 실지 나와 결혼하지 않았으면 그들 모자는 자칫 정치범 관리소로 끌려 갔을 뻔했다.

우리가 결혼한 지 일 년 안 되어 부락 당비서인 큰아버지가 아버지와 나를 불렀다. 큰아버지는 남편을 산청 수집 가는 사람에게 딸려 빨리 산속으로 보내라고 했다. 농장에 부과된 중앙당 선물 과제 중 산청이 있어 해마다 사람을 산으로 들여보내곤 했다. 한창 신혼에 깨가 쏟아지는 때라 나는 싫다고 떼를 썼다.

"철딱서니 없는 년, 기를 쓰고 그 사람과 결혼하더니 온 가문을 아예 정치범 가족으로 만들 작정이냐? 너 남편하고 정치범 관리소로 가겠냐? 아니면 이혼당하고 평생 청상과부로 살 거냐? 그러지 않겠으면 당장 시키는 대로 해."

큰아버지가 주먹으로 방바닥을 두드렸다. 그때에야 사태의 심각성을 깨달았다. 남편에게 심상치 않은 위험이 닥쳐오고 있었다. 추방 가족 중 지방 보위원의 출세용 먹잇감으로 억울하게 걸려든 사람들이 종종 있었다.

그들 모자가 우리 분조에 내려온 지 얼마 안 되어 담당 보위원은 그 작업을 시작했다. 아직 산골 농사에 서툰 그들은 본의 아니게 농사일에서 여러 가지 실수를 했다. 비료를 잘못 주기도 하고, 논에서 풀을 뽑는다는 것이 벼를 뽑아버리기도 했다. 논물을 잘못 대서 벼가 며칠씩 앓기도 했다. 강연회나 교양 시간에 지쳐 졸기도 했다. 이 모든 것이 의도적인 파괴 행위나 반항으로 차곡차곡 문건에 기록되고 있었다. 천만다행으로 군 보위부에 있는 사촌오빠가 담당 보위원의 음모를 눈치채고 귀띔해왔다. 가문에 비상이 걸렸다. 이대로 손놓고 있다가는 남편이 그 보위원의 촉수에 걸려드는 건 시간문제였다. 더 약점을 잡기 전에 남편을 산으로 피신시키려는 것이 큰아버지 작전이었다. 부락 당비서여서 가능한 일이었다.

"너도 뒤따라 산으로 들어가서 아예 몇 년간 남편하고 벌을 치면서 당분간 얼씬도 하지 마라. 대신 벌을 치는 데서 사고가 생기면 안 된다."

큰아버지는 소태 씹은 인상을 하면서도 자상히 타일렀다. 자기 아들 출세 때문에 등이 달아서 한 조치지만 눈물겹도록 고마웠다. 미우나 고우나 혈육이었다.

다음 날, 얼추 차비한 남편이 산청을 전문 채취하는 짝꿍과 집을 떠났다. 실타래처럼 꼬불꼬불한 산길로 남편은 허둥지둥 멀어졌다. 나는 눈물을 좔좔 쏟으며 갈린 소리를 질러댔다.

"여보, 한 달 후에 나도 갈게요! 기다리오!"

청청 하늘엔 잔별도 많고요, 요 내 가슴엔 먹물만 찼네……. 짝꿍의 건드러진 노랫가락이 산자락으로 메아리쳤다. 나는 발돋움하며 남편의 모습이 작은 막대기처럼 보일 때까지 하염없이 바라보았다.

6

우리 부부는 산에서 벌을 치며 몇 년을 살았다. 그 사이 큰아버지와 아버지는 사태를 수습하여 남편을 열성 농민으로 만들어놓았다. 그 시련의 날들은 백로와 오리처럼 어울리지 않을 것 같은 우리를 끈덕진 찰떡궁합으로 만들어버렸다. 나의 백로는 완전히 오리로 변해버렸다. 대신 남보다 세월을 빨리 탔고 일찍 쪼그라들었다. 이제 그에게 무엇이 남았을까? 그의 마음에 물리학에 대한 열정과 사랑이 다시 깃들 수 있을까? 이전의 그 수재로, 물리학 박사로 돌아갈 수 있을지 나도 미심쩍었다.

아무리 그렇다 해도 남편에게 평양 소환은 절대 놓쳐서는 안 될 행운임이 분명했다. 그런데 남편은 나와 생각이 다른 것 같았다. 남편의 무덤덤한 태도가 몹시 불안했다. 당의 배려가 고맙다는 둥 그 흔한 말조차 하지 않고 완강히 침묵을 지키는 남편이 안타까웠다. 대신 내가 한껏 송구한 표정을 지으며 손님에게 머리를 조아렸다. 평양 손님은 남편의 시큰둥한 태도를 분명 못마땅해하는 듯했다.

"당에서는 허 동무가 과학자의 꿈을 이루도록 배려해주었는데 반갑지 않은가?"

평양 손님이 꼬집어 물어서야 남편은 침착히 대꾸했다.

"난 이미 과학자가 아니네. 이젠 물리학 공식도 가물가물하지. 머리가 굳어질 대로 굳어졌고 내일 모레면 환갑이야."

손님은 잠시 난감한 표정으로 남편을 주시하다가 단호한 어조로 말했다.

"누구든 당의 지시를 흥정할 수 없다는 건 자네도 잘 알지 않나. 고 맙게 생각하고 군소리 없이 평성으로 갈 차비를 하게."

남편의 미간이 슬며시 접혔다.

"글쎄 난 자신이 없다니까. 과학자가 아니라 농군이라고."

"설마 소환에 불응하겠다는 건가? 지금 투정을 부리는 건가?"

남편은 대답을 안 하고 끙, 소리를 내며 자리에서 일어나더니 주섬 주섬 작업복을 입기 시작했다.

"여보, 오늘은 일하러 나오지 않아도 된다고 했수. 어디 가우?"

내가 남편의 옷자락을 황급히 붙잡았다.

"여우골 논에 물을 더 대야 하오."

"난 오늘 평양으로 돌아가야 하네. 날 배웅하지 않으려나?"

"미안허이. 잘 가게."

남편은 기어이 문을 열고 나섰다.

"아마 너무 갑작스러워 그럴 거예요. 상상 못 하던 일이고, 저 양반 성미가……."

나는 변명을 늘어놓았다. 평양 손님은 입을 꾹 다물고 눈썹을 가운 데로 모았다. 남편의 소환을 당장 취소할 것만 같아 심장이 후들거렸 다. 잠시 생각에 잠겼던 손님이 휙 자리를 차고 일어나 윗방으로 올라 갔다. 상의를 입고 짐을 챙기며 두어 번 헛기침을 지었다. 손님의 거 동에서 불만 가득한 속내가 역력히 느껴졌다.

잠시 후, 두 손을 맞잡고 한껏 송구한 표정을 지은 부락 당비서가 나 타났다. 집을 나서며 잘 있으라는 인사를 건네는 손님의 어투는 쌀쌀 하기 그지없었다. 주눅이 든 나는 몇 발자국 뒤에서 따라가며 연신 사방을 둘러보았다. 이제라도 남편이 나타나 손님을 배웅해주기를 바라서였다. 하지만 남편은 종시 나타나지 않았다. 손님은 뒤 한 번 돌아보지 않고 마을 어귀에서 대기하는 트랙터 조수석에 올라앉았다. 농장에 하나뿐인 트랙터는 군까지 갈 수 있는 유일한 고급 운송 수단이었다.

집으로 돌아온 나는 손님이 들었던 윗방을 괜히 두리번거렸다. 한바탕 폭풍이 휘몰고 지나간 듯 머리가 어지러웠다. 황홀한 꿈을 꾸다가 깨어난 것처럼 이틀 사이의 일이 비현실적으로 느껴졌다. 손님이 뿌렸던 향수 냄새가 아직도 방안에 맴돌았다. 하지만 집 안의 모든 것은 예전 그대로였다. 마당에서 암탉이 급하게 울어대는 소리가 들렸다. 알을 낳은 모양이었다. 공중에서 빙빙 돌아가던 유희 기구에서 땅에 내려온 듯 비로소 현실 감각이 되살아났다.

문득 앉은뱅이책상 위에 덩그러니 놓인 하얀 것이 눈에 띄었다. 촌에서는 보기 힘든 고급 종이를 차곡차곡 접은 쪽지었다. 가슴이 후드득 뛰었다. 서둘러 쪽지를 펼쳤다. 매끄러운 종이 위에 사선으로 휘갈겨 쓴 듯 글자들이 화난 듯 삐딱하니 줄지어 있었다.

이런 말을 하면 안 되지만, 친구로서 진실을 말해주지. 사실 허 동무가 정말 유능하거나 당에 꼭 필요해서 찾은 건 아니네. 전쟁 때 남조선으로 월남한 허 동무 백부가 미국에 살고 있다고 하네. 고령의 백부가 죽기 전에 동생인 허 동무의 아버지를 만나고 싶어한다네. 자기 동생과 가족을 만나게 해주면 조국에 헌금을 내겠다고 했다네. 그러니 허 동무는 조국의 이익을 위해 평성 과학원에서 의젓한 과학자로 백부를 만나야 하네. 만약 소환에 불응하면

허 동무는 백부를 만날 수 없게 될 것이고, 조국에 두 번 다시 죄를 짓게 되겠지! 그런데 정작 자네를 만나보니 백부가 과연 허 동무를 과학자로 믿어줄지 심히 걱정되더군. 자네가 너무도 몰라보게 변해서 무척 안쓰러웠네. 잘 있게.

뒤통수를 세게 얻어맞은 것처럼 머리가 띵해졌다. 삼십 년 넘게 막돌처럼 버려졌던 남편을 평양에서 급작스레 찾은 놀라운 진실이 밝혀졌다. 남편의 억울한 과거에 대한 사과나 보상의 소환이 결코 아니었다. 남편의 재능을 높이 사서도 아니었다. 단지 백부에게 동생의 가족이 건재해 있다는 것을 보여줄 필요 때문이었다.

게다가 오만과 야유로 가득한 평양 손님의 편지라니! 대학 때 남편이 자기에게 시험 답안 쪽지를 건넸다고 하던 평양 손님의 말이 생각났다. 그런데 이따위 폭탄 같은 쪽지로 보답하다니, 남편이 겪은 온갖 고생이 모두 평양 손님의 탓인 듯 그에 대한 미움이 폭죽처럼 터졌다.

"고약한 양반! 잔인한 것들! 내 남편이 뭘 잘못했는데?"

문을 박차고 밖으로 나온 나는 평양 손님이 사라진 마을 길 쪽을 향해 걸쭉한 욕설을 퍼부었다. 그리고 온몸의 힘을 손끝에 모아 쪽지를 갈기갈기 찢어버렸다. 바람에 실린 종이 쪼가리들이 검불처럼 허공으로 흩어졌다. 남편도 언젠가는 상부의 의도를 알게 되겠지만, 일단 쪽지의 내용을 함구하기로 했다. 남편이 또다시 상처받는 것을 더는 볼 수 없었다.

남편은 어둑어둑해서야 집에 들어섰다. 손님이 잘 갔는지 묻지조차 않았다. 이제는 남편의 시큰둥한 태도가 오히려 다행으로 여겨졌다. 저녁을 차리며 남편이 불쌍하다는 생각에 자꾸 눈물이 치솟았다.

며칠 후, 도당, 군당을 거쳐 농장 부락당에 남편의 소환장이 떨어졌다. 예상대로 남편은 소환에 응하지 않았다. 농사가 아닌 다른 일은 자신이 없고, 과학원에서 꽈다 놓은 보리짝으로 살기보다는 반생을 산 이 땅에서 여생을 보내겠다고 했다. 집 뒷산에 묻은 어머니를 두고 갈 수 없다는 것도 이유의 하나였다. 인생 말년에 낯선 생활환경에 적응하기 힘들다는 남편의 말에 전적으로 공감이 갔다. 나 역시 평생을 살아온 이 고장을 떠나 생소한 도시에서 살 자신이 없었다. 남편을 왜 소환하려는지 알고 있는 나로서는 이 소환에 응하지 않는 것이 작은 복수라도 되듯 통쾌하기까지 했다.

하지만 평양에서 떨어진 소환장의 파급력은 대단했다. 온 마을이 술렁이었고 우리를 바라보는 눈빛이 달라졌다. 어깨가 으쓱해졌다. 내 남편이 평양에서 다시 찾는 대단한 사람이라는 것, 우리 가족이 사회 성분이 나쁘지 않다는 것을 동네에 뽐낸 것만으로도 충분했다. 환갑을 바라보는 나이에 어린애 같은 생각을 한다고 혼자 웃었지만, 그동안 쌓인 설움을 결코 잊을 수 없었다. 가족과 동네의 따돌림을 받으며 남편과 결혼한 나로서는 뼈저린 만족이었다.

자유인

자유인

1

자유인의 첫인상은 숙련된 외교관 느낌이었다. 조금 창백하고 기름한 얼굴에 날카로우면서도 잔잔한 웃음기가 섞인 깊은 눈빛은 범상치 않은 기운을 풍겼다. 육십 대 중반 나이답지 않게 날렵하고 꼿꼿한 자세는 그를 훨씬 젊어 보이게 했다. 허리를 곧게 펴고 정중히 고개를 숙이는 깍듯한 인사 자세는 외교에 물젖은 신사풍이었다. 한국 사회와 문명을 낯설어하는 여느 탈북민들과 달랐다. 외래어도 대번에 알아들었고 문화적 이질감도 별로 느껴지지 않았다. 속내를 짐작하기 힘든 사람이었다. 무척 조용했지만 계속해서 나의 눈길을 끌었고 관심이 가는 사람이었다.

강원도 속초경찰서 보안과 신변 보호 담당관인 나에게 온 서류에는 그의 간단한 경력만 적혀 있었다. 평양기계대학을 졸업하고 함흥 어느 기계공장 엔지니어로 일했으며, 퇴직 후 생활난으로 탈북하였다는 짧은 이력이었다. 그는 하나원에서 집을 배정받을 때 바닷가로 가기를 희망했고, 속초에 오게 되었다. 그가 배정받은 임대주택은 아파트와 빌라, 전원주택이 혼재해 있는 속초 도시 중심부에 있었다. 바닷가에서 사 킬로 정도 떨어진 곳이었다. 그는 나이 많고 혈육이 없어 기초생활수급자로 등록되었다.

그가 나의 관할 구역으로 온 지 일 년이 안 되던 어느 날이었다. 늦은 오후에 나는 도서관에 갔다가 우연히 그를 보게 되었다. 외국 도서들이 진열된 책장 앞에 서 있었는데, 안경을 끼고 집중해서 책장을 뒤적이고 있었다. 진회색 긴 코트를 단정히 입고 희끗희끗한 머리를 차분히 빗어 넘긴 모습이 노교수 같았다. 책갈피를 따라 빠르게 움직이는 예리한 눈빛에서는 범접하기 어려운 카리스마가 풍겼다. 호기심이 동한 나는 슬그머니 다가갔다. 버티고 서서 움직이지 않자 그가 책에서 눈길을 떼고 나를 바라보았다. 조금 놀라는 표정이었다. 갑자기 그의 이름이 생각나지 않아 그냥 선생님이라고 불렀다.

"선생님, 이건 어느 나라 도서인가요? 영어권은 아닌 것 같은데요?"

"독일어입니다. 독일 통일에 관한 도서여서……."

"대단하시군요. 독일어를 잘하시는가 봅니다."

"조금요……."

말은 그렇게 하면서도 도서관에서 그 책을 빌렸다. 그와 이야기를 나누고 싶어 함께 저녁 식사를 하자고 요청했다. 잠시 망설이는 것 같더니 두말없이 응했다. 우리는 주변의 해물탕 식당에서 마주 앉았다. 음식과 소주 한 병을 주문했다. 술 한 잔이 들어가자 나의 궁금증이 바로 튀어나왔다.

"선생님은 북한에서 독일어를 전공하셨는가요? 독일 도서를 원서로 보시는 수준이니 말입니다."

"대학 때 좀 배웠습니다."

"탈북민 중 평양 일류 대학을 졸업한 사람이 꽤 있지요. 그렇다고 다 외국 도서를 원서로 보는 수준은 아니지요. 한국 토박이 사람들도 마찬가지고요. 외국에서 유학했거나 외교관을 했다면 모를까 말입니다."

"책 하나 본다고 질문이 너무 집요하신데요? 형사님."

그는 바로 선을 그어버렸다.

"실례했습니다. 근데요, 제가 술 한 잔 들어가서가 아니라 왠지 선생님한테는 자꾸 관심이 갑니다. 선생님은 저에게 뭔가 궁금증을 유발하신다니까요."

"저 같은 늙은이한테 관심을 가져서는 뭐 하게요."

"선생님이 예사롭게 보이지 않으니 그러지요, 왠지 평범한 분 같아 보이질 않는단 말입니다."

"형사님도 사람을 잘못 보는 실수를 하시는가 봅니다."

"그럴 수도 있지요. 하지만 선생님은 뭔가 큰일을 하실 분 같은데 일부러 초야에 묻히려 작정하신 것 같다고 할까요? 어딘가 깊은 내공이 느껴지는데 그게 뭔지는 딱히 모르겠고. 암튼 선생님은 엄청 미스터리해 보이신다니까요."

"허허, 괜한 오해를 하시는군요. 전 그냥 별 볼 일 없는 평범한 늙은이에요. 한국을 위해 세금 한 푼 낸 적이 없이 복지 혜택만 받는 짐 같은 노인네지요."

그의 말대로 그냥 소박한 사람일 수 있었다. 술이 몇 잔 들어가자 빈틈이 없어 보이던 그의 자세가 조금 흐트러졌다.

"요즘 저는 평생 저를 칭칭 감았던 화려한 쇠사슬이 얼마나 무겁고 끔찍하였는지 절감하고 있지요. 저는 자유인으로 살 겁니다. 그것만으로도 운명에 감사하고 있지요."

그의 눈빛이 그윽하게 빛나며 촉촉해지기까지 했다. 진심을 말하는 것 같았다. 화려한 쇠사슬이라는 표현에는 뭔가 깊은 사연이 있는 듯했다. 자신을 자유인이라고 지칭하는 것이 예사롭지 않았다. 탈북민을 많이 만나보았지만, 자신을 자유인이라고 지칭한 사람은 없었다. 그가 하는 진지한 말에서나 툭툭 던지는 어투에서는 감출 수 없는 지성이 느껴졌다.

이 이해하기 힘든 탈북민 노인은 묘한 매력으로 나를 끌어당겼다. 기꺼이 그를 도와주고 싶었다. 여러 사회단체에서 지원하는 물자며 김치, 쌀 등을 꼭꼭 챙겨서 그의 집에 가져다주었다. 점차 그와 나는 형사와 탈북민 관계를 넘어 특별한 사이가 되었다. 언제부터인지 나는 농담 삼아 그를 자유인 선생으로 부르게 되었다. 어지간히 가까워졌음에도 그의 과거를 한마디도 듣지 못했다. 친해지면 살아온 이야기를 털어놓는 여느 탈북민과는 달랐다.

날이 흐르면서 자유인의 생활 반경이 조금씩 넓어졌다. 그는 속초 휴양지에 소속된 바닷가 관리원으로 아르바이트를 하였다. 하는 일은 바닷가에 버려진 쓰레기를 줍거나 텐트족들에게 자릿세를 받는 일이었다. 월급이 칠십만 원 조금 넘는다고 흡족해하였다. 오래된 중고차를 하나 샀는데 자신이 번 돈으로 장만했다고 어린애처럼 좋아하였다. 나이가 있었지만, 운전면허 시험도 단번에 통과했다. 운전 솜씨도 초보답지 않게 아주 능숙하였다.

이따금 만나서 식사하면서 조금씩 변해가는 그의 모습을 느꼈다. 창백하던 얼굴은 바닷가 바람과 볕으로 검실검실하게 변했다. 검은색 점퍼에 유니폼 조끼를 걸친 모습은 그냥 평범한 관리원으로 보였다. 그는 관리원 일을 즐기는 듯했다. 모래부리에 앉아 바다를 바라보면 마음이 편안하고 행복하다고 했다. 진정한 자유를 느낀다고 했다. 나는 점차 자유인을 평범한 이웃의 노인네로, 그냥 탈북민 한 사람으로 받아들이게 되었다.

2

몇 년 후 여름, 나의 관심을 자유인에게 집중시키게 한 사건이 생겼다. 바닷가 성수기인 여름철이라 많은 휴양객이 몰려들었다. 자유인은 바빠졌지만, 월급이 높아졌다고 돈에 욕심 있는 사람처럼 좋아했다. 일하니 건강이 좋아지고 통일될 때까지 거뜬히 살 것 같다고 웃었다. 돈도 꽤 벌었으니 조만간 술 한잔하자고 먼저 제안했다. 나는 흔쾌히 응했고, 약속한 날을 달력에 표시해두었다. 그는 지금의 삶에 만족하는 것 같았다.

그런데 갑자기 자유인이 사라졌다. 나와 기분 좋은 통화를 한 지 불과 며칠 후였다. 바닷가 청소 일을 그만두고 전화번호를 바꾸고 잠적했다. 가깝게 지냈던 나에게도 알리지 않았다. 섭섭한 마음은 차치하고 그에게 안 좋은 일이 생기지 않았나 하는 걱정이 더 컸다. 신변 보호 담당 구역 내 탈북민이 갑자기 행불된 것은 큰일이었다.

임대아파트는 여전히 그의 명의로 되어 있었다. 관리 사무소 도움으로 집에 가보았는데 자유인은 없었다. 가장집물이며 옷은 금방까지 사람이 있었던 듯 깔끔하게 정리되어 있었다. 왜 일을 그만두었는지 해당 회사에 알아보았다. 별로 특별한 일은 없었고 그날 바닷가에서 웬 남자와 실랑이 벌인 것이 전부였다고 했다. 그 일이 있은 다음 자유인은 바로 일을 그만두었다고 했다.

칠십 가까운 나이에 한국에 연고가 없는 그가 제도적 보호를 벗어난 사각지대에 있다는 것은 여러모로 좋지 않았다. 설마 북한으로 도로 간 것은 아닐까 하는 생각을 얼핏 해보았다. 하지만 곧 부정했다. 그가 한국을 얼마나 경이롭게 생각하는지 알고 있었다.

은행에 가서 알아보니 자유인의 계좌는 여전히 살아 있었다. 그동안 일해 모은 돈 수천만 원도 고스란히 예금되어 있었다. 이 나라를 뜨지 않았다는 증거였다. 주변 지역의 경찰서에 그의 신상을 알리고 함께 찾아줄 것을 의뢰했다.

자유인이 행적을 감출 정도로 심경의 변화가 일어난 원인을 추적해보았다. 바닷가에서 실랑이를 벌였다는 그 사람이 유일해 보였다. 단서가 되어줄 그 사람을 찾는 것이 시급했다. 바닷가 백사장 주변의 CCTV를 훑어보았다. 자유인에게 웬 사람이 다가가 말을 시키는 모습이 찍혔다. 하지만 이야기를 나눈 시간은 불과 몇 초밖에 안 되었다. 자유인이 말을 시킨 사람의 팔을 뿌리치며 돌아서는 모습이 보였다. 그들이 무슨 말을 했는지 알 수 없었다. 말을 건 사람이 몇 걸음 뒤 따라가다가 멈추어 섰다. 그 사람도 뒷모습만 찍혀 누구인지 알 수 없었다.

자유인을 찾아 사방 수소문하던 어느 날, 경찰서에 자유인과 실랑이를 벌였던 그 사람이 제 발로 찾아왔다. 언론에서 자주 보이던 유명 탈북 인사였다. 유럽 쪽에서 오랫동안 외교관을 하던 사람인데 운 좋게 가족과 탈북에 성공했다. 티브이에 자주 출연하여 북한 문제에 대해 꽤 비중 있는 발언을 하는 것을 보았다. 이젠 나이 육십이 가까운 사람이지만 정책연구소 연구원으로 현직에서 활발히 활동하고 있었다.

자유인에게서 느꼈던 점잖고 기품 있는 분위기가 그에게서도 풍겼다. 격식 없는 옷차림이었지만 세련돼 보였다. 차도 고급 세단을 타고 나타났다. 우리는 속초 바다가 한눈에 보이는 운치 좋은 카페 구석진 자리에 마주 앉았다. 자유인에 대한 새로운 정보를 알 것 같은 예감이 들었다. 탈북 인사는 첫마디부터 한숨을 내쉬었다.

"저는 얼마 전에 속초에 가족과 여행을 왔었습니다. 그리고 바닷가에서 뜻밖의 분을 만나게 되었지요. 그분은 우리 단장 동지, 아니 단장님과 너무 비슷하였습니다. 그분을 보는 순간 저는 눈앞이 아찔해지는 것을 느꼈습니다. 저도 몰래 그분께로 달려가 단장 동지! 접니다, 하고 소리를 질렀지요. 생각할 겨를이 없이 무의식에서 발생한 행동이었습니다."

"연구원님이 말하는 그 단장님이란 어떤 분이신데요?"

"유럽에서 저와 함께 일하던 외교관이고 제가 속한 공작조 책임자였습니다."

"그러니 그분이 연구원님과 같이 일하던 외교관을 닮았다, 이 말씀입니까?"

"네, 너무 닮았습니다. 그분은 환경미화원 같았습니다. 바닷가에서 쓰레기를 줍고 있었지요. 저의 충동적인 행동에 어지간히 놀란 것 같았습니다. 그때 경솔하게 행동한 데 대해 미안하다는 말씀을 미처 드리지 못했습니다. 그분을 만나 사과를 드리고 싶고 또 신변 보호 담당관님을 만나 이야기를 좀 나누고 싶어서 이렇게 찾아왔습니다."

"그분이 탈북민이고 제가 담당 형사라는 것을 이미 알고 오셨군요?"

나의 물음에 연구원은 손으로 턱을 문지르며 착잡한 표정을 지었다.

"그분이 텐트 사이를 다니며 자릿세를 받고 있었는데 말투를 듣고 평양 사람이라는 것을 바로 알았지요. 만약 단장님이라면 그런 모습은 상상할 수 없는 충격적인 모습입니다. 그분이 너무 완강하게 부정하셔서 저도 많이 당황했습니다. 혹시 그분의 성함이 이정호 아닌가요?"

"그분이 승인하기 전에는 성함을 함부로 알려드릴 수 없는 점 양해해주십시오. 다만 그분의 성함이 이정호가 아닌 것은 말씀드릴 수 있습니다. 성은 같구요."

"탈북민들이 한국에 와서 개명하는 경우가 많으니 그건 별 의미가 없지요."

"연구원님이 혹시 그분을 단장님으로 잘못 착각했을 수 있지 않을까요?"

"그럴 수 있지요. 이미 세상에 없는 분인데 한국에 있다는 게 말이 안 되기는 하고요. 하지만 그분은 내가 알고 있는 단장님과 너무 닮았습니다. 마치 단장님이 환생한 것 같아 심장이 멎는 줄 알았지요. 단장님과 똑같이 생긴 사람이 탈북민 중에 있다는 게 더 기이하지 않은가요?"

"연구원님은 자유인이 십중팔구 그 단장님이라고 확신하고 계시는 군요?"

"자유인이요?"

"그분의 애칭입니다."

"특이한 분이시군요. 물론 그분의 현재 모습이 제 기억에 남은 단장님 모습하고는 달랐습니다. 단장님은 대단히 깔끔하고 멋진 신사였지요. 점퍼 유니폼을 입고 청소하시던 그분은 그런 분위기는 아니었습니다. 하지만 눈빛과 얼굴 생김, 자세라든지 너무 똑같았습니다. 이걸 도플갱어라고 하던가요? 영화도 아니고 현실에서 이런 일이 있을 수 있을까요? 어떻게 그렇게 똑같을 수 있죠?"

"저도 뜻밖의 말을 들어 좀 충격입니다. 연구원님은 그 단장이라는 분과 오랜 기간 같이 일하셨는가요?"

"그럼요. 저는 단장님과 오 년이나 같이 일했습니다. 그분의 미세한 표정까지도 아직 생생히 기억합니다. 단장님은 정말 대단하신 베테랑 외교관이었습니다. 참, 형사님은 그분의 북한 경력을 어느 정도 아실 것 아닙니까? 그래서 찾아왔습니다. 그분이 혹시 독일 유학생이고 유럽에서 외교관으로 활동하신 분은 아닙니까?"

순간 나는 자유인이 독일 원서로 된 책을 빌려 가던 모습을 번개같이 떠올렸다.

"아니요. 서류상으로 자유인은 평양기계대학을 졸업하고 함흥 어느 기계공장에서 엔지니어로 일한 분입니다. 하지만 제가 알기로는 그분도 독일어를 아는 것 같았습니다. 연구원님은 단장님의 북한 경력을 알고 계시는가요?"

내가 되물었다. 연구원이 말하는 단장이라는 사람이 북한에서 평양기계대학을 다녔다면 지금의 자유인과 어느 정도 일치하는 경력이 나올 수 있었다.

"아니요. 단장님 북한 경력은 잘 모릅니다. 그분은 저보다 나이도 많으셨고 저의 상관이셨죠. 그분이 독일 유학생 출신이라는 것, 우리 일의 유능한 전문가라는 건 알고 있었죠. 공도 많이 세워서 김정일도 여러 번 만났다고 했습니다."

"그러니 그 단장이라는 분은 북한 기준으로는 엄청난 분이시군요."

"물론입니다. 그분은 유럽에서 하는 우리 일의 총책이었습니다."

"혹시 그 단장이라는 분도 탈북하셨는가요? 아, 그렇지. 아까 이 세상에 없는 분이라고 하셨지요? 그분은 사망하셨는가요?"

"네. 단장님은 돌아가신 것으로 됐습니다."

"돌아가신 것으로 됐다는 건, 사망이 확인되지 않았다는 말씀인가요?"

"사연을 말하자면 깁니다. 암튼 평양에서는 그분이 돌아가신 것으로 결론 내리고 영웅 칭호를 수여했습니다. 그런데 단장님과 똑같이 생긴 분을 한국 바닷가에서 봤으니 얼마나 놀랐겠습니까? 그 환경미화원은 정말 어떤 분이실까요? 그분이 제가 아는 단장님이었으면 얼마나 좋겠습니까? 저는 단장님한테 많은 은혜를 입었습니다. 자칫 저의 인생은 물론 온 가문이 잘못될 수 있는 엄청난 위험에 처했을 때, 그분은 자신의 명예와 목숨을 걸고 저를 감싸고 구해주셨지요. 저는 그분의 은혜를 평생 잊을 수 없습니다. 은혜 갚을 길이 없어서 늘 마음이 무거웠지요. 바닷가에서 만난 분이 만약 우리 단장님이시라면……."

연구원은 더 말을 잇지 못하고 주머니에서 손수건을 꺼내 눈을 가렸다. 이토록 깊은 인연이라면 만나서 반가운 것이 인지상정이었다. 연구원이 잘못 보았거나, 자유인이 무슨 이유인지 일부러 피했거나 둘 중의 하나일 것이다. 나는 그 단장의 이야기를 해줄 수 없냐고 조심스레 물었다. 연구원은 고개를 끄덕였다. 그리하여 뜻밖에도 북한 외교관이었던 연구원의 긴 이야기를 들을 수 있게 되었다.

3

연구원이 추억하는 단장은 해박한 공학 지식을 가진 박사로 뛰어난 인재였다. 독일어뿐만 아니라 영어, 일어, 중국어까지 두루 섭렵한 외국어 실력자이기도 했다. 북한 노동당의 깊은 신뢰를 받는 오랜 노동 당원이었다. 이십 년 가까이 유럽에서 북한 당국의 지시를 관철하면서 당에 단 한 번의 실수나 실망을 안긴 적이 없었다. 불쑥불쑥 떨어지는 북한의 지령은 뜬금없었고 예측 불허한 것들이었다. 하지만 매번 성공적으로 임무를 수행하였다. 그는 지나칠 정도로 꼼꼼하고 성실하였으며, 용의주도한 추진력을 갖춘 유능한 실무가였다.

많은 달러를 주무르는 단장이었지만 개인적으로 물욕을 부린 적이 없었다. 자신은 물론 부하들에게 한 치의 부정도 허용하지 않았다. 단장은 자신이 한 일에 대한 객관적이고 정확한 명세서를 물품과 함께 평양에 보내는 것을 철칙으로 삼았다. 그 정확함과 치밀함에 상부도 혀를 두를 정도라고 했다. 단장이 의뭉스럽게 달러를 착복한다거나 하는 의심은 평양 상부도 하지 않을 정도로 그의 청렴함에 대한 믿음은 확고했다. 단장이 지나치게 엄격하고 딱딱하여 부하들이 좀 힘든 것은 있었다. 대신 그를 책임자로 모신 한, 일에서만큼은 성사 여부를 걱정하지 않아도 되었다. 단장이 시키는 대로 하면 반드시 성공한다는 확신이 있었다.

단장은 오랫동안 유럽에서 북한 당국의 온갖 위험한 심부름을 매우 성공적으로 수행했다. 공식적으로는 대사관에 소속된 외교관이었다. 실제 하는 일은 국제사회 제재에 걸리는 다양한 물품을 구해서 평양에 보내는 비밀스러운 일이었다. 그는 임무를 수행하기 위해 독일 유학으로 딴 공학박사의 자격증을 내걸고 그 지역에 지구물리학연구소를 차렸다. 그 지역의 밀매단과 깡패들과도 깊은 관계를 맺고 있었다. 그의 은밀한 인맥과 활동 반경은 매우 독보적이어서 그를 대신할 자가 없었다. 그리하여 단장이 사망한 후, 평양은 큰 손해를 보았고 아직 그만큼 평양의 내밀한 요구를 훌륭히 관철하는 적임자를 찾지 못했다고 했다.

수십 년 동안 그가 평양으로 보내는 물품은 참으로 다종다양했다. 대형 공작기계, 고급 승용차, 자동차 정비설비, 의료기기와 실험기구, 각종 배관, 방사선 측정기, 특수 권총 등 이루 꼽을 수가 없었다. 카펫, 비단 벽지, 최고급 타일, 조명기기, 위생설비, 엄선된 가구 등 다양한 사치품들과 의약품들도 있었다.

이러한 품목들은 공식적으로 구할 수 없거나, 세관을 통과할 수 없는 것이 대부분이었다. 단장은 주로 밀매업자들을 대상으로 물품을 구했다. 평양으로 안전하게 보내기 위해 관련 기관 사람들에게 적당히 뇌물을 찔러주고 두세 겹 위장 포장을 하여 평양행 비행기에 올리곤 했다. 그러자면 시세보다 많은 금액이 들어야 했다. 평양은 이런 일에 달러를 아끼지 않았다. 필요한 자금은 외국에 마련된 비밀계좌에서 이체해 쓰게 되었다.

이처럼 북한 당국의 요긴하고 중요한 일의 총책으로 축지법을 쓰듯이 유럽을 누비던 단장이 어느 날 갑자기 실종되는 사건이 벌어졌다. 평양은 물론 그 누구도 상상하지 못하던 일이었다. 그날도 단장은 평양행 비행기에 오를 물품을 깐깐히 몇 번이고 체크하였다. 여느 때와 달리 평양에 있는 가족에게 보낼 물건도 여럿 챙겼다. 평양 상부나 친척 친지들에게 줄 선물도 어지간히 마련했다. 그 비행기와 함께 단장도 가게 되었는데 평양에 가서 큰 훈장을 받게 된다고 알고 있었다. 부하들이 보건대 단장은 조금 흥분되어 있었던 것 같았다. 아마 오랜만에 가족을 만난다는 기쁨이었을 것이다.

짐을 무사히 싣고 나니 비행기 뜰 때까지 반나절 넘게 여유가 생겼다. 단장은 단원들에게 주변 식당이나 카페, 백화점에 들러보라고 잠시 자유시간을 허용했다. 단장은 바로 앞에 보이는 목욕탕 간판을 손가락으로 가리키며 목욕을 하고 오겠다고 했다. 그러면서 비행기 출발 두 시간 전에 정확히 모일 것을 거듭 강조했다.

하지만 비행기 출발 전 약속 시각에 정작 나타나지 않은 것은 단장이었다. 단장이 혹시 찜질방에서 깊은 잠이라도 들었을까 걱정되어 한 사람이 가서 샅샅이 훑었다. 하지만 단장은 없었다. 어디 주변 식당에도 없었다. 워낙 책임성 강하고 빈틈없는 단장이라 곧 오겠지 하고 단원들은 별생각 없이 기다렸다. 하지만 한 시간이 더 지나자 단원들은 초조해지기 시작했다. 단장에게 뭔가 나쁜 일이 일어났다는 불안을 떨칠 수 없었다. 어쩌면 그가 나타나지 않을 수 있다는 섬뜩한 생각을 하게 되었다. 단원들 불안대로 단장은 끝내 나타나지 않았다. 단원들은 단장 없이 깊은 시름 속에 비행기에 오를 수밖에 없었다.

이 모든 비상사태는 대사관을 통해 평양에 바로 보고되었다. 평양에서는 무조건 단장을 찾으라는 명령을 내렸다. 그의 정확한 행적이 알려지기 전까지는 평양 상부는 물론 부하들도 그가 탈출 같은 짓을 했다고 섣불리 단정 짓지 않았다. 평양의 가족과 친지들에게 줄 선물을 꼼꼼히 챙긴 것이 그가 탈출할 생각이 없었다는 확실한 증거였다. 평양에 가면 그에게는 더 큰 영광이 차례지게 되었다. 가족은 당의 배려로 평양 새 아파트에 이사한 지 얼마 되지 않았다. 그가 얼마나 가족을 아끼고 갓 태어난 손자를 보고 싶어 했는지 단원들은 잘 알고 있었다. 아무리 따져도 이 충성스럽고 헌신적인 일꾼이 평양을 버릴 이유를 찾을 수 없었다.

해당 나라의 경찰도 적극적으로 그를 찾아 나섰다. 단장은 마치 아침 안개처럼 증발하여 흔적을 찾을 수가 없었다. 그로부터 몇 달 후, 그곳 경찰은 교외 어느 숲속에서 몹시 훼손된 남자 시체 하나를 발견하였다. 시체 훼손이 너무 심했고 신분을 알 만한 그 어떤 증명서도 발견되지 않아 신원을 알 수 없었다. 경찰은 북한 단장이 강도에게 당한 것으로 잠정 결론 내렸다. 평양에도 그같이 통보하였다. 해당 나라로서는 수교가 맺어진 나라의 외교관 실종 사건이 미제사건으로 남는 것이 불편했을 것이다.

단장의 사건이 빨리 마무리되기를 바란 것은 평양도 마찬가지였다. 당시 단장은 평양에 바칠 자금 이만 달러를 몸에 지니고 있었다. 강도 사건을 뒷받침할 만한 원인이 될 수 있었다. 평양은 해당 나라 경찰이 내린 수사 결과를 받아들였다. 단장은 조국을 위해 헌신하다가 애석하게 희생된 영웅으로 내세워졌다.

연구원이 말한 그 단장이 만약 자유인이라면 단장은 강도에게 희생당한 것이 아니라 의도적으로 탈출한 것이 되었다. 정말 그랬다면 가족의 안위를 위해 신분을 철저히 숨겼을 수 있었다. 그렇다고 자유인이 단장이라고 단정하기는 일렀다. 일단 본인이 부정하였다.

연구원은 그가 만약 단장이라면 숨어서 지내는 것이 이해된다고 하였다. 하지만 가족의 안위만을 위해 은둔을 선택했다면 섭섭한 일이라고 했다. 그가 아는 단장은 숨어서 바닷가 관리원으로 살기에는 너무 아까운 인사라고 하였다. 그가 북한에 대해 알고 있는 정보도 엄청나거니와 통일을 위해 할 일이 많은 사람이라고 했다. 당장 자신이 일하는 정책연구소에 꼭 필요한 분이라고 하였다.

나는 조심스럽게 지금 자유인이 전화번호를 바꾸고 어디론가 잠적했다는 사실을 알려주었다. 연구원은 나의 말에 벌떡 자리에서 일어났다. 급기야 눈 주위가 벌게지고 눈물이 가득 찼다. 그는 마시다 남은 커피를 벌컥벌컥 들이켜고 떨리는 목소리로 물었다.

"그분이 무엇 때문에 잠적한단 말입니까? 저를 피해서요? 이건 그분이 정말 단장님일 수 있다는 방증이 아닌가요?"

"아직 단정하기는 이릅니다. 설사 그분이라 해도 삶의 행태를 강요할 수는 없습니다. 여기선 어떤 방식으로 살든 자유니까요."

연구원은 푹 잠긴 목소리로 혼잣말하듯 중얼거렸다.

"제발 그분이었으면 좋겠습니다. 그럼 평생 형님으로 모실 텐데……. 저는 개인적으로 단장님을 존경하였지요. 진심으로 단장님이 보고 싶거든요."

자유인을 찾으면 만남을 꼭 성사시켜달라는 부탁을 거듭 남기고 연구원은 서울로 떠나갔다.

자유인 앞으로 나오는 기초생활수급비는 여전히 꼬박꼬박 그의 통장으로 들어갔다. 나는 상부에 의뢰해 그의 카드를 추적했다. 혹시나 하는 여러 사고를 대비하기 위해서였다. 연구원은 이틀이 멀다 하고 그분을 찾았냐고 물어왔다. 찾으면 알려는 드리되 만남은 자유인이 동의해야 가능하다고 말해주었다. 자유인이 그 단장이 맞는지는 나도 몹시 알고 싶었다.

4

몇 달 후 은행에 자유인의 카드 사용 내용이 잡혔다. 속초에서 멀지 않은 홍천읍 마트에서 생활용품을 이것저것 사 갔다. 그렇다면 홍천 어딘가에 그가 있다는 소리였다. 일단 자유인이 가까운 곳에 있다는 것에 안도했다.

어느 날, 저장되지 않은 번호가 핸드폰에 떴다. 자유인일 수 있다는 예감으로 가슴이 뛰었다. 재빨리 손가락으로 통화 버튼을 터치했다. 역시 그였다. 반가움으로 나는 저도 몰래 목소리를 높였다. 그동안 얼마나 걱정했는지 아시냐고 호들갑을 떨었다. 진심이기도 했다. 그는 차분한 목소리로 대답했다.

"걱정을 끼쳐드렸군요. 죄송합니다. 저는 홍천 산골 마을에 잘 있습니다. 제가 속초로 가게 되면 연락 드리겠습니다."

"잠깐만요, 선생님."

전화를 끊으려는 자유인을 다급히 불러세웠다.

"실례가 아니라면 선생님을 찾아뵙고 싶습니다. 술 한잔 같이하고 싶어서요."

"저야 괜찮지만 바쁘신 형사님이 이곳까지 오실 수 있겠습니까?"

"물론입니다. 홍천이 얼마나 멀다고요. 주소나 찍어주십시오."

자유인이 문자로 보내온 주소를 내비게이션에 치고 즉시 차를 몰았다. 가다가 마트에 들러 이것저것 간식을 챙겼다. 주소를 따라가보니 홍천읍에서도 몇십 킬로 떨어진 한적한 시골 마을이었다. 양옆으로 산이 병풍처럼 둘러서고 골짜기 가운데로 꽤 큰 개울이 흐르고 있었다. 개울 옆으로 차 한 대가 겨우 올라갈 외통길이 뻗어 있었다. 골짜기 쪽으로 올라가며 집 몇 채가 띄엄띄엄 있었다. 마지막 외딴집에 자유인이 있었다. 대문 밖에서 기다리다 나를 맞는 자유인은 흔연한 표정이었다. 누구네 집이냐고 물으니 주인 할아버지가 요양병원으로 가면서 자식들이 월세로 내놓았다고 했다.

"그럼 선생님은 이 집에서 사시려고 오셨단 말입니까?"

"네, 제가 일 년 계약했습니다. 월세가 아주 싸더군요."

"속초에 좋은 집이 있는데 굳이 이 산골에서 무엇 때문에 월세로 사신단 말입니까? 선생님은 바닷가를 좋아하시지 않았습니까?"

"바다야 언제나 좋지요. 몇 달 지내보니 산골짜기도 더할 나위 없이 좋더군요."

"아무리 그래도 전화번호를 바꾸시고 저에게 몇 달 동안 연락하지 않으신 건 너무 섭섭합니다. 설마 여기서 평생 사시려는 건 아니시겠지요?"

"글쎄요. 좀 더 살아봐야 결심이 서겠지요."

"오래지 않아 날씨도 추워질 것이고, 산골 생활은 불편한 것이 많을 텐데요."

"괜찮아요. 마당에 몇 년은 땔 수 있는 장작이 쌓여 있어요. 주인장이 쓰던 가장집물도 그대로 두고 가서서 사는 데 아무 불편이 없어요. 참, 장독에 토장도 그득하고, 저 앞에는 어르신이 심은 가을배추도 있지요. 저보고 다 먹으라고 합디다."

자유인은 마치 나의 동의를 얻으려는 듯이 세세히 설명했다. 연구원의 충격적인 이야기를 들어서 그런지 그가 딴 사람처럼 보였다. 집 안에 들어가니 그의 성격처럼 깔끔하게 정돈되어 있었다.

그동안 내가 당신의 행적을 찾아다녔으며 연구원이 나를 찾아온 일, 그 단장이 혹시 당신이 아닐까 의심을 품고 왔다는 것을 자유인은 모를 것이다. 아니면 도사처럼 이 모든 사건과 내 속마음까지 이미 꿰뚫고 있는 것은 아닐까? 볼수록 자유인이 낯설게 느껴졌다. 만약 그의 마음속에 충격이 있다면 어느 결엔가 불안감이 나타나지 않을까? 나는 직업 본능으로 자유인에게서 색다른 낌새를 찾으려 했다. 하지만 자유인은 담담하고 편안한 표정이었다.

일단 챙겨온 음식 꾸러미를 펼쳤다. 술 한 잔씩 따르고 마주 앉았다. 자유인이 먼저 술잔을 기울였다. 그 찰나에 눈동자에 얼핏 스치는 고뇌의 빛을 나는 놓치지 않았다.

"선생님께서는 혹시 여기로 들어오셔야 할 피치 못할 사정이라도 있으셨는가요?"

그가 먼저 털어놓기를 바라며 넌지시 꼬집어 물었다. 자유인은 마치 나의 속내를 들여다보듯 물끄러미 바라보더니 씩 웃었다.

"사정은 무슨, 한국에 왔으니 자유롭게 바닷가에서도 살고 산골에서도 살아보는 거지요. 밤에 잠자리에 누우면 자연의 관현악이라고 할까요, 숲이 몸을 흔드는 소리, 산새 소리, 개울물 소리가 고스란히 방안으로 들어오지요. 시골의 적막함이 생각보다 꽤 좋던데요."

"산골에서 몇 달 사시더니 시인이 다 되셨군요."

"인간은 나이를 먹을수록 자연이 더 좋아지는 것 같습니다. 각자 자기 방식대로 살 수 있는 게 이 자유 세상 아닌가요?"

그가 스스로 뭔가를 이야기하지는 않을 것이라는 걸 곧 깨달았다. 그를 떠보려 얕은수를 썼던 것을 후회하였다. 진솔한 대화 방식만이 자유인과 깊은 이야기를 나눌 수 있었다. 나는 그동안 있었던 일들을 다 털어놓았다.

자유인은 표정 변화 없이 묵묵히 이야기를 듣기만 하였다. 깊이를 알 수 없는 눈빛은 줄곧 밥상 모서리에 머물러 있었다. 나의 말이 끝나서야 비로소 눈길을 들었다. 서늘하고 압도되는 눈빛이었다. 자유인은 침착하게 천천히 입을 열었다.

"이미 돌아가신 분을 저에게서 찾는 것은 큰 오류이군요. 그분에게 위로를 전해주세요. 저는 그분을 만날 필요가 없습니다."

"그 연구원은 단장으로 모셨던 분을 진심으로 존경하고 그리워하고 있습니다. 선생님이 혹시 단장님이라면 바닷가 청소를 하시는 모습이 충격적이고 안타깝다고 했지요. 그 단장이라는 분은 초야에 묻혀서는 안 될 대단한 인사라고 하셨고요."

"바닷가 청소가 어때서요? 제 생각엔 그 단장이라는 사람이 대단하다기보다는 북한 정권의 악에 협조한 공범에 불과한 것 같은데요. 그리고 피해자이기도 한 안쓰러운 존재이고요. 아마 그분은 죽어서도 죄책감에서 벗어나지 못했을 겁니다. 그가 죽었든 살아 있든 그 정권을 떠난 것은 어쩌면 자신의 죄과에 대한 참회가 아닐까요. 북한 정권에 대한 작은 복수였을지 모르지요. 북한 정권을 위해 헌신한 삶이 허무하고 원통했을 겁니다."

"그 단장은 북한에서 상위층이었고, 누구보다 많은 것을 누렸다고 하던데요?"

"북한에서의 그 어떤 요란한 삶도 보람되거나 영예로울 수 없지요. 단지 고급 노예에 불과하니까요."

"고급 노예라고요?"

처음 들어보는 표현에 나는 놀라서 반문하였다.

"북한에서 아무리 헌신적으로 일하고 탁월한 능력을 발휘해도 결국은 정의롭지 못한 일에 동참했을 뿐이지요."

그의 대답은 여전히 명쾌하지 않았지만 반박할 여지가 없었다. 자유인으로부터 그 이상의 대답을 들을 수 없다는 것을 깨달았다. 설사 그가 단장이 맞고 엄청난 능력이 있다 해도 본인이 싫다면 억지로 사회로 끌어낼 수 없었다. 세상의 일과 격조하고 싶고 자연 속에서 조용히 살고 싶은 것은 그의 자유였다.

다음 날 아침, 잠에서 깨어나니 옆에 누웠던 자유인이 보이지 않았다. 눈길을 돌려보니 마당의 작은 텃밭에 쪼그리고 앉은 그가 창문으로 보였다. 한창 자라는 가을배추를 솎고 있었다. 아침 식사 채비를 하는 것 같았다. 도울 생각으로 옷을 입던 나는 문득 창문 밑에 놓인 책상 위에 눈길이 갔다. 노트북 옆에 뭔가를 빼곡히 적은 종잇장이 눈에 띄었다. 무심결 종잇장을 집어 보던 나는 정신이 번쩍 들었다.

1장에서 10장까지 목차를 만들어 쓴 글이었다. 맨 위에 '플롯'이라고 씌어 있었다. 무엇을 위한 구성일까. 나는 바싹 호기심이 동해 찬찬히 들여다보았다. 독일어와 한자, 한글이 섞여 있어 내용을 다 알 수 없었다. 다만 무성 권총, 경보기, 금속탐지기, 소음측정기, 금속차단기, 폭발물탐지기, 도청장치, 온갖 사치품 등의 단어들이 보였다. 죄악의 역사, 공범자, 고발이라는 단어도 있었다.

A4 용지 한 장 분량의 글이지만 엄청난 무게와 폭탄 같은 괴력을 가졌다는 것을 대번에 알 수 있었다. 자유인이 책을 구상하고 있는 게 분명했다. 가슴이 뛰었다. 나는 높아지는 숨결을 달래며 후 숨을 내쉬었다. 자유인이 집 안으로 들어오는 인기척에 얼른 책상 앞에서 물러섰다. 그가 웃으며 플라스틱 그릇에 담긴 배추를 내보였다.

"집주인 할아버지가 심어놓은 가을배추가 얼마나 싱싱하고 연한지 국에 넣으면 맛있겠는데요."

나는 당장 묻고 싶은 충동을 꾹 누르고 공기가 좋아 꿀잠을 잤노라고 너스레를 떨었다. 토장을 풀고 배추를 썰어 넣은 구수한 된장국에 두부 지진 것과 김치가 전부인 소박한 밥상이 차려졌다. 아침을 먹으며 나는 지나가는 소리처럼 말했다.

"선생님께서도 책을 쓰시는 게 어떻습니까? 이 고요하고 공기 좋은 곳에서는 글이 잘 써지겠는데요?"

순간 입으로 가져가던 자연인의 밥숟가락이 멈춰 섰다. 도로 숟가락을 내려놓은 자연인이 지그시 나를 바라보았다. 그 강렬한 눈빛에 나는 손사래를 치며 웃었다.

"책을 쓴 탈북자들이 많으니까 하는 소립니다. 선생님은 많이 배우시고 경험도 많으시니 뭔가 세상에 할 소리가 있지 않을까 해서요."

자유인이 갑자기 턱없이 큰 소리로 호방하게 웃었다.

"그거 괜찮은 조언이군요. 만약 제가 책이라도 쓴다면 이 시골에서의 무위도식에 대한 작은 변명은 되겠군요. 하지만 큰 기대는 마십시오. 제가 책을 쓰더라도 당장 세상에 나가는 일은 없을 겁니다."

"왜요? 선생님께서 책을 내신다면 제가 적극적으로 돕겠습니다."

"고맙지만 제가 소심하고 비겁해서 그럽니다. 만약 제가 운 좋게 통일을 보게 되면 그때 세상에 나갈 수 있겠지요. 아니면 유작이 되든가요."

"그렇게 말씀하시니 더 호기심이 나는데요? 하지만 선생님의 의도는 충분히 알겠습니다. 귀찮게 해드릴 생각은 전혀 없습니다."

"이래서 제가 형사님을 좋아하나 봅니다."

자유인은 호기 있게 웃었지만, 그래서 더 쓸쓸해 보였다. 평생 해온 고심의 흔적인 양 미간의 주름이 굵게 잡히고 어딘가 피곤한 기색인 그가 오늘따라 안쓰러워 보였다. 스스로 자유인이라 칭하고 온전한 자유를 운운하지만 별로 자유로워 보이지 않았다. 선입견인지 몰라도 자유인이라기보다 도망자의 모습에 가깝게 느껴졌다. 그가 말했던 고급 노예, 화려한 쇠사슬이라는 표현이 생동한 형상으로 눈앞에 어른거렸다. 그가 누리는 자유에는 짙은 고독의 그늘이 보였다. 말투며 행동에서 스스로 자유를 속박하고 있음이 어쩔 수 없이 드러났다. 어쩌면 자유인의 숙명일 것이다.

하지만 나는 여전히 북한 출신인 이 괴짜 노인이 좋았다. 절제되고 위트 있는 그와의 대화가 유익하고 즐거웠다. 그의 깊은 지성과 노련함은 매력적으로 나를 끌어당겼다. 평범하지 않고 바다 밑처럼 깊이를 알 수 없기에 흥미로웠다. 쉽게 속내를 내어주지 않는 적당한 긴장감도 좋았다. 그와의 관계가 아주 오랫동안 이어질 예감이 들었다. 요청하지 않았지만, 그의 보호자임을 자처하고 싶었다. 자유인의 생각을 존중해주고 싶었다. 고독한 자유일망정 능력껏 보호해주고 싶었다. 자유인의 거처를 떠나기 전 연구원에게 다음과 같은 문자를 보냈다.

"연구원님은 사람을 잘못 보았습니다. 그분은 단지 자유인일 뿐입니다!"

정 선생, 쏘리

정 선생, 쏘리

1

퇴근하려는데 담당 형사의 전화가 걸려 왔다.

"정 선생님, 삼촌 되시는 분 찾았습니다."

"그래요? 고생하셨어요. 감사합니다."

형사는 정의 전화번호를 삼촌에게 전하겠다고 했다. 정은 잠잠해진 핸드폰을 노려보며 잠시 숨을 가다듬었다. 잊고 지냈던 노여움이 치솟아 눈부리에 힘을 주었다. 십삼 년이나 지난 일인데 그 상처가 아직 살아 있다니, 중국에서 삼촌과 마지막 통화를 했을 때 나눴던 말이며 그때의 절박하고 처절했던 심경이 되살아났다. 조카를 갑자기 "당신"이라고 부르던 삼촌의 귀에 선 음성, 매정하게 끊어진 삼촌의 말을 이으려 떨리는 손으로 전화번호를 누르던 그 공포의 순간이 생생히 떠올랐다.

이제는 삼촌을 찾아야겠다는 생각으로 형사에게 부탁할 때는 담담했다. 북한에서 간직했던, 한국에 있는 혈육에 대한 애절함과 경이로

움은 이미 사라졌다. 단지 삼촌이 돌아가시기 전에 생전 본 적 없는 조부모 묘가 어디에 있는지는 알고 싶었다. 뿌리를 찾고 싶다는 무의식의 욕구였는지, 남쪽의 혈육을 꼭 찾으라는 아버지 말씀이 맺혀서인지 모르겠다. 어쩌면 삼촌은 이미 이 세상 사람이 아닐 수 있었다. 살아 계신다면 팔순이 넘었다.

"뭘 새삼스레."

정은 가볍게 코웃음 치며 요양병원의 눅눅하고 침침한 지하 주차장에서 하얀색 그랜저를 향해 리모컨을 눌렀다. 의사가 된 것이 정이 한국에 와서 이룬 가장 큰 성취였다. 북한에서도 베테랑 내과 의사였지만 한국에서는 새롭게 의사 고시에 통과해야 의사 자격을 얻을 수 있었다. 남과 북은 의학 용어도 약명도 달랐다. 의사 고시를 통과하는 데 마스터해야 할 전문서적은 키를 넘었다. 마흔 살 정에게는 호락호락하지 않은 관문이었다. 두 번의 고배를 마시고 삼 년 만에 합격했다.

하지만 더 큰 고민이 나섰다. 전문의가 되려면 몇 년 동안 인턴과 레지던트 과정을 이수해야 했다. 그것도 금방 대학을 나온 젊은 의사들과 경쟁해야 했다. 결국 전문의를 포기하고 일반의가 되기로 했다. 하지만 북한의 낙후한 환경에서 터득한 임상 경험은 정작 환자 병 치료에 큰 효력을 나타냈다. 정의 남다른 치료술을 알게 된 요양병원은 좋아했고 많은 환자의 신뢰를 얻었다.

요양병원에서 일한 지 이제 십 년 가까이 되었다. 눈에 익은 주차장이며 정의 체취가 밴 진료실, 요양병원 주변의 오래된 빌라들 사이의 골목길…… 정에게는 다 정감이 가는 것들이다.

퇴근 시간이라 내부순환도로는 차 정체가 심했다. 십팔 킬로 남짓한 거리를 한 시간 가까이 걸려 집에 도착했다. 운 좋게 분양받은 강남 끝자락의 스물다섯 평 아파트는 남한에서 이룬 또 하나의 성취였다. 대학생 아들은 대학 주변 원룸에서 자취하고 있었다. 정이 혼자 지내는 아담한 아파트는 둘도 없는 안식처였다. 정은 코트를 입은 채 소파에 몸을 던졌다. 피곤이 확 밀려왔다. 이대로 잠시 잠들고 싶은 마음에 지그시 눈을 감았다. 몸은 잦아드는데 오히려 머릿속은 각성제를 먹은 듯 선명해졌다. 밀어내려 할수록 십삼 년 전 기억들이 새록새록 어제 일인 듯 떠올랐다.

2

정이 난생처음 삼촌을 만난 곳은 중국 연변이었다. 기회가 되면 한국에 있는 혈육을 꼭 찾으라는 아버지 유언이 있었다. 그보다는 혼자 살아갈 일이 막막하여 브로커를 따라 압록강을 건넜다. 당시는 한국 내 친척을 찾아주고 수수료를 챙기는 브로커들이 꽤 있었다.

남편이 살아 있었으면 정이 도강하는 일은 없었다. 같은 병원 외과 의사였던 남편은 밀수하다가 압록강에서 익사했다. 남편이 죽자 북방의 겨울보다 더 혹독한 찬바람이 밀려왔다. 혼자 아들을 키워야 했던 정은 남편이 얼마나 큰 보호막이었는지를 절감했다.

같은 병원에서 일하며 연애하고 결혼한 남편이었다. 부부가 꽤 실력 있는 의사였지만 북한에서 의료 행위는 무보수 노동이나 마찬가지였다. 고난의 행군 시기부터 노임 배급이 완전히 끊긴 후, 병원을 그만두고 장마당 장사에 나선 여의사들이 꽤 있었다. 간간이 환자들이 주는 담배나 술 같은 뇌물로는 생활을 유지할 수 없었다.

다행히 남편의 억척같은 생활력으로 정의 가정은 고난의 행군을 무사히 이겨내게 되었다. 남편은 낮에는 병원에서 진료하고 밤에는 밀수에 뛰어들었다. 그렇게 몇 년간 밤낮으로 일하면서 남편은 늘 눈에 핏발이 서고 얼굴이 부석부석해 있었다. 대신 배곯지 않고 아들을 키울 수 있었다. 남들이 놓지 못하는 액정 티브이도 장만했다. 밀수 벌이가 꽤 두둑한 날은 돼지고기를 구워 먹고 맥주잔을 기울였다.

하지만 정은 남편처럼 밀수나 장사할 줄 몰랐다. 의대를 졸업하고 지금껏 병원에서 진료만 해왔다. 의료행위 외에 다른 일로 돈을 벌어야 생존을 유지할 수 있는 현실이 너무 버겁고 막막했다. 마침 그때 한국에 있는 친척을 찾아주는 브로커와 연이 닿았다. 정은 어린 아들을 여동생에게 잠시 맡기고 어두운 겨울밤 압록강을 건넜다.

북한에서는 한국 친척을 만나면 엄청난 달러를 받을 수 있다는 환상이 있었다. 한국과 조금이라도 연이 있는 사람은 한국 친척을 찾으려 기를 썼다. 아버지는 생존 시 자식들에게 한국에 있는 가족의 이름이며 나이, 떠날 때 고향의 모습, 주소를 끊임없이 말해주었다. 그 정도 정보면 능히 친척을 찾을 수 있다고 브로커는 장담했다. 브로커를 움직인 더 큰 이유는 아버지가 의용군에 입대할 당시 조부모가 꽤 잘나가던 지방의 부호였다는 것이다. 아버지 말씀에 의하면 당시 할아버지와 할머니는 몇 층짜리 커다란 호텔을 운영하고 양조공장도 가지고 있었다. 브로커는 무릎을 치며 지금쯤 재벌이 됐을지 모른다면서 의기양양하여 앞장섰다.

탈북자들은 누구나 압록강과 두만강을 넘을 때 다시 못 올 고향을 돌아보며 눈물을 흘렸다. 하지만 정은 살얼음 부서지는 압록강을 희망과 기대를 안고 건넜다. 평생 불러보지도 못했던 삼촌을 만나게 된다는 설렘이 있었다. 정이 바라는 것은 삼촌을 만나 아버지의 소식을 전하는 것이었다. 다음 삼촌의 도움을 받고 다시 북한으로 돌아가 아들과 안정된 생활을 하고 싶었다. 당시 한국으로 간다거나 하는 생각은 미처 하지 못했다. 아들을 여동생에게 맡기고 떠났기 때문이었다.

하지만 삼촌을 만나는 일은 처음부터 순조롭지 못했다. 단속을 피해 안가에서 기다리고 있는데, 브로커가 당황한 표정으로 정에게 전화기를 내밀었다. 아침 비행기로 연길에 도착한 삼촌이 화를 내며 돌아가겠다는 것이었다. 브로커는 삼촌에게 내일 밤에 아버지가 강을 넘는다는 말을 하라고 했다. 정은 아연하여 브로커를 쳐다보았다. 몇 년 전 돌아가신 아버지가 어떻게 내일 밤 강을 넘는단 말인가? 브로커가 뭔가 거짓말을 하고 삼촌을 유인해 왔다는 것을 비로소 알게 되었다. 하지만 다른 생각할 겨를이 없었고 브로커 요구대로 할 수밖에 없는 처지였다. 어떻게 하든 삼촌을 만나야 하는 것은 브로커나 정이나 마찬가지였다.

거짓말을 해야 하는 압박감에 정은 떨리는 목소리로 간신히 자신이 조카라는 것을 밝혔다. 오늘 밤 아버지가 강을 넘는다고 브로커가 시키는 대로 말했다. 삼촌은 잠시 틈을 두더니 일단 알았다고 전화를 끊었다. 한 시간 후, 삼촌으로부터 브로커에게 전화가 걸려 왔다. 브로커가 제공한 안가에는 갈 수 없다고 했다. 자신이 자리 잡은 호텔로 조카를 데리고 오라고 했다.

3

브로커와 택시를 타고 가면서 정은 압록강을 건널 때도 못 느꼈던 두려움에 한껏 몸을 움츠렸다. 삼촌을 만난다는 기대와 설렘은 온데간데없어졌다. 사망한 아버지를 살아 계시는 것처럼 말해야 한다는 부담감에 숨이 막혔다. 처음 보는 연변 거리 모습이 눈에 들어오지 않았다. 브로커는 택시 옆자리에 앉아 명령하듯 해야 할 일을 거듭 당부했다. 우선 삼촌에게 조카라는 것을 증명하고 변수 많은 국경의 사정을 핑계로 시간을 끌라고 했다. 다음은 울고불고 매달려서라도 삼촌의 도움을 반드시 받아내라고 했다. 하지만 정이 보기에 브로커의 전략은 너무 무모하고 한심했다. 뭔가 일이 꼬일 것만 같은 불길한 예감이 들었다. 막막하고 무서웠다.

크지 않은 연변 호텔의 어느 한 방에서 그렇게 삼촌과 조카와의 첫 만남이, 북과 남 혈육 간의 역사적 만남이 이루어졌다. 삼촌의 얼굴을 처음 보는 순간 정은 와락 울음을 터뜨렸다. 돌아가신 아버지와 너무나 비슷한 삼촌의 모습에 온몸에 전율이 왔다. 삼촌과 자신이 혈육 간이라는 것이 실감 났다.

삼촌은 아버지와 같은 반고수머리였다. 약간 오목하고 그윽해 보이는 삼촌의 눈빛이 아버지와 아주 비슷했다. 생각에 잠길 때 입술을 오므리는 모습이 신통히 같았다. 갸름한 얼굴형에 흰 피부까지. 다만 삼촌은 아버지보다 키가 좀 작아 보였다.

삼촌도 정에게서 뭔가 혈육의 흔적을 보았는지 얼굴을 외로 돌리고 눈을 슴벅였다. 하지만 삼촌은 조카를 포옹하지도, 감격스러운 인사

말을 건네지도 않았다. 고개를 숙이고 흐느끼는 정을 유심히 바라만 보았다.

정은 압록강을 건널 때 품속에 지녔던 아버지 사진과 가족사진들, 아버지와 자신의 공민증 등 조카임을 증명하는 것들을 주섬주섬 꺼내 놓았다. 아버지가 들려준 고향에 대한 추억을 최대한 떠올렸다. 아버지가 고향과 혈육들을 얼마나 그리워했는지를 자신 없는 숙제를 설명하는 학생처럼 두 손을 모으고 두서없이 말했다. 가족끼리만 알 수 있는 이야기, 아버지가 어릴 때 운동을 잘해서 남강원도에서 열린 고등학생 탁구 경기에서 일등 했던 일이며, 삼촌의 아명을 말했을 때는 삼촌이 반짝 눈을 빛내며 고개를 끄덕였다. 삼촌은 정이 내놓은 사진들을 무심한 척, 그러나 깐깐이 훑어보았다. 특히 아버지가 평양에서 대학 다닐 때 찍은, 젊었을 때 사진을 오랫동안 들여다보았다.

"니들 아버지 북한에서 뭐 하고 살았냐?"

정은 말라 드는 입술을 감빨았다. 겉으로 크게 드러나지 않았지만 조금만 옷자락을 헤치면 시퍼런 멍이 가득한 아버지 일생이었다. 그 한 많은 사연을 어떻게 한마디로 설명할 수 있을까. 생각 끝에 아버지의 직업을 말했다.

"아버지는 평양 건설건재대학을 졸업하시고 건축가로 평생 사셨습니다."

"그래? 대학까지 나오고 건축가라면 뭐 최하층에서 살지는 않았구나. 암튼 난 오늘 중으로 형이 연길에 도착한다기에 온 거야. 사실 나도 연길에 올 형편이 안 되지만 하나뿐인 내 형님이 살아서 온다니까 만나러 왔어. 근데 내일 밤이라니? 이보게 젊은이, 내일 밤에는 형님을 만나는 거 맞아요?"

정은 삼촌의 눈길을 피하며 고개를 수그렸다. 대신 브로커가 국경 상황을 장황히 설명하며 내일 밤은 반드시 강을 넘는다고 했다. 국경 경비대와 약속했다고 천연덕스럽게 거짓말을 했다. 삼촌은 정의 형제는 몇이며, 형은 지금 어디서 살고 있는지 등을 간단히 묻고는 좀 쉬겠다며 침대에 누웠다.

정과 브로커는 마주 보며 잠시 어찌할 바를 몰랐다. 칠십 대 노인인 삼촌이 비행기를 타고 왔으니 피곤한 것은 당연했다. 하지만 정은 그때 삼촌에게 야속한 마음이 들었다. 처음 만난 조카인데 별로 관심이 없는 것 같았다. 정이 어떻게 살았는지 묻지도 않았다.

정에게 삼촌은 커다란 희망이었다. 삼촌을 만난다는 생각에 얼마나 마음이 벅차올랐던가. 삼촌을 만나면 큰절을 올리고 삼촌의 품에 안겨 마음껏 울고 싶었다. 열여덟 나이에 고향을 떠난 아버지가 생소한 북한에서 어떤 삶을 살았는지 밤새껏 이야기해주고 싶었다. 삼촌의 사랑을 마음껏 느끼고 싶었다.

하지만 절은커녕 인사도 변변히 나누지 못했다. 삼촌에게 중요한 것은 조카가 아니라 살아 있는 형님 같았다. 약속대로 형님을 만나지 못해 삼촌의 마음이 상하고 열리지 않은 것 같았다. 정은 깊은 한숨을 내쉬었다. 브로커는 주먹을 흔들며 눈을 끔뻑했다. 힘을 내라는 뜻이었다.

점심시간이 되자 삼촌이 자리에서 일어나며 식사하러 나가자고 했다. 정 일행은 호텔에서 멀지 않은 한국인 식당으로 갔다. 정이 처음으로 맛본 한식이었다. 호박과 두부를 넣고 끓인 된장국이며 생선구

이와 여러 반찬이 북한에서 먹던 음식과 별반 다르지 않았다. 식사하며 삼촌이 혼잣말처럼 말했다.

"전쟁 때 너의 아버지가 의용군으로 끌려가지 않았으면 너의 할머니도 그렇게 빨리 돌아가시지 않았을 거다. 형님은 우리 집 기둥이었거든. 공부를 잘했고, 효성이 깊었지. 근데 형이 끌려가는 바람에 우리 가문이 다 무너졌다고 볼 수 있지."

정은 삼촌의 말에 고개를 번쩍 들었다.

"끌려가다니요? 삼촌, 아버지 말씀에 의하면 그때 고등학생이던 아버지가 공산주의를 동경해서 의용군에 자원입대했다고 하셨는데요?"

삼촌이 무슨 소리냐는 듯 눈을 치떴다.

"자원입대라니? 빨갱이 군대에 왜 자원입대를 한단 말이냐? 내가 어릴 적 우리 집 다락에 형과 누나가 숨어 있었어. 인민군이 총을 들고 와서 마당에 온 가족을 세우고 니 아버지와 고모를 내놓지 않으면 쏴 죽이겠다고 했어. 하는 수 없이 니 아버지와 고모는 손을 들고 다락에서 나왔지. 그 길로 의용군에 끌려간 거야. 그 뒤로는 생사조차 알 수 없었어. 니 할머니는 그 때문에 평생 가슴에 한이 맺혔지."

"어마나, 근데 아버지는 왜 그런 말씀을?"

정은 비로소 아버지가 의용군 입대 과정을 일부러 포장했다는 것을 깨달았다. 분명 북한에서 살아남기 위해서였을 것이다. 아버지가 대학을 졸업하고 평양건축연구소에 배치된 후, 주민등록 사업이 본격적으로 진행되었다. 아버지 출신 성분이 문제 되어 정의 가족은 평양에서 혜산으로 추방되었다. 그때부터 아버지는 마음고생 몸고생을 많이 했다.

"그러니까 출신 성분 때문에 지방으로 좌천되었단 말이냐? 무슨 출신 성분?"

삼촌이 관심을 보였다. 아버지가 이남 출신인 데다 조부가 자산계급이라는 것이 문제가 되었었다. 삼촌은 허허, 공허한 웃음을 지었다.

"자산계급은 무슨, 니 아버지 끌려간 뒤 호텔은 폭격에 무너지고 양조공장은 망했어. 우린 당분간 서울 외삼촌 집에 얹혀살았지. 니 할머니가 식당 일을 하면서 간신히 견뎠어."

정은 허무한 생각이 들었다. 명색뿐인 자산계급 출신 성분 때문에 아버지는 평생 살얼음판을 걷듯이 살아오셨다. 평양에서 추방된 후, 자신의 출신 성분이 자식의 장래에 미치는 부정적 영향에 늘 노심초사하셨다. 아버지는 평생 입당에 목을 매셨다. 입당해야 그나마 자식의 앞길에 방해되지 않는다고 여기셨다. 입당하기 위해 아버지는 퇴근 후에 자신이 설계한 건설 현장에서 밤늦게까지 벽돌을 나르셨다. 하지만 끝내 입당을 못 하셨다.

아버지는 평생 말을 아끼셨고, 제도에 대한 불평 한마디 하지 않으셨다. 오롯이 맡은 일에 헌신하는 데 집중하셨다. 늘 밤늦게까지 일을 하셨고, 열이 펄펄 끓어도 결근하신 적이 없었다. 스스로 고된 노역의 삶을 사셨기에 은퇴하시자 얼마 안 되어 녹아내리듯 건강이 무너져 돌아가셨다. 아버지 가슴에 응어리졌던 애달픔과 절박함, 외로움을 어떻게 한두 마디로 표현할 수 있을까. 삼촌은 이해할 수 있을까. 정은 아버지가 마음고생을 많이 하시고, 평생 일밖에 모르고 사시다가 빨리 돌아가셨다고 중얼거렸다.

그렇게 점심을 먹으면서 한 이야기가 삼촌과 나눈 마지막 유의미한 대화였다. 그날 저녁 아버지가 강을 넘는다는 약속은 당연히 지켜질수 없었다. 삼촌에게서 돈을 받아내려는 목적을 이루지 못한 브로커는 국경 정세를 핑계로 다음 날 밤에 아버지가 강을 넘는다고 또 거짓말을 하였다. 삼촌은 브로커의 말을 믿지 않는 눈치였고, 아버지와의통화를 요구했다. 하지만 아버지와 어찌 통화할 수 있으랴. 삼촌은 분노했다. 즉시 돌아가겠다고 했다. 삼촌이 형님을 만나지 못해도 혈육인 조카를 만나면 큰 도움을 줄 것이라는 기대는 어리석기 그지없는착각이었다.

삼촌은 마지막 인내심을 발휘해 하루를 더 기다렸다. 삼촌은 호텔에서, 정은 브로커의 안가에서 하루를 더 보냈다. 다음 날 삼촌은 한국으로 가는 비행기 표를 예약했다. 정은 전화로 삼촌에게 마지막으로 꼭 할 말이 있으니 한 번만 만나달라고 애원했다. 삼촌은 호텔로 오라고 했다. 정은 눈물을 흘리며 삼촌에게 용서를 빌었다. 자신도 브로커에게 속아서 넘어왔으며 아버지는 이미 사망했다는 사실을 말했다.남편이 죽고 당장 살길이 막막하여 삼촌을 만나 도움을 받으러 왔다고 했다. 도강 비용을 주지 않으면 즉시 호텔로 공안을 보내겠다고 위협한 브로커의 말도 전했다.

모든 것을 솔직히 털어놓는 정의 말에 삼촌은 차분해졌다. 한국으로 누군가에게 전화를 걸어 이백만 원을 보내달라고 했다. 브로커는도강 비용을 받자 사라졌다, 삼촌은 수중에 있던 돈을 탈탈 털어 중국돈 오천 원을 정에게 주고 한국으로 갔다. 떠날 때 탈북자들이 한국으로 들어오니 너도 알아서 한국으로 오라고 했다.

4

정에게서 더는 돈이 나오지 않는다는 것을 간파한 브로커는 전화기를 끄고 잠적했다. 정은 낯설고 말이 통하지 않는 중국 땅에 홀로 남겨졌다. 안가에서도 브로커가 갔으니 이젠 받아들일 수 없다고 했다. 다시 강을 넘어 북한으로 들어가려 해도 줄이 없었고 방법도 몰랐다. 한국으로 가는 길은 더구나 몰랐다. 당장 잠을 잘 데도 없었다. 정이 눈물을 흘리며 애원하자 안가 주인이 하룻밤만은 자라고 했다. 집주인이 갑자기 삼촌이 돈을 얼마나 주고 갔냐고 슬쩍 물었다. 정은 긴장하면서 삼촌이 브로커 비용만 주고 분노하여 인민폐 오백 원만 주고 갔다고 둘러댔다.

안가 주인이 뜻밖의 제안을 했다. 이젠 북한으로 돌아가는 길이 막혔는데, 차라리 줄을 잡아 한국으로 가라고 했다. 정은 자신이 중요한 인생의 기로에 섰음을 깨달았다. 아들은 동생에게 맡겼으니 일시 돌봐줄 것이다. 문제는 자신부터 살아남아야 했다. 북한으로 돌아가기 힘들거니와 설사 간다 해도 혼자 아들을 키우며 살아갈 일이 막막했다. 집주인은 한국이 얼마나 잘사는지 이야기했다. 자기 아들도 한국에서 일한다고 했다. 하지만 한국으로 어떻게 간단 말인가.

집주인은 청도에 가면 한국인과 조선족이 많으니 한국으로 가는 줄을 쉬이 잡을 수 있다고 부지런히 설명했다. 자기가 사람을 붙여주겠으니 청도에 가서 다시 삼촌하고 연락하든가 일을 해서 살길을 찾아보라고 했다. 청도는 일자리가 많아 당분간 숨어 지내기 좋을 것이라고 했다. 정은 망망대해에서 동아줄을 잡은 심정으로 집주인에게 제발 도와달라고 매달렸다. 집에 들여놓지 않겠다던 사람이 갑자기 돌변하여 이런 제안을 하는 것을 의심조차 못 했다. 그냥 인간적인 동정이고 선의라고 믿었다.

며칠 후, 집주인은 마침 청도로 가는 인편이 있으니 따라가라고 했다. 집주인이 소개한 조선족 여자를 따라 정은 열차에 몸을 실었다. 조선족 여자는 싹싹하게 정을 잘 챙겼고, 중국말을 모르는 정은 그 여자를 졸졸 따라다녔다. 며칠 기차와 버스를 타고 어느 한적한 마을에 이르렀다. 조선족 여자는 자기가 사는 곳이라고 했다. 청도에 가려면 버스를 타고 좀 더 가야 하니 자기 집에서 좀 쉬고 가자고 했다. 정은 그 말을 그대로 믿었다.

하지만 정이 조선족 집에 들어서자 그 여자는 인상과 말투가 달라졌다. 중국말로 뭐라고 하자 남편이 대문부터 잠갔다. 그리고 정을 작은 방으로 떠밀었다. 침대와 옷장 하나가 있는 습기 차고 좁은 방이었다. 불길한 느낌에 머리카락이 곤두섰다. 조선족 여자는 이어 충격적인 말을 쏟아냈다.

"내 말 잘 들으시오. 나는 연길까지 가서 자기를 사 왔소."

"무슨 소리예요? 집주인은 내가 청도에 가도록 도와주겠다고 했단 말이에요."

"어마나, 북한 사람은 다 이렇게 멍청하오? 이 세상에 공짜가 어디 있소? 내가 할 일이 없어서 낮도 코도 모르는 당신을 이 먼 곳까지, 그것도 내 돈으로 여비를 쓰면서 데려왔겠소? 내가 당신 형제나 되오? 무엇 때문에 당신을 청도까지 돈과 시간을 들여 데려다준단 말이오?"

공짜! 그랬다. 정은 공짜로 이곳까지 온 셈이었다. 왜 그 명백한 사실을 간과했을까? 중국 땅에 홀로 남겨졌을 때 이미 얼이 절반 나갔던 것 같았다.

"그럼 날 어쩌겠다는 겁니까?"

"어쩌긴. 보아하니 먹고살기 바빠서 북한에서 뛰쳐나온 것 같으니 팔자를 고쳐줘야지. 이런 게 누이 좋고 매부 좋은 일 아니겠소."

"그게 무슨 뜻이에요?"

"말귀가 어둡구먼. 간단하오. 내 자기를 좋은 신랑한테 시집 보내겠다, 그거요. 자기는 곱상하게 생겨 아마 좋은 신랑감이 나설 거요. 중국에서 시집가면 먹고살 걱정은 없소."

정은 비로소 인신매매꾼에게 걸려들었다는 것을 깨달았다. 그 자리에 털썩 주저앉았다. 조선족 여자와 다툴 여지도 그럴 필요도 없었다. 불법체류자인 자신이 그 누구의 보호를 받을 수 없다는 것을 절감했다. 말라 드는 혓바닥을 간신히 놀렸다.

"얼마면 나를 청도까지 데려다주겠어요?"

"그렇지. 자기는 한국에 삼촌이 있다고 했지? 좋소. 많이는 요구하지 않겠소. 인민폐 만오천 원만 주오. 그럼 내 자기를 곱게 청도 가는 버스에 태워주겠소."

정은 전화기를 들고 삼촌의 번호를 눌렀다. 삼촌이 사준 전화기였다. 하지만 삼촌은 전화를 받지 않았다. 몇 번을 거듭 눌러서야 여보세요, 하고 삼촌의 목소리가 들렸다. 정은 눈물이 쏟아지고 목이 메어 겨우 말을 이었다. 상황을 두서없이 설명하고 살려달라고 애원했다. 중국 돈 만오천 원이면 조선족 여자에게서 풀려날 수 있다고 했다. 청도에서 줄을 잡아 한국에 들어가면 꼭 그 돈을 갚겠으니 제발 도와달라고 애원했다. 잠시 침묵이 흘렀고, 딱딱하고 낯선 말소리가 머리를 울렸다.

"이제 와보니 당신이 내 조카가 맞는지 의심이 되고, 당신이 요구하는 돈을 줄 형편도 안 돼요. 당신 일은 알아서 하세요. 더는 구질구질하게 연락하지 말고요."

5

당직이라 병원 식당에서 저녁 식사하고 진료실로 들어서는데 핸드폰 진동이 울렸다. 낯선 번호였다. 정은 후드득 심장이 뛰는 것을 느끼며 전화를 열었다. 여보세요! 절대로 잊을 수 없었던 삼촌의 목소리였다.

"안녕하세요!"

조금 격앙된 정의 목소리가 고요한 진료실을 채웠다.

"나 삼촌이다."

삼촌은 며칠 전에 만났던 사람처럼 말했다. 중국에서 삼촌과의 마지막 통화가 떠오르며 피식 헛웃음이 나왔다. 감격도 가슴 두근거림도 생기지 않았다. 그냥 오래전부터 알고 지내던 친척을 만난 기분이었다. 갑자기 삼촌이 끌끌 혀를 찼다.

"나쁜 놈의 자식, 한국에 온 지 십 년도 넘었다며? 근데 삼촌을 찾지 않았냐?"

정은 핸드폰을 귀에서 떼고 화면을 한참 들여다보았다. 벌어진 입 사이로 헐, 김이 새어 나왔다. 핸드폰 화면에서 삼촌의 말이 다시 튀어나왔다.

"너 지금 어디냐?"

"오늘 당직이라 병원입니다."

"병원? 어디 아프냐?"

"아니, 당직이라고요. 제가 일하는 병원 말이에요."

"엉? 그럼 너 간병 일을 하냐? 아님 간호사?"

중국에서 만났을 때 삼촌은 조카가 무슨 일을 하는지 묻지 않았다. 정이 설명할 기회가 없었다. 그때는 마냥 불안하고 불편하고 경황이 없었다.

"전 북한에서부터 의사였어요. 여기 와서 다시 공부해서 의사 고시 통과했고요. 지금 십 년째 요양병원 의사로 일하고 있어요."

삼촌이 잠시 침묵했다.

"너 내가 사는 수원으로 올 수 있냐?"

"네, 언제 갈까요? 내일은 시간이 되는데 삼촌은 어떠신지요?"

"나야 늘 집에 있는 노인넨데, 주소를 문자로 찍어줄 테니 내일 집으로 와라."

정은 후 큰 숨을 내쉬고 고즈넉한 정적이 흐르는 진료실을 괜히 두리번거렸다. 깨끗하게 정돈된 책상 컴퓨터 앞에 앉았다가 다시 일어나 침대에 걸터앉았다. 그동안 삼촌의 존재를 잊고 지내면서 원망 때문에 어떻게 사는지 궁금할 때도 있었다. 내일 삼촌을 만나면 반갑게 인사 나누기 어색할 것 같다는 걱정이 들었다. 무슨 이야기를 할지 잠시 생각해보았다. 감정을 정리하고 만나는 것이 좋을 것 같았다.

왠지 마음이 좀 편해졌다. 삼촌의 흔연한 말투 때문인지 모른다. 하긴 새삼 원망하거나 노여워할 필요가 없었다. 어쩌면 삼촌은 그때 일을 잊었을지 모른다. 정이 중국에서 어떤 시련을 겪었는지 삼촌은 모른다. 그렇다고 묵은 빚을 받아내듯 고생한 이야기를 하고 싶지 않았다. 발상의 전환을 해보면 삼촌이 있었기에 압록강을 건넜고 한국에서 살게 됐다. 삼촌이 군말 없이 브로커 비용을 대주었기에, 남은 돈 오천 원을 주었기에 무사히 한국으로 올 수 있었던 것은 분명한 사실이었다. 그것만으로도 삼촌에게 고마워해야 하지 않을까. 그때의 난관은 스스로 잘 해결하지 않았던가.

6

조선족 여자에게서 벗어나는 길은 오직 도망치는 것뿐이라는 것을 정은 깨달았다. 하지만 조선족 부부는 한시도 경계를 늦추지 않았다. 밤에도 대문과 출입문을 꽁꽁 잠갔다. 낮에 어디로 갈 때는 문을 밖으로 잠그고 나갔다. 나갈 수 있는 문은 정이 자는 방의 창문뿐이었다. 창문에는 굵은 철망이 박혀 있었다.

정은 탈출을 포기할 수 없었다. 머리를 싸쥐고 방도를 모색했다. 혼자 집에 갇혀 있을 때 창문을 찬찬히 훑어보았다. 문득 환성을 질렀다. 너무 허술하게 철망이 창문틀에 박힌 못으로 고정되어 있었다. 못만 제거하면 철망은 통째로 뜯어낼 수 있었다. 혼자 있을 때 창고에서 못을 제거할 수 있는 공구 하나를 꺼내 침대 밑에 몰래 감추었다.

정은 일부러 모든 것을 체념한 듯 답답하니 산책이나 하자고 제안했다. 정을 구슬려야 무난하게 팔아넘길 수 있다고 생각했는지 조선족 여자는 군말 없이 마을 길로 나섰다. 몇 발자국 뒤에서는 조선족 남편이 오토바이를 끌고 뒤따라왔다. 정의 목적은 마을에서 큰길로 나가는 길을 알아두려는 것이었다. 완강하게 항거하던 정이 마음을 돌린 것 같아 기분이 좋아서 그랬는지 조선족 여자가 수다를 떨었다. 고맙게도 여기서 청도가 이백 킬로 정도밖에 되지 않으며, 큰길에서 동쪽으로 가면 청도로 갈 수 있다고 설명해주었다. 될수록 청도와 가까운 곳에 시집 보내겠노라고 선심 쓰듯 말했다. 정은 말없이 고개를 끄덕이며 길의 방향이며 주변 환경을 머릿속에 새겨 넣었다.

기회는 뜻밖에도 빨리 왔다. 정을 가장 비싸게 팔아넘길 신랑감을 찾아 며칠을 돌아치던 조선족 부부가 마을 결혼식 집에서 거나하게 취해 돌아왔다. 조선족 여자는 비칠거리면서 집 출입문을 잠그는 것을 잊지 않았다. 열쇠를 괴춤에 지르고 정의 방문을 열어 잠든 것을 확인하고 남편과 자기 방으로 들어갔다.

잠든 듯이 숨죽이고 이불 밑에 누워 있던 정은 시간이 흐르기를 기다렸다가 살그머니 자리에서 일어났다. 그날따라 밝은 달빛이 마당이며 방 안을 환히 비췄다. 도망치는 데 좋을 수도, 불리할 수도 있었다. 침대에서 공구를 꺼내 철망을 고정한 못을 뽑기 시작했다. 생각보다 쉽지 않았다. 손이 찢겨 피가 났지만 아픈 줄 몰랐다. 다행히 철망을 분리했다. 창문이 소리 없이 열렸다. 마당으로 뛰어내렸다. 서늘한 밤공기가 숨 막히게 몰려왔다. 대문에 가로지른 커다란 빗장을 여는 몇 초가 몇 시간만큼 길게 느껴졌다. 드디어 대문이 열렸다.

정은 두 주먹을 불끈 쥐고 낮에 익혀두었던 길을 따라 정신없이 달렸다. 우중충한 숲 가운데로 희미하게 뻗은 포장도로가 앞으로 줄달

음쳐 왔다. 이따금 자동차가 지나갔다. 그때마다 길옆에 몸을 숨겼다. 인적 없는 고요한 밤길이 오히려 편했다.

그렇게 밤새 조선족 여자가 알려주었던 청도 쪽 방향으로 뛰고 걷고를 반복하였다. 날이 밝자 길옆 정류장에 마침 서 있던 버스에 무작정 올라탔다. 어디로 가는 버스인지 몰랐다. 정은 하얗게 질린 얼굴로 몸을 겨우 가누고 서서 연신 칭다오를 속삭였다. 유심히 보던 버스 운전기사가 손을 펴 보이며 백 원을 내라고 말했다. 미리 준비해둔 돈을 주자 운전기사는 손으로 버스 뒤쪽을 가리켰다. 버스 맨 뒤쪽 좌석에 숨듯이 웅크리고 앉자마자 정신없이 곯아떨어졌다.

청도에 들어간 정은 한국 글 간판을 쉽게 찾아볼 수 있었다. 처음 들어간 곳은 한국인이 운영하는 식당이었다. 그곳에서 반년 동안 일을 하면서 줄을 잡아 한국으로 들어오는 데 성공했다.

그때 조선족 부부에게 잡혔다면 어찌 됐을까? 낯도 코도 모르는 중국 홀아비한테 팔려갔다면……. 지금 생각하면 소름이 돋고 아찔해졌다. 다행히 삼촌이 준 중국 돈 오천 원이 있었기에 버스를 탈 수 있었고, 청도에서 여관에 숙식하면서 일자리를 찾았다.

그동안 삼촌을 찾지 않은 것은 단지 원망 때문만은 아니었다. 의사고시 공부하랴, 아들을 데려오랴, 사실 정신없이 살았다. 생각해보면 삼촌도 조카를 돌아보지 못할 피치 못할 사정이 있었겠다 싶었다. 이젠 팔순이 넘은 삼촌이 아닌가. 그래도 한국에 삼촌이 살아 있으니 이 땅에 뿌리가 있다는 든든한 마음이 들기도 했다. 그래. 삼촌을 만나면 아무 일 없었다는 듯이 흔연하게 대하자. 정은 침대에서 뒤척이며 마음을 추슬렀다.

다음 날 아침, 병원에서 아침을 먹은 정은 곧바로 삼촌이 사는 수원으로 차를 몰았다. 삼촌 집은 수원의 도심을 한참 벗어난 한적한 마을에 자리한 전원주택이었다. 오래된 빨간 벽돌집은 나지막한 회색 시멘트 울타리가 둘러싸고 있었다. 넓지 않은 잔디 마당과 한편으로 몇 고랑의 텃밭이 보이는 흔히 볼 수 있는 농촌 가옥이었다.

울타리 옆에 차를 세우니 삼촌이 나무로 만든 대문 밖에 나와 있었다. 삼촌인지 몰라볼 뻔했다. 십삼 년 전 중국에 왔을 때, 칠십 대라고 믿기지 않을 만큼 정정하고 꼿꼿했던 삼촌이었다. 하지만 지금 정의 눈앞에 서 있는 삼촌은 허리가 굽고 늙어버린 초췌한 노인네였다. 숙모로 보이는 머리 하얀 자그마한 여인이 한 발 뒤에서 웃고 있었다. 아니나 다를까 숙모라고 소개했다. 두 분에게 인사를 하는데 삼촌이 흘깃 정의 차를 바라보며 넌지시 물었다.

"새 차 같구나. 그랜저보다 같은 값이면 외제 차를 뽑지. 십 년 넘게 의사로 일했다면서? 많이 벌었을 거 아니냐?"

"이제껏 중고차를 타다가 큰맘 먹고 작년에 새 차 뽑았어요. 빈주먹으로 와서 이제 겨우 일어서기 시작하는 걸요."

"하긴. 근데 넌 북한에서는 어떤 차를 탔냐?"

"삼촌도 참, 북한에서 제가 어떻게 자가용 차를 다 타요? 승용차를 몰고 다니리라고는 북한에서는 상상도 못 했어요."

"엉? 북한에서는 자가용 차를 타지 않았다고? 의사로 일했다면서?"

"의사라고 차를 타요? 북한에서는 높은 간부나 자가용차를 탈 수 있어요."

"북한에서는 의사 보수가 높지 않은 거냐?"

삼촌은 정말 북한에 대해 잘 모르시는 것 같았다. 북한에서는 그 어떤 직업도 보수는 비슷한데, 배급과 쌀 몇 킬로 살 수 있는 정도의 노임뿐이라고 설명했다. 그마저 공급이 끊어져 의사지만 무보수 일을 하는 것이나 마찬가지였다고 말씀드렸다. 삼촌은 이해되지 않는다는 듯 눈을 껌뻑였다. 마당으로 들어온 삼촌이 앞장서 집 문을 열고 현관에 들어서며 다시 물었다.

"그럼 어떻게 먹고사냐? 일하는데 보수가 없는 세상이 어디 있냐?"

"어디 있긴요. 북한이죠. 저도 북한에서는 도저히 먹고살 수 없어서 뛰쳐나왔던 거고요."

정은 숙모를 부축하여 집 안으로 들어서며 대답했다. 삼촌이 가죽 소파에 앉으며 머리를 절레절레 저었다.

"그럼 니 아버지는 건축가였다는데 평생 어떻게 살았냐? 여기는 건축가가 설계를 주문받아 도면을 그려주고 돈을 받는데."

"아버지 때는 그나마 배급을 주어서 굶어 죽을 위협까지 당하지 않았어요. 근데 구십 년대 중반에 고난의 행군이 닥치면서 배급이 완전히 끊기고 많은 사람이 굶어 죽었어요."

정은 고난의 행군이 무엇인지 삼촌에게 설명했다. 이남 출신이라는 멍에 때문에 아버지가 어떤 차별과 고통, 외로움 속에 살았는지, 그 세상의 인정을 받으려고 스스로 얼마나 혹사했는지, 정의 남편이 어떻게 죽게 되었고, 정이 어떻게 살았는지 끊임없이 말을 이어갔다. 삼촌에게 말할 기회를 기다리고 있었다는 듯이……. 삼촌은 눈을 지그시 감고 정의 이야기를 묵묵히 들었다. 숙모가 가져다준 커피를 한 모금 마시며 삼촌이 말했다.

"북한에 대해 잘은 모르겠지만 너의 아버지 참 불쌍하다는 생각이 드는구나. 너의 아버진 나에게 믿음직하고 좋은 형님이었다. 그래서 형님을 만난다는 생각에 백사 불구하고 연길로 갔었다. 이제야 하는 말이지만 사실 난 그때 하던 사업이 망해서 몹시 어려웠었어."

"그때 너의 삼촌이 중국으로 가는 비용을 남에게 빌려 가지고 갔어. 조카를 도와줄 형편이 도저히 안 되었지. 우리도 정말 어려웠으니까."

숙모가 한마디 거들었다. 정은 흠칫 몸을 떨며 고개를 수그렸다. 갑자기 눈물이 솟구쳤다. 서러움이나 노여움이 아니었다.

"중국 연변으로 와주시고 제 브로커 비용 대주셔서 정말 고마워요."

"뭘. 그 이야긴 그만하자. 넌 그래도 한국으로 왔으니 얼마나 다행이냐."

삼촌이 말을 돌렸다. 이런저런 이야기를 하느라 어느새 점심시간이 되었다. 숙모가 미리 준비했는지 푸짐한 점심상이 차려졌다. 살이 많이 찐 숙모는 걸음이 느렸지만 음식 솜씨는 대단했다. 삼촌 사업이 망했을 때 숙모가 그 음식 솜씨로 식당을 하면서 빚도 갚고 간신히 극복했다고 했다.

설거지는 정이 팔을 걷어붙이고 했다. 손을 댄 김에 집 안 곳곳 청소도 하고 마당을 깨끗이 정리하였다. 숙모가 몇 번 말렸지만, 삼촌은 내버려두라고 했다. 삼촌은 쌀쌀한 날씨에 창문을 열고 정이 이리저리 마당을 휘젓고 다니는 모양을 흐뭇하게 바라보았다. 처음 온 삼촌 집이 이리 편안할 줄은 몰랐다. 북한에서 부모가 살아 계실 때 친정에 놀러 간 기분이 들었다. 정에게도 주말이면 놀러 올 어버이 집이 생겼다. 명심해서 전화로 안부 인사를 올려야 할 어른이 생긴 셈이었다. 아직 낯선 것이 많은 남한 땅에서 이건 분명 복이라고 생각했다.

8

"정아, 삼촌이 병원에 와 있어. 그동안 다리가 안 좋았는데 더 심해졌어."

숙모의 전화를 받은 것은 처음 삼촌 집에 다녀온 지 몇 달이 지나서였다. 정은 병원에 사정을 이야기하고 삼성의료원을 향해 급히 차를 몰았다.

그동안 정은 짬만 나면 삼촌 집으로 갔다. 의무적이라기보다 그냥 가고 싶었다. 무뚝뚝한 삼촌이지만 좋았다. 삼촌 몸짓이나 말투에서 아버지와 같은 모습을 발견하고는 손뼉을 치며 웃었다. 같은 유전자를 공유해 아버지로 착각할 정도로 삼촌은 정의 마음속 깊이 들어왔다. 이제는 서슴없이 삼촌을 그러안고 돌아갔고 애처럼 응석을 부렸다. 숙모는 정에게 반찬 한 가지라도 들려서 보내려고 마음을 쓰셨다. 삼촌은 베트남 참전용사여서 국가에서 매달 보조금이 나왔다. 숙모가 식당을 하면서 부은 연금이 있어 노후를 그럭저럭 보내고 계셨다. 평생 한국에서 살아온 삼촌의 삶도 아버지 못지않게 치열했고 만만치 않았다는 것을 정은 알았다.

"니 아빠가 공부도 잘하고 운동도 잘하고 부모나 나한테 정말 잘했어. 그런 아빠의 자식이니 너도 똑똑하고 잘 사는 거야."

삼촌은 몇 번이고 말씀하셨다. 삼촌은 동네방네 정을 의사 조카라고 자랑하며 다니셨다. 너는 뿌리가 한국이니 탈북자가 아니라고 귀여운 억지도 부리셨다. 삼촌은 어느새 정에게 깊이 의지하고 계셨다.

삼성의료원에 도착하니 삼촌은 외과 병동 의자에 불편하게 앉아 계셨다. 정은 곧바로 담당 의사를 만나보았다. 삼촌의 진단명은 요추관 협착증이라고 했다. 삼촌이 평소 다리가 저리다고 했기에 정도 짐작했던 병이었다. 삼촌은 아픈 것이 싫어 시술해달라고 하는데, 의사는 비시술 방법으로 치료를 더 해보자고 했다. 정 낫지 않으면 그때 척추 내시경 시술을 해보자고 했다. 정도 의사 의견에 동의했다. 팔순이 넘은 삼촌에게 시술보다는 소염진통제와 근육이완제를 복용하게 하고 물리적 치료를 동반하는 것이 좋을 것 같았다.

담당 의사의 의견에는 고집을 부리던 삼촌이 정이 설득하자 순순히 따랐다. 다리가 저려 걷기 불편한 삼촌을 정과 숙모가 양쪽에서 부축했다. 숙모도 걸음이 더디고 위태로웠다. 삼촌이 아내의 손을 물리치며 말했다.

"당신은 도움이 안 돼. 따로 걸어."

삼촌은 정에게 오롯이 의지한 채 천천히 걸음을 옮겼다. 앞쪽을 바라보며 지나가는 말처럼 물으셨다.

"그때, 그때 말이다. 조선족 여자한테서……, 그러니까 그때…… 어떻게 했냐?"

"아, 그때 말이에요? 제가 누구예요? 삼촌 조카 아니에요. 도망쳤죠. 아주 지혜롭고 통쾌하게."

정은 망치로 한 대 맞은 것처럼 흠칫했지만, 일부러 너스레를 떨었다.

"음, 정말 다행이다. 다행이야."

말을 꺼내며 굳어졌던 삼촌의 몸이 느슨하게 풀어지는 게 느껴졌
다. 삼촌의 팔을 붙잡은 정의 손에 삼촌의 다른 쪽 손이 얹혀졌다. 두
툼하고 따뜻한 삼촌의 손이 정의 손을 꼭 잡았다. 이러기는 처음이었
다. 삼촌이 농담하듯이 말했다.

"정 선생, 쏘오리."

정이 의아한 눈으로 쳐다보자 삼촌이 눈길을 피하며 퉁명스레 말
했다.

"미안하다고, 삼촌이."

"뭘요."

고개를 돌리는 정의 눈가에 이슬이 반짝였다.

푸른 낙엽

푸른 낙엽

1

아침에 나는 동거녀와 심하게 다투었다. 다투는 정도가 아니라 날이 시퍼런 칼날처럼 섬뜩한 독설을 서로에게 경쟁하듯 퍼부었다. 나는 끝내 하지 말아야 할 말을 하고야 말았다.

"이 나쁜 년! 의리 없는 년! 사람 구실 하게 만들어줬더니 이젠 날 배신하겠다고? 탈북자 년 주제에 날 감히 업신여겨?"

탈북자 년이라는 말에 미선은 가장 민감하게 반응했다. 얼굴이 새빨개져서 옷가지며 화장품이며 손에 잡히는 대로 집어 던졌다. 나는 함부로 휘두른 혀를 깨물면서 더 크게 소리를 질렀고 결국 집을 뛰쳐나왔다. 하지만 갈 데가 없었다. 그 창황 중에 주머니에 지갑을 챙겨 넣은 것은 미선이와 싸움에서 터득한 익숙한 행동이었다.

나는 습관처럼 집에서 멀지 않은 공원으로 향했다. 공원의 팔각 정자에 둘러앉아 한가하게 장기를 두는 어르신들 쪽으로 저절로 발걸음이 옮겨졌다. 헛헛한 웃음이 코로 새어 나왔다. 이전에는 애써 외면하고 황황히 에돌아갔던 장기판이었다. 미선이와 함께 공원으로 산책 나오면 어르신들 모여 앉은 곳은 될수록 피했다. 이십 대 아가씨와 나란히 걸으며 몸을 꼿꼿이 세우느라 신경을 썼다. 꽃을 보며 미선이 손뼉을 치고 탄성을 지르면 덩달아 나도 호들갑스럽게 웃음을 터뜨렸다. 하지만 탄력 넘치는 미선의 등에서 물결치는 긴 머리를 보노라면 야릇한 시기와 서글픔이 밀려오곤 했다.

미선이와 나는 무려 이십삼 년이라는 아득한 나이 차이를 가졌다. 거의 곱절이나 나이 많은 내가 미선이와 칠 년이나 동거하는 모양새는 누가 봐도 기이하게 보일 것이다. 주변에서 나를 도적놈이라고 손가락질할 수 있었다. 하지만 도적질한 것이 아니라 우리는 운명 같은 인연이 아니던가. 믿든 말든 사실이었다.

우둘거리며 집을 나오긴 했으나 정작 더 서러운 건 나였다. 갈 곳이 없고 의지할 데 없는 가련한 놈이 바로 나였다. 본처나 자식은 이미 연락이 끊어진 지 십 년이 되었다. 형제한테 연락하기도 창피했다.

저녁까지 할 일 없이 공원에서 빈둥거리다가 찜질방에 들어갔다. 나는 미선이 문자가 오기를 눈이 빠지게 기다렸다. 비닐 주머니에 싼 핸드폰을 가지고 욕탕에 들어가 수십 번 넘게 들여다보았다.

"이 영감탱이야, 빨리 들어와. 다시 그랬단 진짜 끝장이야."

아무리 심하게 싸워도 이틀쯤 지나면 상투적인 문자가 반드시 날아오곤 했다. 어서 그래주라. 제발 문자를 보내다오. 속으로 빌며 다시는 싸우지 않으리라 다짐했다. 아무리 다퉈도 이전에는 자신감이 있었다. 그런데 이번만은 어쩐지 불길한 생각이 들었다. 다시는 연락 오지 않을 것 같은 싸한 느낌으로 등골이 오싹했다. 후회가 갈마들었다.

될수록 미선의 비위를 거스르지 않고 무난하게 살려고 생각하면서 이상하게 시비가 터지면 큰소리를 치게 됐다.

오십 대 초반 나이에 집 한 칸 없이 여자의 임대아파트에 얹혀사는 신세에, 제 밥벌이도 제대로 못 하는 주제에, 예쁘고 젊은 여자와 살면서 왜 그리 기고만장했는지, 스스로 미련하다는 생각이 들었다.

나는 점점 더 늙어가고 미선은 왕성한 여인이 되겠지. 과연 이 동거 생활을 계속할 수 있을까. 엎어진 김에 이쯤에서 정리하라고 이성은 일깨워주었다. 하지만 미선이와 영영 헤어질 생각만 하면 금시 가슴 한편이 와르르 무너지는 것 같았다. 온몸의 힘이 좍 풀리며 주저앉고만 싶었다. 미선이 이렇게나 깊숙이 나에게 뿌리박은 것인가. 과연 우리 사이의 감정은 무엇일까. 사랑? 의리? 연민?

언제부터인가 나의 애정 표현을 미선이 부담스러워한다는 느낌을 받았다. 나의 감정은 정말 사랑일까? 곰곰이 생각하면 미선이 사랑스러운 것만은 사실이었다. 어찌 사랑스러운 여인이 아니겠는가. 인생 후반에 젊고 예쁘고 야무진 아가씨와 같이 살 수 있다고 상상이나 했던가. 자식 둘을 낳고 살던 마누라는 동갑내기였다.

하루가 지난 저녁에 미선이 문자는 예상보다 빨리 왔다. 집에서 멀지 않은 찻집으로 오라고 했다. 여느 때는 집으로 들어오라고 했는데 이번에는 찻집이라, 조금 섭섭했지만, 천만다행으로 여겼다. 정한 시간보다 한 시간 먼저 찻집에 앉아 기다렸다. 야릇하게 가슴이 뛰는 것을 느꼈다. 불쑥 눈물이 솟구쳤다. 손바닥으로 눈언저리를 문지르며 주책을 떤다고 투덜거렸다.

문득 찻집 유리창 너머에 늘씬한 미선의 모습이 나타났다. 청바지에 흰 티셔츠를 입은 가벼운 차림이었다. 긴 생머리가 멋스럽게 어깨에 흩어져 내렸고, 차양 달린 분홍색 모자를 푹 눌러썼다. 나는 저도 몰래 벌떡 자리에서 일어났다가 도로 앉았다. 출입문을 열고 들어온 미선은 한눈에 나를 발견하고 주변을 살피더니 제일 구석진 곳에 가 앉았다. 제길헐, 투덜거리면서 얼른 자리에서 일어나 그쪽으로 가 마주 앉았다.

나는 속으로 되뇌었던 사과의 말을 먼저 꺼내려고 헛기침을 지었다. 하지만 용서를 구하려던 생각이 갑자기 바뀌며 저절로 어깨에 힘이 들어갔다. 물컵을 만지작거리는 미선의 왼쪽 손 새끼손가락이 눈에 띄었기 때문이다. 끝이 뭉그러지고 손톱이 없는 그 새끼손가락만 보면 나는 이상하게 자신감을 되찾았다. 비열하다는 생각이 얼핏 들었지만, 허물진 그 새끼손가락은 나의 허세를 지탱해주는 그 무엇이었다. 나는 허리를 제치고 미선이 먼저 입을 열기를 기다렸다.

미선의 희고 작은 얼굴은 표표하게 굳어져 있었다. 얄팍한 입술은 쉽게 입을 열지 않겠다는 듯 꼭 다물려져 있었다. 새침하게 내리깐 긴 속눈썹에 눈동자가 가려져 속내를 짐작할 수 없었다. 한참 후에야 차가운 눈빛으로 나를 일별하고 입을 열었다.

"이제는 정말 끝내요."

나직하나 서리 찬 어조였다. 하지만 자주 들어 별로 무섭지 않은 말이었다. 점잔을 빼려 애쓰며 나는 훈시하듯 말했다.

"부부 사이는 함부로 그런 말을 하는 게 아니야."

"부부?"

미선이 가볍게 코웃음을 쳤다.

"그럼 이혼해요. 법적인 부부가 아니니 말로 이혼 결정하면 되겠네."

"부부싸움은 칼로 물 베기라고 하지 않았나. 뭐 나이 먹은 내가 잘못했지. 내가 예민하게 오해했나 봐."

나는 어느새 애걸하고 있었다. 미선이 비로소 나를 마주 보았다. 동그스름한 눈에서 뿜어 나오는 서늘한 기운에 이마가 시렸다. 잔주름 하나 없이 팽팽한 흰 얼굴이 나를 주눅 들게 했다. 조금 격앙되고 매몰찬 말이 또박또박 총알처럼 날아왔다.

"이제 그만하면 됐어요. 아무리 노력해도 한계는 어쩔 수 없잖아요. 인정하세요."

짜릿한 긴장으로 전율이 왔다. 서둘러 말머리를 돌렸다.

"왜 이래? 내가 다 잘못했어. 진심이야. 다신 안 그럴게. 사회생활 하노라면 남자와 어울릴 수 있지. 내가 집에 있다 보니 옹졸해졌나 봐. 정말 미안해."

횡설수설 긴말로 사태를 반전하려 애썼다. 미선은 말없이 통장을 내밀었다.

"그동안 적금한 돈을 절반 갈랐어요. 아저씨하고 나하고 같이 번 돈이니까."

가슴이 섬뜩했다. 이런 적이 없었다.

"내가 잘못했다니까. 이렇게 빌잖아. 다시 안 그럴게."

"아저씨 짐은 경비실에 맡겨났어요. 집 비밀번호 바꿨어요. 제발 다신 오지 마요! 부탁이에요."

단호한 미선의 말소리가 멀리서 들려오는 것 같았다.

"정말이지 이제 더는 아저씨하고 못 살겠어!"

미선은 확 일어나 성큼성큼 문 쪽으로 나가버렸다. 나는 오금이 풀려 멍하니 바깥쪽을 바라만 보았다. 뒤따라 나가 미선의 팔을 잡아야 한다는 생각뿐, 자석에 붙은 듯 몸이 움직여지질 않았다. 이전에 늘 하던 흔한 싸움의 끝이 아니라는 생각에 오한이 났다.

'배은망덕한 년, 누구 덕에 한국에 왔고 그 지옥에서 벗어났는데?'

상투적인 속말이 머릿속을 울렸다. 졸렬한 내 생각에 입이 소태 같았다. 서러움과 분노가 울컥 눈물로 솟구쳤다. 일단 찻집을 나온 나는 잠시 서성거리다가 찜질방으로 향했다. 대강 샤워를 하고 찜질방 구석진 곳에 머리를 틀어박고 누웠다. 새삼 자신의 처지가 기막혔다. 눈물이 질적하게 흘러내렸다. 인생을 헛살았다는 개탄이 절로 터져 나왔다.

문득 맏아들이 대기업에 취직했다는 소식이 생각났다. 큰애는 어릴 적부터 공부를 잘했다. 그렇다고 오래전에 헤어진 아들을 찾아가서 손을 내밀 수 없었다. 새삼 자식들 보고 싶은 생각에 가슴이 저렸다. 고독감에 진저리가 쳐졌다. 이대로 죽어도 누구 하나 울어줄 사람이 없었다. 나에게 미선이 얼마나 소중한 존재인지 새삼 사무쳤다.

대책 없이 배부른 타령을 하다니, 뼈저린 자책이 갈마들었다. 혼자 남을 앞날이 무서웠다. 미선이 나를 다시 받아들인다면 무엇이나 감내할 것 같았다. 나는 급히 핸드폰을 집어 들었다. 전화는 걸지 못하고 문자로 구구히 용서를 빌었다. 제발 만나달라고 애원했다. 답장이 없었다. 통화 버튼을 누르니 수신 차단이라는 냉랭한 대답이 흘러나왔다. 감정이나 흥분은 이제 사치였다. 침착하게 현실적인 방도를 생각해야 했다.

2

미선을 처음 알게 된 것은, 팔 년 전 중국에서였다. 꽤 큰 식품회사 사업을 하던 나는 IMF로 사업을 접고 간신히 집 하나를 건졌다. 그나마 아내의 이악한 재산 관리로 남은 집이었다. 빚더미에 올라앉은 친구들에 비하면 경한 편이었다.

당시 중학생 두 아들을 둔 나는 그대로 주저앉을 수 없었다. 집을 담보로 대출금을 받아 중국 시장으로 진출했다. 일식 요리사 자격이 있으니 차라리 남의 밑에서 주방장이나 하라고 아내가 극구 말렸다. 그 말을 듣지 않았다. 중국 시장에 대한 유혹을 물리칠 수 없었다.

중국으로 몇 번 들락거리며 나름 시장 파악을 마치고 칭다오에 식품 중계 무역회사를 차렸다. 중국 사업에 마지막 사활을 걸었다. 중국에서 혼자 살면서 회사 일에 죽기 살기로 매달렸다. 처음 몇 년간은 그런대로 사업이 되는 것 같았다. 하지만 관세와 인건비가 올라가면서 점차 궁지로 몰리기 시작했다. 이미 회사가 기울어졌을 때, 통역 겸 경리인 조선족이 회사 자금을 빼돌리고 도망쳤다. 경찰에 신고했으나 공안은 중국 사람 편이었다. 경리는 바다에 던져진 돌처럼 그 넓은 대륙에 깊이 잠겨버렸다.

회사를 헐값으로 넘겨버리는 사이, 서울 집은 빚으로 내놓아야 했다. 아내는 아이들을 데리고 일산에 있는 친정으로 들어갔다. 동시에 나에게 이혼 통보를 보내왔다. 손을 잡고 함께 이겨내자고 전화통에 불이 나게 애원했으나 요지부동이었다.

이혼 서류에 도장을 찍은 날, 칭다오에서 소문난 술집으로 갔다. 중국에서 사업을 하면서 돈을 아껴 좀처럼 가지 않던 술집이었다. 그날만은 비싼 독방에 술상을 받아놓았다. 아가씨를 들여보내겠다는 웨이터의 말에 과감하게 머리를 끄덕였다. 얄팍한 돈 지갑을 얼핏 떠올렸으나 울뚝 뱃심이 솟구쳤다. 까짓거 다 망한 판에 술집에서 하룻밤 보낸다고 내 처지가 달라지겠는가 하는 생각이었다. 황금빛 호랑이 문양이 화려한 술집 소파에 주저앉자마자 나는 현실을 잊고 싶어 연거푸 술을 들이켰다. 그리고 소리쳤다.

"야, 아가씨 만들어 데려오냐?"

대답하듯 묵직한 밤색 문이 빠끔히 열렸다. 우악스러운 손길에 등을 떠밀려 웬 아가씨가 방 안에 들어섰다. 겨우 스무 살 될까 말까 한 예쁜 아가씨였다. 이상한 것은 이런 술집에 전혀 어울리지 않게 어수룩해 보였다. 교태를 부리며 손님에게 접근할 줄 몰랐다. 오도카니 서서 내 눈치만 흘깃흘깃 살폈다. 조금 실망스러웠으나 아가씨를 나무랄 만큼 취하지 않았으므로 손짓으로 불렀다.

옆에 옹송그리고 앉은 아가씨는 첫인상과는 달리 익숙한 동작으로 술을 따랐다. 나도 한 잔 따라주며 눈짓으로 술을 권했다. 아가씨는 망설이다가 술을 조금 삼키면서 얼굴을 찡그렸다. 역시 풋내기였다. 그동안 배운 서툰 중국말로 몇 살이냐고 물었다. 아가씨는 더 서툰 중국말로 열아홉 살이라고 대답했다.

"너 혹시 조선족 아가씨야?"

나는 한국말로 물었다. 아가씨는 대번에 눈이 커지더니 입속말로 중얼거렸다.

"어마나, 그럼 아저씬 남조선 사람?"

한국말이었으나 남조선이라는 말과 억양이 귀 설었다. 나는 흠칫 놀랐다. 한국인을 남조선 사람이라고 부를 수 있는 사람은 북한 사람밖에 없었다. 그때까지 북한 사람을 본 적이 없었다. 조금 마신 술기운이 싹 가셔지고 날카로운 경계심이 뒤통수를 갈겼다. 나는 당장 웨이터를 부르려고 자리에서 일어나며 어이, 하고 소리를 질렀다. 그때 아가씨가 나의 팔을 잡으며 애원했다.

"나를 내쫓으면 매를 맞아요. 제발 쫓지 마세요."

사슴 눈처럼 선한 눈동자에 어린 눈물을 보고 차마 웨이터를 부를 수 없었다. 그냥 주저앉으며 나는 거칠게 한 잔 들이켰다. 그리고 단도직입적으로 물었다.

"너 북한 아가씨지?"

아가씨는 고개를 푹 떨어뜨리며 맥없이 끄덕였다.

"북한 아가씨가 어떻게 중국 술집에서 일해? 북한에서 공작원으로 파견돼 온 거야?"

나는 심문하듯 따졌다. 거듭되는 나의 물음에 아가씨는 대답을 못하고 머뭇거렸다. 큰 눈망울에서 눈물이 줄줄 흘러내리며 화장한 볼을 얼룩지게 했다. 기어들어 가는 목소리로 탈북자라고 떠듬떠듬 대꾸했다.

"탈북자?"

언젠가 뉴스에서 들은 기억은 났다. 그때까지 탈북자에 대해 잘 몰랐다. 북한에 대해 무관심했고 다른 행성만큼이나 멀게 느꼈었다. 북한 사람은 외계인만큼이나 낯설었다.

"북한에서 도망쳐 나왔단 말이야?"

"네……."

"왜 도망쳤는데?"

아가씨는 아연한 표정으로 쳐다보더니 침착하게 대꾸했다.

"어머닌 병으로 돌아가시고 아버진 굶어 돌아가셨어요."

나는 허리를 곧추세웠다. 실컷 취해서 일시나마 현실에서 벗어나려고 찾은 술집에서 어처구니없게 남을 위로해야 할 처지에 놓였다.

"남조선 아저씨는 오늘이 처음이에요. 말이 통하는 아저씨를 만나니 정말 반가워요. 지금껏 중국인들만 대상해서 힘들었는데,"

첫인상과는 달리 생각을 제법 조곤조곤 말했다. 부담스럽고 달갑지 않았지만 매정하게 거절할 수 없었다. 누구의 사연을 들어주거나 동정할 처지가 못 되었던 나였지만 불편한 대로 아가씨 이야기에 귀를 기울이는 수밖에 없었다.

"전 조선에서 예술체조를 전공한 체육대학 학생이었어요. 국제경기에 두 번 나갔어요. 그런데 고난의 행군으로 우리 집 생활이 어려워져 대학을 그만두게 되었고……. 부모님을 잃었어요. 중국에 가면 배불리 먹고 돈 벌 수 있다는 브로커의 말에 탈북했어요. 그런데 여자를 팔아먹는 거간꾼에게 잘못 걸려들었어요. 두만강을 건너 중국 브로커에게 인계돼 꼼짝 못 하고 갇혀 있었죠. 그리고 술집에 팔려갔어요. 일 년 새에 세 번이나 술집을 옮기며 팔려 다녔어요."

술 마실 생각이 싹 없어지고 마음이 불안해졌다. 처음 보는 북한 아가씨 이야기는 들을수록 공포를 자아냈다. 인신매매라는 말은 책에서

나 보았지 당사자를 눈앞에서 보게 될 줄은 몰랐다.

아가씨는 왼손을 나에게 보여주었다. 새끼손가락 끝이 험상궂게 뭉그러졌고 손톱이 없었다. 이전에 있던 술집에서 세 번째로 도망치다 붙잡혔을 때 술집 깡패들이 새끼손가락을 망치로 쳤다고 했다.

"나를 또 다른 데 팔아버릴지 몰라요. 손님 접대를 잘못하면 다른 술집으로 또 팔아먹을 거예요."

아가씨는 금시 눈물을 뚝뚝 떨어뜨렸다. 죽도록 이 일을 싫어하고 끔찍하게 여긴다는 것이 느껴졌다. 나는 저도 몰래 깊은 한숨을 내쉬었다. 생각 같아서는 당장 아가씨를 도와주고 싶으나 무엇을 할 수 있으랴. 눈앞이 캄캄하기는 내 처지도 마찬가지였다. 눈치를 살피던 아가씨가 갑자기 애걸하기 시작했다.

"저를 좀 도와주세요. 여기서는 다 말씀드릴 수 없어요. 조용한 곳에 가서 이야기 좀 들어주시고 의논 좀 해주세요. 네? 오늘 저를 사주세요."

급작스러운 요청에 나는 당황했다.

"난 도와줄 형편이 못 되는 사람이야."

아가씨는 막무가내로 매달렸다.

"말이 통하는 사람은 처음이에요. 아저씨는 바깥 형편을 잘 아실 거 아니에요. 저하고 의논만 좀 해주세요. 오늘 저 좀 사주세요. 제발요, 네?"

아가씨가 얼마나 무섭고 고독한 처지에 있는지 조금은 이해되었다. 더는 거절할 수 없었다. 지갑 돈을 다 털어 아가씨와 모텔로 향했다. 우악스럽게 생긴 남자 둘이 우리 뒤를 따랐다.

모텔에 와서 찬찬히 보니 무척 예쁜 아가씨였다. 예술체조를 전공했다더니 늘씬한 몸매는 모델 못지않았다. 희고 작은 얼굴은 무척 순수해 보였다. 술집이 아니라 여느 캠퍼스에 앉아 있어야 어울릴 듯싶었다. 까만 눈동자에 컴컴하게 서려 있는 불안을 빼고는.

돈을 들여 아가씨를 샀지만, 선뜻 접근할 수 없었다. 일단 술병을 놓고 마주 앉았다. 술집에서 완강하게 도움을 청하던 아가씨는 술잔을 만지작거리며 내 눈치를 살폈다.

"그래. 무슨 의논을 해달라는 거지?"

"만약 도망치는 데 성공해서 밖으로 나가면 어떻게 살 수 있을까요?"

"글쎄? 넌 중국말을 잘 못 하니 금방 들통날 텐데. 탈북자니 불법체류자겠지?"

"네. 공안에 잡히면 전 꼼짝 없이 북한으로 끌려가요. 그리고 감옥에 가야 해요."

"술집에서 도망은 칠 수 있는 거니? 도망친다 해도 어디서 어떻게 살 건데? 불법체류자니 마음대로 다니기도 그렇고. 장차 어떻게 하려고?"

내가 도리어 물었다. 내 형편보다 훨씬 더 막막한 아가씨의 상황이 실감 났다.

"도망만 친다면 어떻게 살길이 열리겠죠. 칭다오에는 한국 회사랑 식당이 많다면서요? 탈북자들이 그런 데서 일한다는 말은 들은 적 있어요. 아저씨가 저 좀 도와주시면 안 될까요?"

나는 괜히 속이 뜨끔하여 급히 고개를 흔들었다.

"안 돼. 난 널 구원할 처지가 안 되고 힘이 없어."

"남조선 사람들 돈 많다는 걸 전 알아요. 그럴 마음이 없다면 할 수 없죠."

아가씨는 새침한 표정을 짓더니 와락와락 옷을 벗기 시작했다. 돈을 주고 샀으니 어서 마음대로 하라는 태도였다. 슬그머니 화가 치밀었다. 나 역시 당장 죽고 싶을 만큼 힘겨운 처지인데 뭔 상관이라고. 거칠게 아가씨를 침대로 끌고 갔다. 아가씨는 묵묵히 나의 요구를 따랐다. 실컷 욕구를 풀고 나자 불안이 조금 진정되었다. 아가씨를 안고 침대에 누워 잠시 생각을 굴렸다.

"너 몇 번 도망쳤는데 성공 못 하고 붙잡혀 손가락까지 망가졌잖아. 근데 무슨 수로 또 도망을 친다는 거냐?"

아가씨는 깊은 한숨을 쉬었다.

"사실 도망친다는 게 쉽지 않아요. 술집에 들어가면 밖으로 맘대로 나가지 못해요. 지금 모텔 밖에서도 깡패 두 명이 날 지키고 있잖아요. 사실……, 돈이 있으면 나를 꺼낼 수도 있어요. 근데 큰돈이에요."

"큰돈이면 얼마?"

얼결에 물었다. 아가씨 눈빛이 간절해졌다. 내 목을 그러안으며 성급히 말을 이었다.

"처음엔 저의 몸값이 만오천이었는 데 세 번 팔리면서 삼만 원이 됐대요. 술집 주인은 두 배로 돈을 내면 저를 놓아주겠다고 했어요. 저는 엄두도 못 내죠."

마치 내가 자기를 구원하려 결심한 듯이 진지하게 달라붙었다. 중국 돈 육만 원이면 우리 돈 천만 원 정도였다. 한창 사업이 잘될 때는 가능한 돈이었다. 하지만 당시는 큰돈이었다. 짜증이 났다.

"미안하지만 난 그럴 여력이 안 되는 사람이야."

미련을 줘서는 안 되겠다는 생각에 잘라 말했다. 아가씨는 긴 한숨을 내쉬더니 가늘게 고개를 끄덕이었다. 한참 후, 묵묵히 옷을 입기 시작했다.

"저 갈래요. 오래 있으면 아저씨가 돈을 더 내야 해요."

아가씨는 방을 나갈 때 머뭇거리며 돌아보았다. 나는 못 본 척 얼른 눈을 감아버렸다.

3

세내서 쓰던 칭다오 아파트를 정리하자 약 이천만 원 돈이 생겼다. 사실 그 돈이면 아가씨를 빼내 올 수 있었다. 하지만 그 돈은 남은 전 재산이었다. 그 돈이 있어야 한국으로 돌아가서 하다못해 월세 옥탑 방을 얻을 수 있었다.

시도 때도 없이 북한 아가씨의 애절한 눈빛이 자꾸 떠올랐다. 냉정히 북한 아가씨를 잊으려 했지만, 그 술집으로 다시 가고 말았다. 딱히 대책이 있거나 어떤 결심이 서서가 아니었다. 그냥 아가씨 일이 궁금했다. 혹시 그사이 무사히 도망을 쳤거나, 아니면 좋은 사람을 만나 빠져나가지 않았을까, 하는 막연한 기대를 품었다. 북한 아가씨는 술집에 있었다. 나를 만나자 뛸 듯이 반가워했다.

"전 아저씨 오기를 손꼽아 기다렸어요. 영영 오지 않을까 봐 얼마나 마음을 졸였는데요."

"난 널 도울 수 없는 사람이라고 했잖아."

"아저씨하고 긴히 의논할 일이 있어요."

아가씨는 마치 나를 보호자 대하듯 했다. 나는 이맛살을 찌푸렸다. 괜히 왔다는 생각이 들었다.

"돈으로 도와달라는 게 아니에요. 그냥 전번처럼 의논할 일이 있어요."

아가씨의 말을 들어줄 수밖에 없었다. 두 번째로 모텔로 향했다. 아가씨는 웬일인지 삼 층 방을 달라고 했다. 모텔 방에 들어서자마자 가쁜 숨을 몰아쉬며 말했다.

"도망칠 방도를 생각해냈어요. 지금 밖으로 나왔을 때 도망치자는 거예요."

아가씨의 단순함에 어처구니가 없었다.

"밖에서 깡패가 지키고 있는데?"

"방도가 있어요. 그런데 아저씨 도움이 꼭 필요해요."

소름이 돋았다. 타국에서 깡패에게 잘못 걸려들면 죽음을 면치 못한다는 것은 타향살이 상식이었다. 아가씨를 술집에서 탈출시킨다는 것이 얼마나 위험한 일인지 얼핏 생각해도 짐작되었다. 얄팍한 동정에 다시 아가씨와 대면한 것을 후회했다. 당장 모텔을 나가야 한다는 생각에 벌떡 자리에서 일어났다. 나의 행동을 자기 말에 대한 공감으로 이해한 아가씨는 바싹 다가서며 열에 떠서 말했다.

"생각하고 또 생각했어요. 아저씨 오늘 절 좀 도와주세요. 그럼 전 아저씨 은혜를 평생 잊지 않을 거예요. 네? 제발!"

나는 한걸음 물러서며 냉랭하게 말했다.

"뭔가 오해하고 있는데 난 너하고 아무 상관이 없는 손님이야. 전번에도 말했지만 널 돕기는 고사하고 내 한 몸 건사하기 힘든 사람이야."

"돈으로 도와달라는 게 아니라고요. 도망칠 방도가 있단 말이에요."

아가씨는 허둥거리며 앞을 막아섰다.

"그럼 모텔 문 앞에서 지키는 깡패들을 제치고 같이 도망이라도 치자는 거야? 난 나이가 있고 그럴 재주도 없어."

나는 벗어놓았던 재킷을 입으며 당장 나갈 자세를 취했다. 아가씨는 내 앞에 무릎 꿇고 애원했다.

"아저씨 아니면 날 구해줄 사람이 없어요. 지금이 절호의 기회예요."

아가씨를 와락 밀쳤다.

"시끄러. 난 이제 더 내려갈 밑바닥도 없단 말이야."

아가씨가 무서워졌다. 북한 여자는 이렇게 영악하고 막무가내인 듯싶었다. 한시바삐 이곳을 벗어나려는 생각으로 단호히 몸을 돌렸다. 아가씨가 필사적으로 나의 바짓가랑이를 잡고 늘어졌다.

"제발 마지막까지 제 말을 들어주세요. 그래요. 제가 생각한 방도가 가능한지 의논만 해주세요."

어쩔 수 없이 침대 끝머리에 걸터앉았다.

"좋아. 어디 한번 들어나 보자."

아가씨는 침을 꼴깍 삼키더니 나의 바짓가랑이를 꼭 잡은 채 빠르게 말했다.

"영화대로 하면 돼요. 영화대로!"

"뭐? 영화대로?"

그만 실소를 금할 수 없었다. 이런 단순하고 천진한 발상으로 감히 목숨을 건 탈출을 시도하다니? 하지만 아가씨 표정은 비장했다.

"북한에서 본 영화인데요. 정찰병들이 삼 층 방에서 침대 매트리스 커버를 잘라 밧줄을 만들고 그걸 늘여놓고 뛰어내렸어요."

"뭐? 침대 매트리스 커버?"

나는 깜짝 놀라며 얼결에 침대 위 흰색 커버를 움켜쥐었다.

"네, 그래서 아까 삼 층 방을 달라고 한 거예요. 일 층은 깡패들이 창문까지 지켜요. 삼 층은 창문까지는 지키지 않아요. 그리고 이 방은 모텔 출입문하고 반대쪽에 있으니 쉽게 도망칠 수 있지 않을까요?"

비로소 아가씨 말이 단순한 발상이 아니라는 것을 알았다. 무모하기 짝이 없지만 아주 가능성이 없어 보이지 않았다. 나는 주춤했다. 다시 생각을 굴렸다. 정말 성공할 수 있다면 도와줘야 하지 않을까. 침착하게 창문을 열고 밑을 내려다보았다. 모텔 방들에서 비치는 희미한 불빛에 어둑한 뒷골목이 보였다. 다행히 모텔은 따로 울타리가 없었다. 창문 밑이 바로 골목길이었다. 조금은 모험심이 발동했다. 침대에 걸터앉아 잠시 생각을 굴렸다.

"좋아. 네가 먼저 내려가다가 발각되더라도 난 자는 척할 거야. 넌 내가 술 먹고 자는 사이에 가만히 탈출을 시도한 거야. 알겠지?"

별로 효과가 있어 보이지 않지만, 이 정도 안전장치는 해놓아야 용기가 생길 것 같았다. 아가씨는 눈물을 좔좔 흘리며 고맙다고 거듭 머리를 조아렸다. 나는 드디어 결심했다. 지금 생각하면 어떻게 그런 무모한 결단을 내렸는지 이해되지 않았다.

일단 밤이 깊을 때까지 기다려야 했다. 우선 문을 꽁꽁 닫아걸고 면

도날로 침대 매트리스 커버를 잘랐다. 그리고 세 줄로 머리태처럼 꼬았다. 그냥 외줄로 하면 끊어질 위험이 있었다. 이불 거죽까지 다 자르니 꽤 긴 밧줄이 생겼다. 이제는 후퇴할 수 없었다. 우리는 한숨도 못 자고 불을 끈 채 창밖만 주시했다. 창문 밑 골목길에 지키는 깡패가 없는지 신경을 도사렸다. 밤이 깊어 가면서 점차 사람들 왕래가 뜸졌다. 일 층과 이 층 아래쪽 창문도 캄캄했다. 모두 잠든 것 같았다.

나는 창문을 열고 밧줄을 밑에까지 드리워보았다. 다행히 바닥에 닿고도 남았다. 밧줄 끝 하나를 침대 다리에 단단히 옭아매고 침대를 창문 밑에 바싹 붙여놓았다. 마구 날뛰는 가슴을 가까스로 진정시키며 나는 말했다.

"일단 네가 먼저 내려가! 위에서 내가 밧줄을 잡을게. 될수록 멀리 뛰어 도망가!"

"싫어요. 아저씨까지 내려오신 다음 같이 도망갈 거예요."

"먼저 도망가라니까."

나는 꽥 소리 질렀다. 아가씨는 눈물이 글썽하여 단호히 거부했다.

"그럼 전 도망가지 않겠어요."

"이런 제길, 그럼 가지 말든가."

버럭 화를 냈으나 아가씨의 완강한 고집을 꺾을 수 없었다. 아가씨가 먼저 내려가 골목에 숨은 다음 내가 내려가 같이 도망가기로 합의했다. 이제 결심을 바꿀 수 없었다. 밧줄 다른 끝을 아가씨의 팔목에 몇 겹 돌려 감은 다음 아가씨를 안아 창문 밖에 내놓고 천천히 밧줄을 풀어 내리기 시작했다. 아가씨는 체조 선수답게 발을 벽에 대고 몸 균형을 잡으며 빠르고 순조롭게 내려갔다. 살 떨리는 흥분 속에 아가씨가 성공적으로 내려서자 나는 어서 피하라고 손짓했다. 아가씨는 골목 어둠 속에 스며들었다. 밧줄이 단단히 매어졌는지 다시 한번 당겨보고 나도 밧줄을 타고 내려가기 시작했다.

지금까지 살면서 그날처럼 짜릿하고 무모한 모험은 처음 해보았다. 깊이 생각할 겨를이 없이 얼결에 단행한 일이었지만 목숨을 건 위험한 행동이었다. 하늘이 도왔는지 우리는 그날 모험에서 성공하였다. 탈출하고 나서야 아가씨 이름이 미선이라는 것을 알았다.

나는 비행기를 타고 한국으로 오면 되지만 불법체류자인 미선은 한국으로 같이 들어올 수 없었다. 당장 거처할 곳이나 갈 데도 없었다. 하는 수 없이 미선이 일하던 술집에서 멀리 떨어진 다른 도시에 작은 원룸 하나를 얻었다.

그날부터 우리는 자연스레 동거에 들어갔다. 동거는 미선이 더 원했다. 처음엔 어쩔 수 없이 한집에 살게 되었지만, 점차 나도 미선에게 의지하게 되었다. 그렇다고 계속 같이 산다든가 하는 구체적인 약속은 없었다. 둘 다 앞으로 일을 선뜻 기약할 형편이 안 되었다.

미선은 무조건 나를 따랐다. 너무나 절박한 믿음이어서 차마 저버릴 수 없었다. 도피 생활은 오래 할 수 없었다. 있는 돈으로 몇 달을 견디기 힘들었다. 나의 사정을 다 알게 되자 미선은 눈물이 글썽해졌다. 자기가 식당 일이라도 해서 돈을 벌면 어떠냐고 제의했다.

나는 이미 귀국 준비를 끝낸 상태였다. 더 있으면 나 역시 불법체류자가 되었다. 일단 내가 먼저 귀국하고 후에 방도를 모색하기로 했다. 약간의 돈을 남겨두고 부랴부랴 중국을 떠났다.

중국을 떠나던 날 미선은 나를 붙들고 길게 울었다. 자기를 버리지 말고 꼭 연락해달라고 애원했다. 하지만 반드시 다시 온다는 약속을 할 수 없었다. 어물어물 미선을 겨우 떼어놓고 그 집에서 뛰쳐나왔다. 될수록 미선에게서 멀어지려 허둥지둥 걸음을 옮겼다.

여름 끝자락인데 늦가을처럼 갑자기 날씨가 차졌다. 전날 밤에 바람이 몹시 불고 비가 억수로 내리더니 가로수의 나뭇가지들이 꺾인 것이 보였다. 푹 젖은 나무 잎사귀가 땅바닥에 수북하게 떨어져 있었다. 시들지 않은 푸른 낙엽이었다. 나는 걸음을 멈추고 파란 잎사귀가 촘촘히 매달린 은행나무 가지를 하나 집어 들었다. 어쩐지 어린 나이에 된 서리 맞고 처참하게 세상 밖에 던져진 미선을 떠올리게 했다. 하지만 아무리 미선이 가여운들 어찌하랴. 가련하기는 나도 마찬가지였다. 나는 도망치듯 한국으로 들어왔다.

4

한국에 들어와 대충 주변을 정리하고 형제와 친구들 도움으로 옥탑방 하나를 얻었다. 한 달간은 미선을 생각할 겨를이 없었다. 내 코가 석 자였다. 미선은 먼저 연락할 수 없었다. 나의 한국 전화번호를 모르기 때문이었다.

일용직으로 생계를 유지하면서 비로소 한국에 정착한 탈북자들 실태를 알게 되었다. 그러던 중 우연히 탈북자를 한국으로 데려오는 브로커를 알게 되었다. 그도 탈북자였다. 비용 삼백만 원만 내면 책임지고 데려오겠노라고 했다. 나에게 삼백만 원은 큰돈이었다. 신용불량자라 은행에서 대출받을 수 없었다. 생각다 못해 춘천에 있는 누이동생을 찾아갔다. 오빠의 딱한 처지를 아는지라 군말 없이 돈을 빌려주었다.

무리수를 두면서 북한 아가씨를 데려오려는 자신이 이상하게 생각되었지만, 그 일을 멈출 수 없었다. 브로커와 약속하고 미선의 주소를 알려준 날, 떨리는 손으로 중국 전화번호를 눌렀다.

미선은 얼른 전화를 받았다. 여보세요, 귀에 익은 목소리를 듣는 순간 웬일인지 눈물이 불쑥 솟구쳤다. 왜 그리 반가웠던가. 그동안 기울인 자상한 노력에 스스로 감동이라도 했던가. 누구냐 묻는 소리에 한참 후에야 나야, 하고 외마디 대답을 했다.

"아저씨? 아저씨 맞지요?"

"그래. 나야. 그동안 얼마나 고생했어?"

전화기 너머 멀리 중국 땅에서 미선이 어린애처럼 왕 울음을 터뜨렸다.

그렇게 미선은 한국으로 왔다. 미선이 하나원에서 나와 정부에서 배정한 임대아파트로 들어간 날, 나는 허둥지둥 미선의 집으로 찾아갔다. 미선은 출입문을 열자마자 나의 목을 그러안으며 아저씨! 하고 목메어 불렀다. 우리는 마치 오랫동안 헤어졌다 만난 부부처럼 스스럼없이 그날 밤을 보냈고 서로 반가워했다.

미선은 나의 형편을 듣더니 당장 자기 집으로 들어오라고 했다. 이제부터는 자기가 벌어서 아저씨를 먹여살리겠노라고 했다. 순수하고 깨끗한 그 마음에 가슴이 뭉클했다. 하지만 망설여졌다. 아직 한국 실정을 모르는 순진한 아가씨였다. 중국에 있을 때보다 더 성숙해졌지만 겨우 스무 살밖에 안 되었다. 한창 피어나는 한 떨기 꽃처럼 청초했다. 좋은 총각을 만나 얼마든지 새 출발을 할 수 있었다. 사십 대 중반에 들어선 나와 같이 산다는 것이 아무래도 모양새가 아니었다. 척 보기에도 아버지와 딸 같아 보였다. 심중해졌다.

하지만 미선은 막무가내였다. 아저씨 은혜는 평생을 두고 다 갚지 못할 것이라고 했다. 아저씨가 좋아서 그런다고 했다. 한국에 왔고 집도 생겼으니 둘이 맞들어 벌면 얼마든지 잘 살 수 있다고 했다. 진심이 느껴졌다. 나와 같이 사는 것을 당연한 일로 여기는 것 같았다.

이기심 없이, 은혜를 아는 인간미를 갖춘 미선이 신기해 보였다. 미선을 내 것으로 만들려는 타산으로 도운 건 아니었다. 그동안 쓴 비용도 요란하게 생색을 낼 만큼 큰돈이 아니었다. 미선이 순진하게 나올수록 나는 더 망설여졌다. 일생을 영원히 같이할 수 있다는 자신감도 없었다.

하지만 아가씨가 내미는 손을 잡고 싶은 유혹은 너무 강렬했다. 지금 후회되는 것은 그 유혹을 끝내 이기지 못했다는 것이다. 철없는 딸애와 같은 미선이 설사 손을 내민다 해도 내가 타일러 마다했어야 했다. 그랬다면 미선은 지금 나를 인생의 은인으로 고맙게 생각할 것이다. 나도 자신이 베푼 덕행에 뿌듯해하며 자존감을 떳떳이 지켰을 것이다.

나는 못 이기는 척 미선의 집으로 들어가고야 말았다. 당시 나의 형편이 각박한 데도 있었지만 젊고 아름다운 아가씨를 가지고 싶은 욕망을 끝내 이기지 못했다. 남 보기와 달리 우리 사이는 별로 어색하지 않았다. 중국에서부터 동거했던 터라 나이 차이에서 오는 거북함을 이미 넘어섰다.

하지만 미선이와 관계에서 늘 긴장을 놓을 수 없었다. 나날이 피어 나는 미선의 청춘을 속으로 시기하며 정력에 좋은 약을 달고 살았다. 옷도 젊은이 유행에 따라 입었고 향수를 명심해서 뿌렸다. 희끗희끗 해지는 머리를 숨기려고 꼼꼼히 염색했다. 성형외과에 몰래 가서 간단한 주름 성형을 했고 보톡스를 주기적으로 맞았다. 우리 사이 간격을 줄이려는 가상한 노력 때문인지 처음 몇 년 동안 정말 의좋은 부부처럼 살았다.

돌이켜보면 나도 진정을 다 했지만, 미선이도 진심을 바쳤다고 생각되었다. 누가 봐도 이해되지 않는 우리 사이지만, 목숨을 건 생사의 길에서 맺어진 끈끈한 과거가 굵은 동아줄이 되었다.

5

동거하면서 미선이 매우 총명하고 현명한 아가씨라는 것을 알게 되었다. 중국 술집에서 공포에 떨던 어리숙한 북한 아가씨 모습은 온데간데없어졌다. 미선은 공부하고 싶다고 했다. 서른다섯 살 이하의 탈북자들은 입국 후 오 년 내 대학 공부를 무료로 할 수 있는 정부의 지원 정책이 있었다.

미선은 간호대학에 입학했다. 대학에 다니는 사 년간 나는 노가다도 뛰고 대리운전도 하면서 닥치는 대로 돈을 벌었다. 미선은 날이 갈수록 자신감 넘쳤고 세련되어갔다. 이제는 혼인 신고를 해야 하지 않겠냐고 조심히 말을 붙인 적이 있었다. 미선은 별로 거부하지 않았다. 다만 기초생활수급비를 타려면 대학 졸업 때까지 미루자고 가볍게 말했다. 나는 안도의 숨을 내쉬며 가슴을 쓸어내렸다. 언젠가는 버림받을 것 같은 두려움이 무의식 속에 깊이 자리하고 있었다.

미선은 잘 때마다 피임약을 먹었다. 대학생이라 당연하게 여길지 몰라도 나에게는 우리 사이에 자식이란 얼토당토않다는 것으로 받아들여졌다. 미선을 위해 자식 하나는 있으면 좋지 않을까 속으로만 생각했다. 그러나 그 아이의 아빠가 내가 되어야 한다는 확신은 없었다. 나의 자존감은 늘 곯아 있었다. 그럭저럭 오십 고개에 들어서기 전까지는 별 잡음 없이 동거를 이어갔다.

하지만 세월 타지 않는 것은 없었다. 끈끈한 과거도 미선의 순수성도 점차 빛이 바래기 시작했다. 우리 사이가 삐걱거리기 시작한 것은 미선이 대학을 졸업하고 병원에서 일을 시작하고 나서부터였다.

사회생활을 시작하자 미선은 더욱 자신감 넘쳤다. 워낙 총명하니 대학을 우수한 성적으로 졸업했고, 병원에서 실력을 인정받고 바로 적응해 나갔다. 한국 생활 몇 년 사이에 미선은 젊은이답게 유행에 빨랐고 내가 모르는 아이돌 노래를 훨씬 잘했다.

점차 미선이와 나 사이에는 남북의 문화적 차이보다 세대 간 문화적 차이가 뚜렷이 나타나기 시작했다. 미선은 남한을 잘 모르던 순진한 북한 아가씨가 아니었다. 한국의 고등교육을 받았고 현대문명을 재빨리 터득했다. 평범한 한국의 젊은이로 나와 마주 섰다. 음악과 티브이 프로, 음식과 취미 생활에서 세대 차이가 분명했다.

언제부터인가 미선이 나를 배려하려 한다는 것을 느꼈다. 이전처럼 밤 잠자리에 관능으로 다가오지 못했다. 아무리 노력해도 나의 성욕은 갈수록 감퇴되어갔다. 밤에 안간힘을 쓰고 늘어진 나는 새벽이

오면 다시 성욕에 북받친 미선을 외면하고 일부러 코를 골아야 했다.

주말에 오랜만에 여행을 갈 때면 조수석에 앉은 미선이 운전하는 나의 옆모습을 찬찬히 보았다. 차창으로 들어온 밝은 햇볕에 어쩔 수 없이 드러난 오십 대 아저씨 늙음이 섭섭했으리라. 선입견인지 몰라도 나를 징그럽게 여기는 게 아닐까 무안하기도 했다. 우리의 입맞춤은 점차 열기가 식어갔고 뻑뻑해졌다. 탱탱하고 뜨거운 미선의 입술을 주름진 나의 입술이 감당하기 힘들었다. 스스로 주눅이 들면서 점차 편견이 늘어갔다.

어느 날 미선은 각방 쓸 것을 제안했다. 내가 밤에 코를 몹시 곯아 잠을 설치고 직장 일에 지장을 받는다고 했다. 나는 가슴이 무너지는 것을 느끼며 부부는 각방을 쓰면 안 된다고 자못 엄숙하게 거절했다. 미선은 부부라는 말에 야릇한 웃음을 살짝 지으며 고집을 꺾지 않았다.

울며 겨자 먹기로 그 요구를 받아들일 수밖에 없었다. 실제 코를 심하게 곯았다. 내가 코를 골면 미선은 침대에서 내려와 방바닥에서 잤다. 정 견디기 힘들면 이불을 싸 들고 거실에 가서 자곤 하는 것을 보아왔다. 차마 거절할 수 없었다.

각방을 쓰자 우리 사이는 더 아득히 벌어졌다. 마치 한집에 오래 같이 산 룸메이트 같았다. 시간이 허용되면 가끔 같이 밥을 먹었다. 나는 일용직으로 돌아치고 미선이 교대 근무하는 터라 잠자는 시간 깨어나는 시간이 달랐다.

그렇게 우리는 용케 일 년을 더 버텼다. 언젠가 헤어질 것 같은 예감이 들수록 나는 더욱 미선에게 집중했다. 미선은 나의 관심을 집착이라고 짜증을 냈다. 집착이 아니라 사랑이라고 자신을 위안했지만, 초라하고 비참하게 생각되는 것은 어쩔 수 없었다.

언제부터인가 나는 혼자 화를 내기 시작했다. 의리 없고 은혜를 모르는 배은망덕한 년이라고 허공에 대고 욕설을 퍼부었다. 속에서 와글거리던 그 불만이 드디어 미선을 향해 터진 것은 일 년 전쯤이었다. 벚꽃이 하얗게 낙화하던 어느 봄날부터였다.

그날 나는, 기어이 미선을 취하리라 마음먹었다. 한 집에 남녀가 동거하면서 몇 달 동안 잠자리에 들지 않다니, 이 문제부터 바로잡으리라 단단히 다짐했다. 미선에게 오늘은 좀 일찍 퇴근하라는 문자를 보내고 정성껏 저녁을 준비했다. 젊은이 스타일로 이발하고 샤워를 깨끗이 했다. 미선이 좋아하는 향수를 알맞게 뿌리고 은은한 음악도 틀어놓았다.

미선은 나의 부탁대로 이른 저녁에 집에 들어섰다. 조금은 놀라는 눈치였다. 군소리 없이 밥을 맛있게 먹었다. 소파에 나란히 앉아 드라마를 보며 이말 저말 예사롭게 나누었다. 열두 시가 되어 미선이 방으로 들어갈 때 나는 젊은 사람 흉내를 내며 무작정 힘주어 그러안았다. 벽으로 밀어붙이며 와락 키스를 들이댔다. 급하게 서두르다 보니 숨이 차 헐떡이었다. 미선은 낯빛이 새파래지며 나를 확 밀쳤다.

"놀랐잖아요. 피곤해요."

내 몸도 대번에 싸늘하게 식었다.

"너 정말 수상하다."

"뭐가요?"

"너 혹시 다른 남자 생긴 거 아니야? 솔직히 말해."

순간 미선의 눈에 퍼런빛이 번쩍했다.

"주접을 떠네."

입속말로 낮게 내뱉었으나 무척 앙칼진 소리였다.

"뭐? 주접?"

나는 부르르 떨리는 주먹을 꽉 쥐며 높아지는 숨결을 다잡았다. 간신히 어조를 낮추어 훈시하듯, 그러나 자신 없이 중얼거렸다.

"이봐. 사랑이라는 건 서로 노력해야 한다는 거 몰라? 각방을 쓰는데 어떻게 부부 정이 유지되겠어? 한 이불 속에서 살을 비비며 살아야 부부 아니야?"

미선은 나를 찬찬히 바라보더니 갑자기 진저리를 쳤다.

"아저씨가 곁에서 침대가 꺼지게 코를 고는데 어떻게 한 이불 속에서 잔다는 거예요? 아저씨 그 집착 너무 지치고 지겹네요."

미선은 홱 몸을 돌리더니 거실로 나가버렸다. 순간 나는 주체할 수 없는 분노에 휩싸였다. 뒤따라 나가면서 저도 몰래 고래고래 소리를 지르기 시작했다.

"뭐? 지겨워? 이젠 살 만하게 됐다, 이거야? 자기를 사달라고 나에게 애걸복걸한 건 누군데? 니가 누구 덕에 오늘이 생겼는데, 감히 나에게 삿대질을 해?"

오래전 덕행을 빚쟁이처럼 흔드는 자신이 졸렬하다는 생각이 들었지만, 그날은 분노로 앞뒤를 가릴 수 없었다.

그 후부터 간신히 막고 있던 물목이 터진 듯 우리는 쩍하면 다투었다. 날이 갈수록 말이 거칠어졌고 서로 깊은 상처를 남겼다. 나는 늙음을 한탄하며 양심을 거론했고, 미선은 내가 빚쟁이처럼 집착한다며 혐오했다.

어떤 때는 내가 제풀에 집을 나갔다. 하지만 며칠이 지나면 미선이 먼저 화해 문자를 보내왔다. 정신없이 집으로 달려와서는 문 앞에서 호흡을 가다듬고 허리를 쭉 펴고 벨을 눌렀다. 미선은 지치고 피로한 얼굴로 묵묵히 문을 열어주었다. 문손잡이를 쥔 미선의 왼손, 뭉그러진 새끼손가락은 나에게 더욱 호기를 북돋아주었다.

그러던 중, 우연히 보게 된 미선의 핸드폰에서 한 남자의 구애 어린 문자를 보게 되었다. 나는 질투와 분노로 미친 듯이 날뛰었다. 남자의 구애가 일방적이라는 것을 알 수 있었지만, 이성을 완전히 잃어버렸다. 며칠 전에 우리는 원수처럼 지독하게 싸웠다. 그리고 절대 침범해서는 안 될 선을 나는 그만 넘어버렸다.

"……감히 탈북자 년 주제에 날 무시해?"

6

미선이 범상치 않은 이별을 선언한 후, 나는 거의 밤마다 그녀의 아파트 밑에서 창문을 올려다보았다. 이젠 쌀쌀해진 날씨에 콧물을 들이켜면서도 선뜻 그 자리를 떠나지 못했다. 어쩌다 창문에 미선이 모습이 비치면 심장은 미친 말처럼 마구 날뛰었다. 나도 이 감정이 사랑인지 집착인지 가늠이 가지 않았다. 미선에게 가고 싶은 마음이 너무 간절했지만, 법적으로 아무 사이도 아니니 어찌할 방도가 없었다.

미선이 준 돈으로 가까운 거리에 원룸을 얻었다. 중국에서 미선에게 원룸을 얻어주던 때가 생각나며 새삼 노여움이 치솟았다. 칠 년간 동거 생활이 이렇게 허무하게 끝나는가 싶은 게 눈물이 났다. 이러지도 저러지도 못하고 전전긍긍하며 한 달을 보냈다.

이제는 아무 일감이나 잡아야겠다고 생각한 날 아침에 전화가 걸려왔다. 뜻밖에도 미선의 전화였다. 급발진하는 심장 박동으로 숨통이 막히는 것 같아 미처 대답을 못 하는데 귀에선 여인의 목소리가 들려왔다.

"환자의 핸드폰에 일 번으로 저장되었기에 전화 드렸습니다. 환자는 오늘 아침 출근길에 교통사고를 당하고 입원했습니다. 머리에 타박상을 입었으나 생명에는 지장이 없고 지금 수면을 취하고 있어요. 보호자 분이시면 병원으로 와주세요."

갑자기 코가 시큰해지며 눈물이 쿡 솟구쳤다. 머릿속에 하얘지며 온몸이 우들우들 떨렸다. 미선이 전화번호를 바꾸지 않은 것은 알고 있지만, 아직도 나를 일 번으로 저장하고 있을 줄은 몰랐다.

"아직 나를 일 번으로 놓고 있단 말이지. 하긴 네가 부모 형제가 있냐? 친척이 있냐? 이러나저러나 살 맞대고 산 나 이상 가까운 사람이 어디 있다고. 암, 그렇고말고."

희망으로 가슴이 울렁거렸지만, 병원으로 가는 것은 망설여졌다. 전화를 걸어온 것은 간호사지 미선이 아니었다. 하지만 어느새 몸은 집을 나서고 있었다. 갑자기 쏟아지는 가을비에 옷이 젖어도 의식하지 못하고 택시를 부르며 손을 흔들었다. 병원에 도착해 미선의 이름을 대자 간호사가 물었다.

"아버지이신가요?"

"아니, 그냥…… 보호잡니다."

나는 얼버무렸다.

"오늘 구체적인 검사를 해야겠지만 큰 무리는 없을 것이라고 의사 선생님이 말씀하셨어요. 하지만 며칠 안정을 취해야 합니다."

나는 발소리를 죽여 미선이 누워 있는 침대로 다가갔다. 잠든 자세마저 흐트러지지 않고 깔끔해 보였다. 입을 꼭 다물고 모로 튼 작은 얼굴은 약간 창백할 뿐 탄력과 젊음이 넘치고 있었다. 울컥 치미는 반가움에 하마터면 와락 끌어안을 뻔했다. 동거하면서도 잠든 미선의 모습을 세세히 본 적이 없었다. 마주 서면 늘 선명한 것을 두려워했었다. 미선을 찬찬히 볼 수 있어서 좋았다.

이불 짬으로 미선의 왼손이 빠끔히 나왔다. 파란 핏줄이 가늘게 보이는 매끈한 흰 손등은 만지고 싶은 충동을 불러일으켰다. 얼결에 손을 가져가던 나는 엉거주춤 멈추었다. 나른하게 늘어진 미선의 손에서 끝이 뭉그러진 새끼손가락이 눈을 찔렀다. 나머지 네 손가락은 가늘고 섬세했고 매끈했다.

주름진 나의 손은 미선의 손 옆에서 무참하게 굳어졌다. 화끈 얼굴이 달아올라 얼른 손을 등 뒤로 치웠다. 마치 불순한 행위를 하다 들킨 듯이 창피했다. 그 뭉개진 새끼손가락만 보면 자신만만해져 허세를 부리던 나의 모습이 떠올랐다. 문득 자기를 돈으로 사고팔던 중국 술집 놈들이나 당신이나 다를 바 없다고 소리 지르던 미선의 얼굴이 떠올랐다.

"그게 아닌데. 절대 그게 아니라, 너를 사랑해서……."

다시 얼굴이 근질거리고 밝은 빛이 두려워졌다. 미선이 깨어날까 무서웠다. 벌떡 자리에서 일어났다. 더 있으면 정말로 추한 놈이 될 것 같아 소름이 돋았다. 도망치고 싶었다. 그러나 자석에 붙은 듯 발걸음이 얼른 떨어지지 않았다. 이제 떠나면 영영 미선이 옆으로 올 기회가 없을 것 같았다. 왜 아직 나를 일 번으로 저장하고 있을까. 그냥 무심해서인가, 아니면 그 무슨 미련이라도?

미선이 몸을 움찔했다. 나는 후다닥 놀라며 침대 옆 커튼에 몸을 숨겼다. 다행히 그냥 자고 있었다. 희미한 미소가 어리는 미선의 얼굴은 소녀처럼 순진해 보였다.

나는 허둥지둥 병실을 나섰다. 비를 맞으며 터벌터벌 걷다가 길가에 널린 푸른 잎사귀를 보며 문득 중국에 미선을 두고 떠나던 그 초가을 날을 떠올렸다. 그때처럼 미처 시들 새 없이 나무에서 떨어진 푸른 낙엽들이 축축한 보도블록 사이에 눌어붙어 있었다. 나는 물기를 머금고 반들거리는 푸른 낙엽 몇 개를 집어 들고 하염없이 들여다보았다. 그 가여운 미선에게 내가 무슨 짓을 한 걸까? 눈물과 빗물이 앞을 가렸다.

장첸 씨 아내

장첸 씨 아내

1

장첸 씨가 아내를 찾아 한국에 온 지 어언 십 년이 되었다. 그가 아내를 찾을 수 있는 유일한 단서는 소연이라는 이름과 북한 청진이라는 곳에서 왔다는 것뿐이었다. 아내는 도망치면서 자신의 사진 한 장 남기지 않았다. 그저 눈망울이 이렇게 크고 얼굴은 동그스름하고 콧날은 오똑하고 키는 후리후리하고 등등 그의 뇌리에 새겨진 모습만이 유일한 아내의 흔적이었다.

장첸 씨는 한국에 와서 줄곧 소연이라는 이름을 가진 탈북 여성을 찾아 헤맸다. 찾은 건 불과 두 명에 불과했다. 한 사람은 열다섯 살 소녀고 한 사람은 오십이 넘은 아줌마였다. 물론 둘 다 장첸 씨 아내가 아니었다. 아내를 처음 만났을 때 소연의 나이 열여덟이었으니 지금은 서른두 살쯤 되었다.

아내는 정말 한국으로 왔을까? 아니면 어디로 갔을까? 다시 북한으로? 처음 아내가 도망쳤을 때 느꼈던 극심한 혼란과 막막함이 가끔 장첸 씨를 휘저어놓았다. 아내가 한국에서 살지 않는데 괜히 헛물을 켜는 건 아닌지 맥이 풀릴 때가 많았다. 탈북자들이 외국에 많이 나가 산다고 들었다. 아내도 혹시 유럽에 나가 살 수 있다는 막연한 생각에 두렵기도 했다.

분명한 것은 아내가 북한으로 다시 들어가지 않았다는 것이었다. 장첸 씨가 기억하건대 아내는 북한에 대해 아무 미련도 없었다. 미련은커녕 북한으로 다시 잡혀갈까 봐 늘 불안에 떨었었다. 마을에 공안만 나타나도 낯색이 파랗게 질리던 아내를 똑똑히 기억했다. 부모는 일찍 돌아가셨다고 했다. 친척 집으로 옮겨 다니며 힘들게 살다 보니 하나밖에 없는 남동생은 헤어져 생사를 모른다고 했다. 북한에 들어갈 이유가 없었다. 북한을 빼고는 한국이든 외국이든 아내가 있다면 갈 수 있었다. 미리 절망할 필요는 없다고 장첸 씨는 스스로 다독였다.

아내가 한국에 들어왔다고 확신하게 된 것은 동네에서 살던 탈북 여성 현아 엄마의 귀띔 때문이었다. 아내를 찾아 얼이 빠진 사람처럼 돌아치는 장첸 씨를 측은하게 여겼던지 현아 엄마가 소연이 한국으로 갔다고 슬쩍 말해주었다. 장첸 씨는 현아 엄마를 아내와 연결된 동아줄처럼 여기고 그 연을 놓치지 않으려 했다. 하지만 그녀는 불행하게도 중국에서 두 번째 아이를 낳다가 죽고 말았다.

아내와 연결될 유일한 인연이 끊기자 장첸 씨는 마음을 가다듬었다. 아내를 찾기 위해 반드시 한국으로 들어가야겠다고 다짐했다. 장첸 씨는 이를 악물고 한국말 공부를 했다. 이 년 만에 한국으로 가는 취업비자를 얻을 수 있었다. 중국에서부터 요리하는 것을 좋아했던 장첸 씨는 한국에서 중국인이 운영하는 식당에 취직했다. 다행히 요리 솜씨가 좋아서 이젠 어엿한 주방장이 되었다. 중식당 사이에서 나름 알려진 중식 요리사였다. 돈도 어느 정도 모았다.

장첸 씨는 식당 일을 하면서 오늘까지 아내를 찾기 위해 온갖 노력을 다했다. 주변 탈북 여성들과 인연을 맺고 아내의 행처를 찾아달라고 부탁했다. 그러자니 돈이 적지 않게 들었다. 하지만 아직까지 아내의 행적은 묘연했다. 경찰에 의뢰해보았지만, 아내와 법적으로 부부 관계라는 증명서가 없고, 개인정보 보호 때문에 도와줄 수 없다고 했다. 아내를 꼭 찾아야 한다고 애타게 하소연하는 장첸 씨의 모습에 경찰도 고개를 절레절레 저었다.

고작 소연이라는 이름 하나로 아내를 찾겠다고 나선 장첸 씨는 누가 봐도 무모해 보였다. 그야말로 서울에서 김 서방 찾기요, 숲속에서 바늘 찾기라 할 수 있었다. 장첸 씨는 한국에 와서 소연이 아내임을 증명할 수 없는 현실에 절망하기도 했다.

그랬다. 소연은 오로지 장첸 씨 가슴에만 아내로 깊이 새겨졌을 뿐, 이 세상 그 어디서도 인정받기 힘든 관계였다. 아내는 중국에서 불법 체류자 신분이었다. 그래서 결혼 등록을 바로 할 수 없었다. 장차 돈을 마련해 아내의 호적을 사고 결혼 등록하려 했었다. 하지만 그럴 사이 없이 아내는 도망쳤다.

하지만 누가 뭐래도 장첸 씨에게 북한 여자 소연은 엄연히 아내이고 첫사랑이었다. 장첸 씨 가족과 주변에서는 의리 없고 양심 없는 조선 년 다 잊고 빨리 새 가정을 꾸리라고 성화였다. 하지만 장첸 씨는 요지부동이었다. 아내를 잊지 못해서만이 아니었다. 소연에게는 자신의 핏줄인 자식이 있었다. 소연과 장첸 씨 사이에 맺어진 천륜인 그 아이를 절대로 포기할 수 없었다.

아내가 도망친 때로부터 어언 십이 년 세월이 흘렀다. 아내와 산 날은 불과 일 년 남짓한 기간이었다. 이젠 아내의 얼굴을 기억하려 해도 미간을 모으고 골몰해야 했다. 아내의 모습을 영영 망각할까 두려워 그림 그리는 사람에게 인상착의를 설명하고 초상화 한 장을 그려 왔다. 그 그림을 핸드폰에 저장하고 사방 뿌리며 이런 여자 보면 알려달라고 부탁했다.

탈북민들이 한국에 와서 개명을 많이 한다는 사실을 알게 되었다. 그렇다면 아내는 개명하고 어딘가에서 살든가, 혹시 결혼했을지 모른다. 장첸 씨 아내는 워낙 이쁘고, 똑똑하니까! 하지만 상관없었다. 당시 도망친 아내의 배 속에 있던 아이, 남자인지 여자인지 몰라도 장첸 씨 종자가 분명한 그 아이만 찾으면 된다고 생각했다.

그 아이 나이도 이젠 열 살이 넘었다. 꿈에서 종종 자신의 얼굴 같기도 하고, 아내의 얼굴을 닮기도 한 아이가 나타났다. 그토록 진심을 주었는데 도망친 아내가 도대체 얼마나 잘 사는지 알고 싶은 억하심정도 없지 않았다.

2

장첸 씨가 처음 소연을 만난 것은 뚜쟁이 집에서였다. 당시 장첸 씨가 사는 길림성 일대 산골에서는 노총각들이 북한 여자를 사서 아내로 맞는 바람이 불고 있었다. 워낙 척박하고 깊은 산골이라 한족 처녀들은 시집오기를 꺼렸다. 그 고장에 태어나고 자란 처녀들도 줄을 잡아 도시로 빠져나가기 바빴다. 남자들은 자칫 총각으로 평생 여자 구경 못 할 판이었다.

장첸 씨는 집안의 유일한 아들이었다. 위로 누이 둘이 있는데 주변 마을로 시집가서 아이를 두셋 낳았다. 장첸 씨 가족의 소망은 외아들을 장가보내 후대를 잇게 하는 일이었다. 하지만 색시 얻는 일은 쉽지 않았다. 한족 처녀를 아내로 맞자면 엄청난 결혼 자금이 있어야 했다. 농사나 짓는 집안에 그런 목돈이 있을 리 만무했다.

장첸 씨도 다른 집처럼 북한 여자를 사서 아내로 맞이하리라 가족과 합의했다. 북한 여자는 한족 여자보다 훨씬 적은 돈으로 살 수 있었다. 장첸 씨 부모는 뚜쟁이에게 선불을 주고 좀 비싸도 곱고 젊은 여자를 소개해달라고 부탁했다.

어느 날 뚜쟁이한테서 좋은 북한 아가씨가 생겼으니 오라는 연락이 왔다. 장첸 씨와 부모는 부랴부랴 버스를 타고 반나절이나 걸려 뚜쟁이 집으로 갔다. 뚜쟁이 집 거실에는 북한 여자 셋이 나란히 앉아 있었다. 서른쯤 돼 보이는 여자는 젖먹이를 안고 있었고, 다른 여자는 사십이 넘어 보였다. 그녀들은 들어오는 사람을 흘깃거리며 저들끼리 귀에 선 언어로 속닥거렸다.

셋 중 제일 끝에 앉은 여자가 이제 열여덟 살밖에 안 된 소연이었다. 소녀는 몸도 약하고 얼굴이나 머리카락이 윤기 없이 꺼칠해 보였다. 예쁜 본색만은 감출 수 없었다. 작고 동그스름한 흰 얼굴에 큰 눈이 총명하게 빛났다. 꼭 다문 작은 입은 야무진 성격이 엿보였다. 소녀는 주저함 없이 들어오는 장첸 씨를 탐색하듯 훑어보았다. 찌르듯

강렬한 소녀의 눈빛에 장첸 씨가 오히려 부끄러워 얼굴을 붉혔다.

"에고, 총각이 더 수줍어하는구먼, 호호. 하긴 이렇게 예쁜 아가씨 앞에서야 어느 총각인들 주눅이 들지 않겠소. 이 아가씨는 나이도 어리고 지금은 약해 보여도 잘 멕이면 곧 튼실해질 거요. 궁둥이도 큼직한 게 아이도 쑝쑝 낳을 것 같구먼. 게다가 눈빛을 보니 엄청 똑똑해 보이는 아가씨 아니요. 솔직히 사방에서 이 아가씨를 중매해달라고 난리인데 장첸 씨 네가 선불을 지급해서 내 좀 손해를 보고 이렇게 맞세우는 것이니 알아나 주시오."

뚜쟁이는 중국말로 장황히 설명하면서 장첸 씨에게 아가씨가 마음에 드는가고 물었다. 장첸 씨는 마음이 벅차올라 말을 못 하고 고개만 힘차게 주억거렸다. 심장이 너무 날뛰어서 숨을 바로 쉬기 힘들 정도였다. 아가씨보고도 이 총각이 어떠냐고 물었다. 이때 아가씨가 뜻밖의 조건을 제안했다.

"내가 이 사람한테 시집가는 대신 조건이 있어요. 북한에서 헤어진 내 남동생을 찾아주겠다는 약속을 하라고 해요. 그럼 군말 없이 따라갈게요."

아가씨는 이미 팔려갈 각오를 한 것 같았다. 북한에서 목숨을 부지할 길이 없어 탈북했고 이미 거간꾼에게 자신을 판 아가씨였다. 돈 한 푼, 인연 하나 없는 연약한 아가씨가 낯선 중국 땅에서 무엇을 할 수 있겠는가.

장첸 씨는 당연히 아가씨 요구를 들어주겠다고 했다. 잃어버린 동생 외에는 북한에 아무 인연이 없다는 것에 더 안도했다. 전적으로 자신에게 의지할 수 있다고 생각한 것이다. 중국 땅 어디에서도 그만한 아가씨를 찾지 못하리라 생각했다. 장첸 씨의 눈에 소연은 절세의 미인이었고 최고의 신붓감이었다.

소연을 집으로 데려온 며칠 후, 장첸 씨 온 가족과 형제가 나서서 결혼식을 요란하게 차렸다. 결혼식을 위해 집에서 애지중지 키우던 송아지 한 마리를 팔았다. 주변 마을에서 이제껏 본 적 없는 화려한 드레스를 신부에게 입혔다. 하얀 드레스를 입고 면사포를 쓴 신부의 모습을 보면서 장첸 씨는 하늘에서 선녀가 내려왔다고 생각했다.

그날만은 장첸 씨도 거울 앞에 오래 머물렀다. 아내보다 열다섯 살 많지만 삼십 대 초반이라 싱싱한 젊음이 넘쳤다. 노동으로 다져진 단단한 근육질 가슴을 쭉 펴고 거울에 비친 자신의 모습에 흡족한 미소를 지었다. 난생처음 입은 양복이 별로 어색하지 않았다. 햇볕에 얼굴이 구릿빛으로 탔지만 부리부리한 눈매며 큼지막한 주먹코가 꽤 사내답게 보였다.

장첸 씨는 아내를 귀한 보물처럼 아꼈다. 어머니가 색시를 그렇게 길들여서는 안 된다고 잔소리했지만, 손끝에 물을 묻히지 못하게 했다. 농사 일손이 모자라면 돈을 들여 일꾼을 살망정 아내는 밭머리에 얼씬 못 하게 했다. 아내는 고마워하는 눈치였고, 그렇다고 맹하니 앉아 있지만은 않았다. 팔을 걷어붙이고 집안 정리와 청소를 도맡아 했다. 장첸 씨 집안은 젊은 여자의 향기로 가득 찼고, 알른알른 윤기가 났다. 아내가 정말 자신과 집에 정을 붙인다고 흐뭇해했다.

아내는 극성스레 중국말을 배웠다. 이 고장에 빨리 정착하고 식구들과 잘 지내려는 의도로 좋게 받아들였다. 아내와 말이 통하지 않아 답답했던 장첸 씨는 앞장서 책을 챙겨주었다. 아내는 책과 티브이를 보면서 밤낮으로 중국말 공부에 몰두했다. 무척 총명한 여자였다. 불과 한 달도 안 되어 어지간한 대화는 할 수 있게 되었다. 반년이 지나자 신문이나 티브이에서 나오는 글을 적지 않게 알아보았다. 참으로 놀라운 배움의 속도였다.

아내를 맞은 후 장첸 씨는 친구들 술 놀이판에 잘 나가지 않았다. 아내가 얼씬거리고 체취가 느껴지는 집이 무엇보다 좋았다. 음식을 소홀히 만들지 말라고 어머니에게 잔소리했다. 어머니는 며느리가 아니라 상전을 들였다고 푸념했고, 생활비가 곱으로 든다고 잔소리했다. 장첸 씨는 식구들 몰래 아내에게 용돈을 챙겨주었다. 가까운 시장에 가서 옷을 사 입고 먹고 싶은 것을 사 먹으라 했다. 아내가 고맙다고 생긋 웃어주면 숨이 가빠 올랐다. 장첸 씨는 웃는 아내의 모습을 보려고 비상금 챙기기에 골몰했다.

아내가 임신만 하면 더 바랄 것이 없었다. 하지만 웬일인지 일 년이 가깝도록 아이가 생기지 않았다. 병원에서 검진해보아도 자궁이 튼튼해 당장이라도 임신할 수 있다고 했다. 장첸 씨도 정상이라고 의사가 말했다. 그렇다고 아내가 잠자리를 거부하는 것은 아니었다. 쑥스러워 사랑한다는 말을 잘 못 해도 장첸 씨는 아내를 살뜰히 애무해주었다. 아내도 기꺼이 장첸 씨 사랑을 받아주는 것 같았다. 장첸 씨는 행복했다. 밤이 오기를 초조히 기다렸고, 저녁 먹기 바쁘게 신혼 방으로 달려가곤 했다. 하지만 아내는 임신되지 않았다. 이상했다. 그저 아이는 하늘이 점지해준다고 생각했다.

3

임신되지 않았던 놀라운 비밀이 우연히 밝혀졌다. 아내가 매일 챙겨 먹는 영양제가 있었다. 한글로 된 약이어서 알아볼 수 없었지만, 당연히 영양제이겠거니 했다. 임신에 좋은 보약을 지어 왔던 맏누이가 우연히 신혼 방 서랍에서 그 약을 발견했다. 뭔가 미심쩍어 약통을 핸드폰으로 사진 찍어 갔다. 곧 누이로부터 청천벽력 같은 전화가 걸려왔다.

"이 바보야. 너 색시 지금껏 피임약 먹고 있었어. 그 약 영양제가 아니라 피임약이야. 그것도 모르고 색시한테 빠져 정신없이 산 거야? 기가 막혀서……."

장첸 씨나 부모님이 상상도 못 하던 일이었다. 온 가족이 빙 둘러앉은 가운데 아내에 대한 엄격한 추궁이 시작되었다. 피임약은 어디서 났으며 왜 피임약을 먹었냐는 질문이 쏟아졌다. 아내는 파랗게 질린 얼굴로 침착하게 답변했다. 피임약은 여기로 오기 전에 구한 것이고, 먹은 이유는 자신이 아직 어려 아이를 낳아 키울 자신이 없기 때문이라고 했다. 다음은 공부하고 싶었고, 앞으로 공부하게 해달라고 말할 참이었다고 했다.

어머니와 누이들은 대단한 요물을 집에 들였다고 떠들었다. 아버지는 아이를 낳고 얼마든지 공부할 수 있으니 아이만 낳아주면 공부시켜주겠노라고 했다. 어머니는 분이 풀리지 않아 빗자루를 들고 아내에게 달려들었다. 장첸 씨는 그런 어머니를 밀치며 항의했다. 아내의 머리카락 하나 다치면 죽어버리겠노라 위협하며 머리를 벽에 쪼아

댔다. 질겁한 어머니가 회초리를 던지며 아들을 말렸다. 그렇게 한바탕 소란이 일고 사건은 무사히 넘어갔다. 영양제는 당연히 회수했다. 누이 둘이 신혼 방이며 집 안을 샅샅이 뒤져 피임약을 찾아냈다. 독약이라도 되는 듯 질겁하여 불 속에 집어 던졌다.

피임약을 먹지 않자 아내는 곧바로 임신하였고 집안에는 평화가 깃든 듯하였다. 하지만 장첸 씨는 마음의 안정을 잃었다. 일하다가 갑자기 숨이 차오르고 다리 맥이 풀려 털썩 땅에 주저앉았다. 얼빠진 사람처럼 눈을 크게 뜨고 괜히 사방을 두리번거렸다. 아내가 자신의 사랑을 지금껏 받아주지 않았다는 사실에 충격이 컸다. 쏟은 정성이 큰 만큼 상처는 깊었다. 아내의 속마음을 도무지 알 수 없다는 불안이 장첸 씨를 병들게 했다. 그 일이 있은 다음 아내는 무표정으로 변했다. 속마음을 들켰으니 억지로 좋아하는 표정을 짓지 않겠다는 생각 같았다. 아내의 냉랭한 태도는 장첸 씨를 더 힘들게 했다.

어느 날, 장첸 씨는 끝내 밭에서 쓰러져 병원에 실려 갔다. 의사는 극심한 스트레스로 인한 급성심근증이라는 진단을 내렸다. 심장질환이 완전히 자리 잡은 건 아니지만, 스트레스가 심해 심장근육이 수축해 심장박동과 혈압이 상승하여 혈관을 압박하는 현상이라고 했다. 입원하여 며칠 치료받아야 했다. 의사는 근심을 털어버리고 마음을 편하게 가지라고 거듭 권했다. 증상이 지속되면 심장판막증이나 협심증 같은 큰 질병에 걸릴 수 있다고 했다.

장첸 씨 어머니는 기겁하여 울음을 터뜨리며 며느리에 대한 불만을 터뜨렸다. 며느리에게 너그럽던 아버지도 외아들을 자리에 눕게 만든 소연을 곱지 않은 눈길로 바라보았다. 그렇다고 임신한 며느리를 함부로 어찌할 수 없었다. 어머니는 화를 참지 못해 머리를 동여매고 자리에 누웠다. 그렇게 고대하던 아내의 임신은 성사되었지만, 집안에는 불신과 미움이 먼지처럼 가득 찼다. 그 불편하고 답답한 공기는 집안 식구 모두를 숨쉬기 힘들게 만들었다.

4

입원한 지 닷새째 되는 날 장첸 씨는 퇴원하게 되었다. 링거를 며칠 달고 약을 먹었더니 한결 몸과 마음이 편해졌다. 그날은 장첸 씨를 데리러 어머니와 아내가 버스를 타고 병원까지 왔다. 아내는 덤덤한 표정으로 장첸 씨 짐을 챙겼다. 어머니는 며느리를 흘깃거리며 아들의 손을 쓰다듬었다.

장첸 씨는 슬그머니 아내의 배를 눈여겨보았다. 임신 초기라 별로 티가 나지 않았다. 입덧이 심한지 얼굴이 상해 보였다. 병원 침대에 누워서도 아내 괘씸한 생각을 했지만 정작 까칠한 얼굴을 보자 괜히 미안한 생각이 들었다. 어쨌든 장첸 씨 아이를 가진 여자가 아닌가.

장첸 씨는 아내 들으라는 듯 이제 가을이 끝나면 건설 현장에서 돈을 많이 벌겠다고 말했다. 소연이 호적을 빨리 사고 결혼 등록을 해서 아내가 맘 편히 살게 해주겠다고 했다. 그래야 이제 낳을 자식의 호구 등록을 할 수 있지 않겠냐고 했다. 반응이 없자 장첸 씨는 내 생각이 어떠냐고 소연에게 물었다. 아내는 설핀 미소를 지으며 좋다고 했다. 후다닥 심장이 뛰는 것을 느끼며 장첸 씨는 와락 아내를 그러안았다. 넌 색시 생각밖에 없냐고 어머니가 핀잔을 주었다.

짐을 다 싸자 아내는 외래에 내려가 퇴원 절차를 밟겠다고 했다. 어머니가 돈 봉투를 내밀며 입원 비용 결제하고 간식을 좀 사 오라고 시켰다. 아내는 고개를 끄덕이며 조용히 문을 열고 나섰다. 아직은 날씬한 아내의 뒤태에 한낮의 따뜻한 햇볕이 잠깐 머물렀다. 그 모습은 장첸 씨가 본 아내의 마지막 모습이었다.

환자복과 덮었던 이불을 반듯이 개어놓고 외출복을 갈아입은 장첸 씨는 어머니와 이말 저말 나누며 아내가 돌아오기를 기다렸다. 처음 한 시간은 퇴원하는 사람이 많아서 늦어지겠거니 했다. 기다리다 못해 어머니가 내려가보니 아내가 벌써 병원비를 정산했다고 했다. 장첸 씨는 아내가 간식을 사러 나간 줄 무심히 생각했다.

하지만 한 시간이 더 흐르고 두 시간이 지나도 아내는 나타나지 않았다. 아내한테는 핸드폰도 없었다. 아내를 데려온 후 처음으로 동행자 없이 내보냈다는 생각이 비로소 머리를 쳤다. 지금껏 그 어디든 아내 혼자서 나간 적이 없었다. 특별히 감시한다기보다 거의 본능에 가깝게 아내 곁에는 늘 사람을 두었다. 장첸 씨의 무의식 속에는 중매나 연애가 아니라 돈으로 아내를 사 왔다는 사실이, 아내의 의사와는 무관한 결혼이라는 생각이 늘 잠재해 있었다. 아내를 극진히 사랑했지만, 완전히 믿지 못했다. 그래서 마음 한구석에 늘 미안함이 있었다.

진득한 안개처럼 꺼림칙했던 우려는 현실이 되었다. 잠시 멍하니 앉아 있던 장첸 씨는 송곳에 찔린 사람마냥 후다닥 자리를 차고 일어났다. 또 잠시 멍청한 표정으로 사방을 두리번거리다가 병원 문을 박차고 밖으로 달려나갔다. 미친 사람처럼 아내의 이름을 부르며 여기저기를 하염없이 돌아쳤다. 소란스러운 도시 소음이 장첸 씨의 처연한 부름 소리를 삼켜버렸다. 비슷한 여자의 모습이 보이면 정신없이 달려가 얼굴을 들여다보았다. 아내는 그 어디에도 없었다. 마치 연기처럼 홀연히 사라져버렸다.

홑몸도 아닌 아내가 어디로 갔을까. 중국말은 좀 한다 해도 불법체류자 신분으로 아무 연고가 없는데 도대체 어디로 갔단 말인가. 수중에 돈이 없지 않은가? 그건 아니었다. 곰곰이 생각해보니 그동안 야금야금 용돈으로 준 돈이 이천 위안은 잘 되었다. 아내가 그 돈을 쓰는 것을 본 적이 없었다. 옷을 사 입고 음식을 사 먹는 데 전혀 관심이 없었다. 중국말과 글을 배우는 데 그처럼 극성이었던 건 도망치기 위한 준비였을까?

아내가 임신했기에 자신과 하나로 확실하게 맺어졌다고 은연중 안심했던 것 같았다. 실지 피임약 먹은 걸 내놓고 아내는 결혼 생활에 크게 저항한 적이 없었다. 오히려 집을 깨끗이 거두며 정을 붙이는 듯이 행동했다. 이 모든 행동이 속임수였다면, 얼마나 비참한 착각을 한 것인가. 주의를 돌리지 못한 것은 아내에 대한 믿음이라기보다 사랑에 눈이 먼 방임이었음을 처절하게 깨달았다. 그동안 육감적으로 밀려오는 의심을 일부러 밀어냈다. 아내를 완전히 믿지 못하면서 온전히 의심하지도 못했다.

현실은 늘 냉혹하고 무자비했다. 아내는 장첸 씨가 앓아눕고 온 집안이 낙담하여 자신에게 덜 신경을 쓰는 상황을 이용하여 도망쳐버렸다. 장첸 씨 퇴원하는 날을 절호의 기회로 잡고 자연스레 버스를 타고 도시까지 나왔다. 도시의 혼잡을 이용하여 연기처럼 유유히 사라졌다. 길바닥에 주저앉은 장첸 씨는 주먹으로 가슴을 탕탕 두드리며 집

승 같은 소리로 울부짖었다. 소연아!

5

아내가 도망친 그날의 일은 지금도 악몽으로 장첸 씨를 놀라게 했
다. 그날 어머니에게 의지해 간신히 집으로 돌아온 장첸 씨는 침대 베
개 밑에 찔러 넣은 아내의 편지를 발견했다. 그동안 기를 쓰고 배운 중
국글로 씌어진 편지였다. 아내가 이미 탈출을 계획하고 있었다는 확
실한 증거이기도 했다.

> 미안합니다. 당신의 진심 어린 사랑이 고마웠어요. 하지만
> 전 평생 농사를 지으며 이 산골에서 살 자신이 없어요. 전 아직
> 어리고 정말 공부하고 싶어요. 새로운 세상에서 다른 인생을
> 살고 싶어요. 절 용서하지 마세요. 아이는 걱정하지 마세요. 제
> 가 잘 키울 겁니다. 저 같은 거 다 잊고 좋은 여자 만나서 행복
> 하시기를 진심으로 바라요.   소연

아내가 도망친 후, 어머니는 보는 사람마다 붙들고 억울함을 하소
연했다. 도망간 장첸 씨 아내에게 욕설을 퍼부었다.

"나쁜 년, 사기꾼 같은 년, 촌에서 살 생각이 없었다면 애초에 우리
앞에 나타나지 말았어야지. 없는 돈 들여 사 오게 하지 말았어야지.
우리가 무슨 죄를 지었기에 이리 고통을 당해야 한단 말이오? 며느리
를 돈으로 사 온 것이 이리도 큰 죄란 말이오? 애초에 도망칠 생각으

로 시집온 게 분명해! 그렇다면 그년은 사기꾼이 아니고 뭐요? 굶어 죽게 돼서 중국으로 도망 온 조선 년 주제에 우릴 우롱하다니, 농촌이 싫어 갔다고? 다른 인생을 살려고 갔다고? 이런 벼락 맞을 년을 봤나! 다른 인생 살든 말든 왜 내 아들을 힘들게 한단 말이오? 가더라도 내 손자 내려놓고 가야지. 남의 씨 도둑질해 간 나쁜 년! 남의 눈에 피눈물 뽑은 년은 천벌을 받을 거요!"

쩍하면 이어지는 어머니 푸념을 장첸 씨는 못 들은 척했다. 당시 장첸 씨 마음도 어머니와 별반 다르지 않았다. 하지만 한국에 와서 아내를 찾아 애쓰는 동안 마음속에는 미움보다 그리움이 더 많이 찼다. 점점 희미해지는 아내의 얼굴이지만 손으로 만졌던 희고 부드러운 살갗의 촉감만은 여전히 잊히지 않았다. 아내를 바라보며 뛰었던 심장의 박동, 안고 뒹굴었던 밤의 기억들이 꿈속에서 생생히 재현되곤 했다. 깊숙이 새겨진 문신처럼 장첸 씨는 여전히 아내와 같이 살고 있었다.

한국에서 생활하면서 탈북 여성들의 눈물겨운 사연을 비로소 알게 되었다. 티브이에서 나오는 그녀들의 구구절절 사연을 들으며 함께 눈물을 흘렸다. 소연이 왜 어린 나이에 남의 나라로 떠밀려와 낯도 코도 모르던 자기에게 돈에 팔려와야 했던지 알게 되었다. 아무리 아내에게 진심이었다 해도 아내에게 장첸 씨는 몇 푼의 돈에 자신을 사 간 매수자에 불과했을 것이다.

아내는 장첸 씨 집에 발을 들인 첫날부터 탈출을 생각했을 것이다. 중국 남성에게 팔려갔던 탈북 여성 대부분이 마음을 주지 않았다고 했다. 그녀들이 중국 남성에게 팔려간 것은 한국으로 오는 과정에 어쩔 수 없이 겪어야 했던 수난에 불과했다. 될수록 빨리 도망치기 위해

최선을 다했다고 했다. 탈북 여성 처지에서 보면, 돈에 팔려 중국 남자와 원치 않은 동거를 한 것은 지워버리고 싶은 수치에 불과했다. 그렇다면 자신이 뭘 잘못했는지 장첸 씨는 생각해보았다. 억울했다.

탈북 여성 처지를 이해할수록 장첸 씨는 아내 소식이 못 견디게 알고 싶었다. 고생한 아내가 제발 어디선가 잘 살았으면 좋겠다고 진심으로 바랐다. 아내를 만난다 해도 장첸 씨의 사람이 될 수 없다는 현실을 받아들였다. 그저 잘 사는 모습을 멀리서 지켜보아도 좋을 것 같았다. 좀 더 욕심을 부린다면 훌쩍 자랐을 자기 자식을 가끔 보게 해준다면 더 바랄 것이 없었다. 아내에 대한 이해를 깊이 할수록 장첸 씨 마음은 편안해졌다.

6

어느 날, 맏누이 아들인 조카가 장첸 씨를 찾아왔다. 중국 상해교통대학에서 공부하던 조카는 교환학생으로 한국으로 온 지 몇 달 되었다. 조카가 한국에서 안정적으로 지내도록 대학 주변에 원룸을 잡아주고 간간이 용돈도 주었다. 중국에 있을 때부터 유난히 따르던 조카여서 친자식 맞잡이로 정이 갔다. 그날은 주말이라 식당 일이 바빠 조카가 함께 일을 거들었다. 조카는 이따금 장첸 씨가 일하는 식당에서 알바 겸 일을 거들곤 했다.

저녁 늦게 식당 일을 마무리하고 나서려는데 조카가 오늘은 외삼촌 집에서 자고 가겠다고 했다. 중요하게 할 이야기가 있다고 했다. 급하게 돈이 필요하나? 속으로 점을 치며 조카를 데리고 집으로 갔다. 처음엔 빌라에서 전세를 살았는데 몇 년 전 식당 주변에 아파트 한 채를 장만했다. 십 년 넘게 한국에서 일하면서 아내를 찾는 데 돈을 뿌리는 것 외에는 돈을 거의 쓰지 않았다. 고향에 계신 부모님이 아직은 정정하시어 농사로 잘 살기에 돈을 모으는 데 지장이 없었다.

"외삼촌 대단해요. 한국 사람도 서울에 집 한 채 마련하기 힘들다는데 외삼촌은 서울 한복판에 덩그러니 아파트를 장만했으니 말이에요."

조카는 아직 발음이 서툰 한국말과 중국말을 섞어가며 엄지손가락을 흔들었다.

"뭘, 변두리라 별로 비싸지 않을 때 산 거야."

"지금은 집값이 많이 올랐을 거 아니에요?"

"그렇다곤 하지만 사는 집인데 오르나 내리나 별로 의미가 없어."

"무슨 소리예요? 부동산 가치가 오르면 그만큼 외삼촌 자산이 커지는 거지요. 외삼촌, 솔직히 말씀해보세요. 이 집을 앞으로 외숙모와 아이를 찾으면 주려고 장만한 거 맞지요? 외삼촌은 취업비자를 연장하면서 일하는데 사실 서울에 집이 있을 필요가 없잖아요? 부동산으로 돈을 벌 생각이시면 아파트를 장만하신 게 현명한 투자라고 할 수 있지요."

"넌 별걸 다 따지면서 그런다. 그래, 긴히 할 말이라는 게 뭐냐?"

장첸 씨가 말을 돌렸다. 조카는 장첸 씨가 왜 한국으로 왔으며 아내를 찾기 위해 얼마나 애를 썼는지 어느 정도 알고 있었다.

"외삼촌, 일단 여기 좀 앉으세요."

식탁 앞에 마주 앉은 조카가 뜸을 들이더니 아이패드를 켰다. 아무

말 없이 장첸 씨 앞으로 돌려놓았다. 아이패드에서는 정장을 입고 안경을 쓴 웬 젊은 여자가 강의하고 있었다. 중국말과 한국말을 섞어가며 말하는 것을 들어보니 중국어 강의를 하는 것 같았다.

"이게 뭐니?"

"우리 대학 교수님이 강의하는 모습이에요."

"이걸 왜 보라는 거냐? 내가 대학 강의를 들어서는 뭐 하게?"

"외삼촌! 강의하는 교수님 좀 찬찬히 보세요. 어딘가 낯이 익지 않으세요? 난 중국에서 중학교 때 외숙모를 몇 번 봤잖아요. 근데 이 교수님 어딘가 외숙모와 비슷하지 않냐 말이에요."

장첸 씨가 눈을 홉뜨며 순식간에 얼굴이 벌겋게 달아올랐다. 크고 투박한 손이 가슴을 움켜쥐며 두툼한 입술 사이로 가는 신음이 새어나왔다.

"확인되지 않았는데 흥분하지 마세요. 숙모 정말 나빠. 아마 외삼촌 같은 순애보는 이 세상에 없을 거예요. 외삼촌, 진정하시고요. 그냥 맘 편히 보시라니까요. 꼭 외숙모라는 게 아니라 많이 비슷해서 그래요. 혹시나 해서요."

"그래! 안다, 알아."

장첸 씨는 눈을 슴벅이며 아이패드 화면에 고개를 바싹 들이댔다. 조카가 화면을 확장시켜놓았다. 장첸 씨 눈앞으로 가까이 다가온 여교수는 검은 테 안경을 쓰고 짧은 단발을 하고 있었다. 장첸 씨 기억에 남은 아내는 허리까지 오는 긴 머리를 박박 빗어 올려 뒤로 묶은 모습이었다. 아내는 사는 동안 화장이나 치장에 전혀 신경 쓰지 않았다. 처음부터 탈출에 모든 것을 집중했으니 몸을 가꿀 필요가 없었을 것이다. 화장기 없는 얼굴이었지만 열여덟 앳된 아내는 싱그러웠다. 반듯하고 넓은 이마가 유난히 빛났던 것을 기억하고 있었다.

여교수는 단발에 앞머리를 잘라 이마가 절반이나 가려졌다. 장첸 씨는 이마에 주름을 모으며 눈을 한껏 치뜨고 여교수의 모습을 보고 또 보았다. 아무리 많은 세월이 흘렀지만, 이 순간 머릿속에는 기적처럼 아내의 모습이 선명히 떠올랐다. 여교수의 동그스름한 얼굴이며 오뚝한 콧날, 야무진 입놀림은 아내와 많이 닮았다.

다음 순간 장첸 씨는 탄성을 질렀다. 아내와 같은 행동을 여교수에게서 발견한 것이다. 아내는 뭔가를 설명할 때 두 손을 맞잡고 조몰락거리는 습관이 있었다. 분명했다. 지금 여교수가 그렇게 두 손을 맞잡고 강의하고 있었다. 조카가 물컵을 장첸 씨에게 내밀었다. 장첸 씨는 물 한 컵을 벌컥벌컥 다 들이켜고 휴 하고 큰 숨을 내쉬었다.

"아직은 흥분하지 말라니까요. 확인된 거 아니잖아요."

"알아. 근데 이 여교수, 소연과 너무 비슷하구나. 정말 비슷해."

"목소리는 어때요? 전 숙모 목소리가 기억나지 않아요."

목소리라, 장첸 씨도 아내의 목소리가 잘 기억나지 않았다. 일 년 넘게 사는 동안 아내는 말을 별로 하지 않았다. 장첸 씨 말에 고개를 끄덕이거나 네 아니오, 정도의 대답이 고작이었다.

"이름은 알아봤어?"

"그럼요. 놀라지 마세요. 이 여교수 탈북민이에요. 근데 이름은 소연이 아니에요. 문지영이라고 하더라고요. 탈북민들 한국에 와서 개명하는 사례가 많다면서요?"

"그런다고 하더라. 또 다른 건? 혹시 아이는 있다더냐?"

"사생활이라 거기까진 알아내지 못했고요. 대신 같은 대학에 다니는 탈북 대학생 친구한테 문 교수에 대해 좀 알아봐달라고 부탁은 했어요. 숙모와 겹치는 다른 하나는 나이예요. 문 교수 서른두 살이에요. 탈북민 중에 가장 최연소 박사고 교수라고 해요."

장첸 씨가 아이패드에서 조금 물러나 앉았다.

"내 생각엔 이 여교수는 아닌 것 같아. 그저 비슷한 사람이겠지."

"왜 그렇게 단정 짓는 거예요? 숙모하고 많이 달라요?"

조카가 더 실망스러운 표정을 지었다.

"저 여자가 소연일 수 없는 가장 큰 이유는 박사에 교수라는 거다. 다는 몰라도 중국에서나 한국에서 대학교수가 되는 게 얼마나 힘든지 알고 있다. 소연이 애를 낳았으면 길러야 하고, 그러자면 돈을 벌어야 하는데, 어떻게 박사에 교수까지 된단 말이냐?"

"하긴 저도 중국에서 본 외숙모와 문 교수님이 매치가 잘 안 되긴 해요. 근데 문 교수님 완전 수재래요. 한국에 와서 일 년 동안 고등학교 검정고시에 통과하고 우수한 성적으로 한국외대를 졸업했대요. 이어서 대학원 공부에 박사학위까지 취득했고요."

장첸 씨는 한숨을 내뿜으며 손바닥으로 이마를 문질렀다.

"그러니 더 말이 안 되지. 괜한 기대를 했나 보다. 소연이 중국어 공부하는 거 보고 총명한 건 알았지만, 애를 낳아 기르며 박사 학위에 교수까지 어떻게 돼? 나라도 곁에 있었으면 뒷바라지를 해줄 수 있었지만, 여자 혼자 어림없지."

"그건 그래요."

"암튼 문 교수라는 분은 그냥 비슷한 사람일 거야. 너까지 신경 쓰게 해서 미안하다."

장첸 씨는 땅이 꺼지게 거듭 한숨을 쉬면서도 아이패드 속 문 교수에게서 눈길을 떼지 못했다.

7

며칠 후, 느지막한 오후 시간에 장첸 씨 조카가 전화를 걸어 왔다. 오늘 저녁 외삼촌 집으로 오겠다고 했다. 이전에 문 교수에 대한 정보를 부탁했던 탈북 대학생한테서 연락이 왔다는 것이다. 대학 생활하면서 유튜버로 활동하는 학생인데 그동안 문 교수를 취재하려 애를 썼다고 했다. 오늘 저녁 문 교수와 인터뷰 동영상 찍게 돼서 그 친구 좋아서 난리라고 조카가 누누이 설명했다.

"문 교수님 인터뷰 끝나면 유튜브에 올리면서 동시에 저한테 보내주겠다고 했어요. 암튼 제가 저녁에 외삼촌 집으로 갈 테니 기다리세요. 혹시 모르니 약국에서 청심환도 사시고요."

"무슨 청심환까지. 알았다. 너무 기대하지는 말자."

기대할 필요 없다고 다짐했지만, 요리 만드는 내내 집중하지 못하고 허둥댔다. 몇 군데나 손을 데면서 저녁 영업을 간신히 마쳤다. 서둘러 집에 가니 조카가 기다리고 있었다. 좀 전에 친구한테서 동영상이 왔다고 했다. 장첸 씨의 눈이 번뜩이고 숨결이 높아졌다. 조카가 핸드폰에 저장한 동영상을 아이패드와 연결했다. 화면에 이전에 보았던 문 교수가 조금 수줍은 미소를 띠고 앉아 있었다. 여전히 그 검은 테 안경을 끼고 나왔다. 탈북 대학생 유튜버가 능숙하게 진행을 했다.

"지금 우리 대학 인기 짱 문 교수님을 어렵게 모셨는데요. 소박한 저의 유튜브에 나와 주신 거 너무 감사하고 영광입니다, 문 교수님!"

"호호, 소박한 탈북 대학생 유튜브이기에 나왔어요. 탈북민에게 힘이 되는 일이라면 마다하지 않을 겁니다. 저도 탈북민 출신 교수니까요."

"감사합니다. 문 교수님은 탈북민들 롤모델이죠. 저는 문 교수님 찐 팬입니다. 존경합니다."

"호호, 비행기 그만 태우세요."

"한 가지 양해 구하고 싶은 것은 제가 미숙하여 혹시 사적인 질문들 드릴 수 있으니 너그러이 봐주십시오."

"호호, 말솜씨 대단하시군요. 유튜브 곧 성행하겠는데요?"

재치 있게 대화를 주고받는 문 교수는 활달하면서도 매력적인 지성미가 풍겼다. 생김은 소연이와 비슷하지만, 점점 더 낯설게 느껴지는 모습이었다. 장첸 씨는 어느새 편안한 자세로 재미있게 유튜브 이야기에 빠져들었다.

"문 교수님, 사실 유튜브 시청자들이 제일 궁금해하는 건 문 교수님이 어떻게 최연소 박사가 되고 대학교수가 될 수 있었는가 하는 것입니다. 문 교수님은 뛰어난 인재라고 소문이 났던데, 역시 넘사벽인가요?"

"무슨 말씀을, 아마 저는 가장 치열하고 힘들게 살아온 탈북민 중한 사람일 거예요."

"당연히 쉽지 않았겠지요. 그렇다면 문 교수님이 오늘에 이르게 된 가장 큰 원동력은 무엇인지 여쭤봐도 될까요?"

"저 자신에게 독을 품었던 것 같아요. 가난하고 낙후한 나라에서 살 길을 찾아온 저, 배우지 못하고 문명의 맛도 몰랐던 저, 이곳 사람들 눈빛 하나 말 하나에도 예민하게 반응하며 편견을 당한다고 서러워했던 저, 자격지심이 꽉 찬, 한심한 저에게서 벗어나려 몸부림쳤어요. 전 생활비가 많이 필요했기에 기를 쓰고 공부해서 장학금을 받아야 했어요. 포기하고 싶을 정도로 너무 힘들었어요. 하지만 저의 남다른 처지가 오히려 삶의 원동력이 되었다고 할 수 있지요."

"남다른 처지라고 하심은 탈북민 출신이라는? 아니면 혹시 무슨 사연이라도 있으신지 물어도 되겠습니까?"

"그동안 저는 사생활은 될수록 말하지 않았어요. 하지만 이제는 별로 두렵지 않아요. 사실 저는 미혼모거든요. 한국에 왔을 때 이미 배 속에 아기를 가지고 있었어요."

"헉, 그게 정말입니까?"

유튜버와 동시에 장첸 씨는 헉 숨을 들이그었다. 어느새 식탁 모서리를 으스러지게 틀어쥐었다. 조카가 동영상을 중지하고 물컵을 장첸 씨에게 내밀었다. 물이 흘러내리고 컵이 치아에 부딪히는 달그닥 소리가 방안의 고요를 깨웠다. 조카가 손바닥으로 장첸 씨의 등을 쓸었다. 장첸 씨는 가쁜 숨을 몰아쉬며 동영상을 돌리라고 고개를 끄덕했다.

"아까 청심환 사라고 말했는데 혹시 있어요?"

"괜찮아. 어서 동영상 보자."

영상 속 문 교수가 다시 말을 이어갔다.

"그때 저의 나이 겨우 열아홉 살이었어요. 굶어 죽지 않으려고 탈북했고, 낯선 이국 땅에서 팔려 가지 않으면 안 될 처지였어요. 다행히

장첸 씨 아내　**159**

마음 착한 사람네 집에 팔려갔어요. 그 사람은 나를 정말 아내로 생각하고 진심으로 대해줬지요. 하지만 전 외국의 깊은 산골에서 시골 아낙네로 평생 살고 싶지 않았어요. 새로운 인생을 살고 싶었죠. 그 집에서 일 년 남짓 살았죠. 매일 하늘을 나는 새를 하염없이 바라보며 탈출을 생각했어요."

"어느 외국 영화에서 들은 대사가 생각나네요. 너무 깃털이 아름답고 눈이 부셔서 새장에 가둘 수 없는 새가 있다고요. 그런 새는 새장에 갇히면 바로 죽게 되니까요. 어쩌면 문 교수님은 그런 새가 아니었을까요?"

"과분한 비유군요. 탈북민 누구나 한국에 와서야 비로소 자신의 가치를 깨닫지 않았을까요?"

"그럼요. 북한에서는 상상 못 하던 기회가 펼쳐졌으니까요. 암튼 교수님은 팔려가는 참변을 겪었지만 사악하지 않은 사람을 만난 게 불행 중 다행이었군요. 하지만 적지 않은 탈북 여성들이 중국 남성에게 팔려가 구타를 당하고 윤간을 당한 경험이 있다고 합니다."

"저는 다행히 그런 학대는 받지 않았어요. 오히려 전 그 집 사람들에게 미안해하고 있어요."

"아니 왜요?"

"그때는 그 남자나 그 집 식구들을 북한과 같은 가해자로 여겼지요. 나를 물건처럼 돈으로 산 사람이라고 마음을 주지 않았어요. 하지만 이제는 그 사람도 북한이 낳은 피해자였다는 생각을 지울 수 없어요. 이 모든 비극이 북한으로 인해 초래된 민족의 수난이라고 저는 생각해요."

"문 교수님은 생각의 차원이 다르시군요."

"명백한 사실인걸요. 사실 저의 딸 때문에 그 집 사람들한테 더 미안한 생각이 들었는지도 몰라요. 그래서 더 열심히 살았고 딸을 잘 키우려고 했고요."

딸이었구나. 장첸 씨가 부르짖었다. 그의 얼굴은 어느새 눈물범벅이 되어 있었다.

"따님의 아버지는 그 중국 남자인가요?"

"네, 전 임신한 몸으로 도망쳤거든요. 저의 딸은 이 모든 사연을 몰라요. 하지만 어린 나이에도 뭔가를 느꼈는지 이상하게 아버지에 대해서는 한마디도 묻지 않더라고요. 전 그게 더 가슴 아파요. 딸애라고 왜 아버지가 궁금하지 않겠어요."

"그럼 앞으로 혹시……."

"아니요, 아직은 딸에게까지 엄마가 돈에 팔려가 낳은 자식이라는 걸 밝히고 싶지 않아요. 이제 애가 인생을 이해할 때쯤이면 아버지에 대해 말해줘야겠지요. 지금은 아니에요."

"그럼 이 동영상을 따님이 보면 안 되지 않을까요? 그리고 중국에 있다는 따님의 아버지가 봐도 안 되지 않겠습니까?"

"다행히 딸은 이런 동영상에 관심 없어요. 그리고 중국 농촌에 사는 그 사람이 어떻게 이 동영상을 보겠어요. 한족이거든요. 전 이렇게라도 그 사람과 우리 딸 사이의 천륜을 억지로 막은 죄책감을 덜고 싶었는지도 모르지요."

장첸 씨는 아이패드를 와락 그러안고 늑대 소리 같은 울음을 터뜨렸다. 한껏 붉어진 얼굴로는 눈물이 낙숫물처럼 좔좔 흘렀다. 하지만 입가는 웃음을 짓고 있었다.

그 나날들

그 나날들

아들이 가출했다. 벌써 닷새가 지났다. 아직도 행방이 묘연했다.

"엄마 얼굴을 거울로 좀 봐!"

가출하기 전, 숙을 밀치며 아들이 소리쳤다. 숙은 거울로 자신의 얼굴을 들여다보았다. 당시 지었을 찡그린 얼굴 모습을 최대한 재현하려 했다. 그때 얼굴 근육의 느낌, 눈에 주었던 힘의 강도, 치아를 드러내고 입술을 들어 올렸던 기억을 끌어내보았다. 분노와 절망, 노여움이 뒤엉킨 낯선 얼굴이 숙을 쏘아보고 있었다. 숙은 진저리를 떨며 비명을 질렀다. 끔찍해!

경찰서에 아들 가출 신고를 했지만, 아직 소식이 없었다. 경찰만 믿고 기다릴 수 없어, 도저히 일손이 잡히지 않아 식당 일을 그만두었다. 며칠째 아들을 찾아 여기저기 헤매고 다녔다. 발길 닿는 대로, 눈에 뜨이는 대로 게임방이며 커피숍에 들러 황황히 살펴보고는 다시 거리로 달려나갔다. 매일 반복되는 행동이었다.

그 마지막 말만 하지 않았어도……. 콱, 죽어버려! 자리를 박차고 뛰어나가는 아들의 뒷덜미에 비수처럼 날리던 마지막 말이 숙의 가슴을 난도질했다. 미쳤어. 왜 그런 말을 했을까. 왜 험한 말만 골라 아들에게 퍼부었을까. 가슴을 움켜쥐며 휘청거리는 숙을 행인들이 의아하게 쳐다보았다.

친척 집에 다섯 살 어린 아들을 맡기고 탈북한 뒤, 모자가 떨어져 살아온 십여 년 세월! 그 모진 세월에도 지금처럼 미칠 듯한 불안으로 가슴이 조여든 때는 없었다. 오히려 한국 사회에 적응하느라 종종 아들을 잊고 살았다. 억척스레 돈을 모아 아들을 잘 돌봐달라고 친척에게 돈을 보낼 때면 후련한 안도감마저 들었다. 자기가 열심히 보내준 돈으로 아들이 바르고 씩씩하게 자라리라 믿었다. 돈을 받으며 친척은 아들 걱정은 말라고, 잘 자라고 있다고 늘 숙을 안심시켰다.

간난신고 끝에 아들을 한국으로 데려와서야 자신이 보내준 돈이 아들을 전혀 돌보지 못했다는 사실을 알게 되었다. 숙이 보낸 돈은 고스란히 친척 생활비로 들어갔고, 아들은 완전히 방치되었다. 친척의 구박과 배고픔을 견디다 못해 아들은 거리로 뛰쳐나가 꽃제비로 살았다. 열다섯 살 아들은 한글도 제대로 배우지 못해 간판을 더듬거리며 겨우 읽었다. 구구단도 몰라 숫자를 세는 데 손가락 발가락을 다 동원했다.

엄마의 얼굴을 사진으로만 기억했던 아들은 하나원에서 처음 마주섰을 때 멀뚱멀뚱 쳐다보기만 했다. 니 엄마라니까. 하나원 직원이 아들의 등을 떠밀어서야 남에게 인사하듯 고개를 꾸벅했다. 숙 역시 몸을 부들부들 떨며 굳어졌을 뿐, 아들을 안지도 부르지도 못했다. 아들은 너무 낯설었다. 동그란 얼굴에 볼살이 통통했던 다섯 살 귀여운 모습은 없고 다른 애가 눈앞에 서 있었다. 또래보다 키는 작았지만, 무표정한 얼굴은 노인처럼 메마르고 시커먼 모습이었다.

얘가 내 아들이라고? 눈물이 흘러 아들의 모습이 흐릿하게 보여서야 숙은 아들을 안을 용기가 생겼다. 진철아! 아들은 꼿꼿한 몸을 맡기며 아무 대응이 없었다. 어색하기 그지없는 모자간의 상봉은 그 후 생활에서 죽 이어졌다.

서울에서 십여 년간 살면서 숙은 치열한 경쟁 사회에 적응하려 나름 몸부림쳤다. 이런저런 자격증을 땄고, 건강이 허락하는 한 안 해본 일이 없었다. 돈을 벌기 위해 영악하게 살면서 터득한 것은 선진 사회에서 살자면 배워야 한다는 것이었다. 아들만은 좋은 대학에 보내고 남 부럽지 않게 키우고 싶었다. 그 또래 한국 애들은 벌써 대학 갈 수능 준비에 학원 다니느라 정신없었다. 하지만 아들은 열다섯 살이 되도록 초등교육도 제대로 받지 못했다.

조급해진 숙은 아들을 공부시키는 데만 집중했다. 십 년 만에 만난 아들이 뭘 바라는지, 성격이 어떤지, 느끼고 파악할 겨를이 없었다. 아들이 하나원을 나오자 즉시 지방에 있는 기숙형 대안학교에 입학시켰다. 탈북민 자녀를 위한 맞춤형 교육기관이었다.

숙의 간절한 마음과 달리 아들은 대안학교에 도무지 적응을 못 했다. 어린애들과 공부하는 데 거부감을 느꼈는지, 꽃제비로 살아온 습관 때문인지, 학교를 싫어하는 이유를 물어도 대답을 하지 않았다. 그

와중에 게임만은 기막히게 빨리 배웠다. 한글은 제대로 모르지만, 게임에서 나오는 외래어는 바로 익혔다. 아들은 쩍하면 대안학교를 뛰쳐나가 피시방을 전전했다.

대안학교에서 더는 아들을 책임지기 힘들다고 전화가 왔다. 집으로 데려가서 잘 설득한 후, 다시 학교로 데려오는 게 어떠냐고 했다. 대안학교 선생의 제안에 응하지 않을 수 없었다. 심리상담사 선생은 우선 아들이 뭘 하고 싶어 하는지, 하자는 대로 며칠을 응해보라고 권고했다.

반년 남짓한 시간을 헛되이 보내고 아들을 집으로 데려온 숙은 더 초조해졌다. 오직 공부만이 살길이고, 기술을 배워야 살아남는다고 못을 박아 말했다. 구구표를 사다 집 벽에 붙였다. 책방에서 초등학교 한글책과 수학책을 사다가 아들에게 주었다. 집에 있는 동안 구구단을 떼고 한글 받침이라도 제대로 쓰자고 아들에게 호소했다. 초등학교 애가 그려진 책과 구구표를 흘깃 쳐다보며 아들은 얼굴을 붉혔다. 엄마 앞에서는 창피할 거 없다고 말하자 얼굴이 더 붉어졌다.

어떻게든 아들의 마음을 다잡아야 한다고 생각한 숙은 될수록 비위를 맞추려 했다. 아침 일찍이 일어나 음식을 정성껏 해놓았다. 용돈도 충분히 주었다. 아들 곁에 붙어 있고 싶었지만 돈 버는 일을 멈출 수 없었다. 일 나가면서 아들에게 공부할 과제를 주었고, 저녁에 검사하겠다고 했다. 하지만 아들은 엄마의 성의와 말을 완전히 무시했다.

숙이 일하러 나가면 아들은 곧바로 피시방으로 나갔다. 저녁에 마을버스에서 내리면 숙은 반사적으로 십사 층 아파트 창문부터 쳐다보았다. 제발 아들이 공부하기를 바라는 기대와 달리 창문은 늘 컴컴했다. 아들 방에는 구겨진 이불이 침대 구석에 흉물스럽게 뭉쳐 있었다. 책은 며칠 전 놓은 그대로였다. 반항하듯 책표지가 불빛에 번쩍였다.

엄마를 전혀 무서워하지 않는 아들의 놀라운 배짱에 기가 질렸다. 십 년 동안 꽃제비로 돌아치며 목숨을 부지하자니 오죽 독해졌으랴! 이해가 가고 가슴이 미어졌다. 하지만 괘씸한 것은 어쩔 수 없었다. 아들과의 전쟁이 장기전이 될지 모른다는 막연한 두려움에 몸이 나른해졌다.

매번 화만 낼 수 없었던 숙은 조급해지는 마음을 꾹꾹 누르고 주말에 쇼핑 가자고 제안했다. 기분도 전환할 겸 아들 마음을 잡는 데 도움되지 않을까 싶어서였다. 대꾸를 잘 안 하던 아들이 뜻밖에 사고 싶은 것이 있다고 했다. 옷 몇 벌 사주려고 생각했던 터라 아들을 데리고 가까운 쇼핑몰로 갔다. 쇼핑몰에 들어서자 아들은 곧장 빠른 걸음으로 아이들 장난감 매장을 찾아갔다. 그리고 유치원 애들 장난감 총들을 홀린 듯 바라보며 어루만졌다.

"너 설마 이거 가지고 싶어?"

아들은 흘깃 눈치를 보더니 고개를 끄덕였다. 숙은 아들을 구석진 곳으로 데려가 낮으나 짜증 섞인 소리로 말했다.

"너 지금 몇 살인데 유치원 애들이나 가지고 놀 장난감을 가지고 싶다는 거니? 그거 살 돈이 있으면 네 옷이나 공책을 사겠다. 정신 차려. 너 이젠 어린애가 아니고 열다섯이야."

그때도 아들이 왜 장난감 총을 가지고 싶어 했는지 그 심정을 이해해주었으면 어땠을까. 장난감 같은 것은 보지도 만지지도 못하고 힘들게 보낸 아들의 유년 시절을 위로해주었다면 좋았을걸. 아들을 안쓰러워하고, 이해해주지 못하고 왜 공부시킬 생각만 했을까? 아들이 어긋날 대로 어긋나 가출한 지금에 와서 우매함을 깨닫게 되는 것에 신음을 냈다.

십 년 동안 헤어져 지낸 공백이 이리도 아름찬 줄은 몰랐다. 숙의 분신인 아들은 다시 만나기만 하면 어미와 일심동체가 될 줄 알았다. 아들을 공부시키고, 오순도순 사는 삶이 당연한 미래라고 생각했다. 하지만 아들은 날이 갈수록 낯설어졌고 정나미가 떨어지는 것 같았다.

그날 아침, 숙은 크림을 바르려고 무심코 경대 서랍을 열었다. 순간 싸한 느낌을 받으며 유심히 서랍 안을 살폈다. 서랍 구석에 넣어두었던 작은 금목걸이 박스가 보이지 않았다. 순금을 사두면 요긴할 때 쓸 수 있다는 생각에 큰마음 먹고 샀던 목걸이였다. 흠칫 몸을 떨며 여기저기 정신없이 뒤졌으나 끝내 보이지 않았다. 숙은 대번에 아들 방으로 달려갔다. 아들이 느릿느릿 몸을 일으켰다.

"너, 경대 서랍에 있던 엄마 금목걸이 못 봤어?"

아들 눈썹이 위로 올라가며 무슨 소리냐는 듯 눈망울을 뒤룩뒤룩 굴렸다.

"너 설마 엄마 금목걸이 팔아먹은 건 아니지?"

지긋이 쏘아보던 아들의 눈에 핑 눈물이 돌더니 넘칠 듯 가득 고였다.

"엄만 내가 도적놈으로 보여?"

아들의 목멘 소리에 숙은 흠칫했다. 그럼 그 목걸이가 어디 갔지? 발이 있어 걸어 나간 것도 아니고. 당황하여 혼잣말처럼 중얼거리며 황망히 돌아섰다. 그래, 설마 내 아들이 그 정도까지겠는가. 너무 성급하게 아들을 다그친 자신을 나무라며 서둘러 출근했다.

일하는 내내 목걸이 생각을 했다. 혹시 가방에 넣고 나갔다 잃어버렸나? 자신을 의심하며 생각을 더듬었으나 그런 일은 절대 없었다. 숙에게 금목걸이는 장식품이라기보다 적금통장이나 마찬가지였다. 한두 번 목에 걸어보고는 고이 박스에 담아 화장대 구석에 보관했다. 목걸이가 숙의 목에 걸려 바깥바람을 쏘인 적은 결코 없었다. 아무리 머리를 쥐어짜도 목걸이를 다른 데 건사한 기억이 나지 않았다.

그날 저녁 퇴근해 오니 역시 아들은 집에 없었다. 아들을 찾아 피시방으로 갈 생각을 접고 집 안 곳곳을 뒤지기 시작했다. 금목걸이를 찾아야 아들에 대한 의심을 완전히 거둘 수 있었다. 옷장과 서랍 구석구석, 싱크대 밑까지 뒤질 수 있는 곳은 다 뒤졌다. 종내 목걸이는 나타나지 않았다.

숙은 힘을 가다듬고 마지막으로 아들 방문을 열었다. 책상부터 옷주머니, 침대 밑, 이불 밑을 깐깐히 훑기 시작했다. 베개를 다른 쪽으로 옮기려던 숙은 문득 손에 이상한 감촉을 느꼈다. 심장이 터질 듯 뛰기 시작했다. 설마? 떨리는 손으로 베개 지퍼를 열었다. 솜이 밀려 나오는 속으로 손을 들이밀자 스륵 종이가, 아니 돈뭉치가 손에 잡혔다. 와락 잡아당기자 뭉게뭉게 솜 속에 서툴게 자태를 숨긴 돈뭉치가 눈앞에 드러났다. 숙의 입에서 비명이 터졌다.

오만 원짜리 지폐들이 무릎에 흐트러졌다. 믿고 싶지 않았고, 제발 아니기를 바랐다. 엄마의 의심에 억울하다는 듯 대항하던 아들의 모습이 떠올랐다. 치켜뜬 눈망울에 눈물이 가득 고이던 천연덕스러운 표정은 철저한 속임수였다. 어린 나이에 그처럼 완벽하게 거짓 눈물을 흘리다니, 소름이 돋았다. 목에서 끅끅 숨통이 막히는 소리가 몸을 흔들며 나오려 몸부림쳤다.

실신한 듯 늘어졌던 숙은 벌떡 일어나 아들의 좁은 방에서 미친 듯이 서성거렸다. 책상 위에 책과 가지런히 놓여 있는 연필이 눈에 뜨이자 억제할 수 없는 발작이 일어났다. 연필을 집어 들고 책을 정신없이 찍기 시작했다. 뾰족하게 깎은 연필심이 대번에 부러졌다. 견고한 책 뚜껑에서 튕긴 연필이 힘을 잃은 손에서 빠져나와 발등에 떨어졌다. 그 자리에 주저앉은 숙은 어린애처럼 엉엉 소리 내어 울었다.

그날은 아들이 집으로 돌아오지 않기를 바랐다. 이성을 잃을까 두려웠다. 아들이 무서웠다. 자신이 낳은 자식이건만 속마음을 도저히 알 수 없었다. 곁을 주지 않는 아들이 남처럼 멀게 느껴졌다. 아들이 숨겨놓은 대로 돈을 그대로 두고 모른 척해볼까 생각했다. 하지만 아들이 그 돈으로 집을 나갈지 모른다는 불안에 일단 가방에 돈을 챙겨 넣었다. 서둘러 아들이 먹을 밥을 해놓은 다음 집을 나왔다. 그냥 있다가는 숨이 막혀 기절할 것 같았다.

딱히 정한 곳 없이 돈이 든 가방을 안고 허겁지겁 밤길을 걸었다. 숙의 흩날리는 머리 위에 지적지적 가을비가 내렸다. 길을 가다 국민은행이라는 간판이 눈에 뜨이자 문을 열고 들어가 돈을 통장에 입금했다. 가벼워진 가방을 옆구리에 끼고 은행 문을 나와서 잠시 갈 길을 잃고 망연자실하여 서 있었다. 정신을 가다듬고 멀지 않은 곳의 사우나로 향했다. 찜질방에 아들하고 같이 가서 삶은 달걀을 먹으며 누워서 뒹굴고 싶었었다. 후끈하게 더운 사우나에 들어서자 피곤이 확 몰려왔다. 대강 샤워를 하고 찜질복을 갈아입은 후 동굴처럼 생긴 일인용 공간에 들어가 쓰러졌다.

숙은 며칠을 찜질방에서 보내면서 아들이 들어오지 않는 시간대에 잠깐 집으로 들어갔다. 아들이 먹을 밥상을 차리고 용돈을 두고는 도망치듯 나왔다. 용돈을 깡그리 게임에 쓸 걸 알면서도 그랬다. 그러지 않으면 아들이 엄마와 연계된 가는 끈을 끊어버리고 하늘로 둥둥 떠가는 풍선이 될 것만 같았다. 허공에서 터져버려 존재조차 없어질 풍선, 숙은 아들의 모습이 풍선으로 연상되어 몸서리치곤 했다.

자신의 도둑질이 들켰다는 것을 알게 된 아들은 엄마가 퇴근해 올 시간과 밤에는 아예 집에 들어오지 않았다. 낮이면 숙이 집에 놓고 가는 용돈을 가지러 잠깐 집에 들어오는 것 같았다. 온종일 집에서 대기하면 아들을 잡을 수 있지만, 부딪치는 것을 피하고 싶었다. 아들이 너무 버거웠다.

목걸이 충격에서 어느 정도 벗어나자 아들을 설득해야 한다는 강박감이 몇 배로 강해졌다. 궁리하다 못해 숙은 심리상담사를 찾아갔다. 머리가 터질 지경으로 괴롭던 생각이 입을 열면 폭포처럼 쏟아질 것 같았는데, 몇 마디도 하기 힘들었다. 입을 열자 뜨거운 불 뭉치가 목구멍을 틀어막으며 앓음 소리 같은 울음이 비죽비죽 밀려 나왔다.

"말하기 힘들면 하지 마세요. 아들 때문에 오셨다지요?"

숙은 애처럼 고개를 끄덕끄덕하며 간절한 눈빛으로 상담사의 후덕해 보이는 얼굴을 쳐다보았다.

"애를 기르며 속 태우지 않는 부모가 몇이나 되겠어요. 애가 혹시 사춘기예요? 그럼 더 힘들지요. 애들은 그 시절에 부모의 사랑이나 집을 보금자리라기보다 마치 자신을 속박하는 족쇄쯤으로 치부한다니까요. 아마도 세계관이 형성되고 나름의 주견이 생기는 과정이라고 봐야겠지요. 그럴 땐 자꾸 잔소리하고 애를 억지로 끌어당기기보다는 그냥 애 뒤를 조용히 따라가보세요. 애가 뭘 바라는지, 뭘 하고 싶어하는지, 애하고 같이 방황하고 같이 휘둘려보세요. 그럼 애하고 간격이 조금은 좁혀지지 않을까요? 힘을 내세요. 오늘의 괴로움도 언젠가는 끝이 난답니다."

상담사의 말이 막연하게 들렸지만, 감기약을 먹었을 때처럼 머리가 조금 개운해졌다. 원론적인 이야기를 해주었지만, 오늘의 괴로움도 언젠가는 끝이 난다는 흔한 말이 힘이 되었다.

일주일이 지나서야 숙은 집으로 들어갔다. 이제는 조금 편한 마음으로 아들과 마주 설 것 같았다. 일단 아들에게 금목걸이 팔아먹은 사실을 섣불리 추궁하지 않으리라 마음 다졌다. 하지만 아이의 뒤를 조용히 따라가라는 상담사의 말은 이해되지 않았다. 탈선한 아이를 어떻게 조용히 지켜보기만 한단 말인가. 그건 방치가 아닐까. 아들에게 지금의 하루는 일 년 맞먹도록 소중했다. 빨리 초등교육 과정을 마쳐야 다음 계획을 세울 수 있었다.

숙은 될수록 부드러운 말을 골라 어서 집으로 들어오라고, 맛있는 거 해놓았으니 같이 먹자고 했다. 엄마는 어떤 경우에도 아들을 이해하고 사랑한다는 장문의 문자를 아들에게 보냈다. 한참 후, 그럼 욕하고 때리지 않겠어요? 라고, 철자법도 틀리고 띄어쓰기도 틀린 문자가 날아왔다. 숙은 피식 웃음이 나왔다. 아들은 아직 어린애였다.

"그럼, 만나서 우리 이야기 좀 하자꾸나."

숙은 고개를 주억거리며 다시 문자를 보냈다. 아들을 설득할 수 있다면, 공부에 마음을 붙이게 할 수 있다면 그까짓 금목걸이 팔아먹은 건 얼마든지 넘어갈 수 있었다.

북한에서 아들을 데려오고 처음으로 진지하게 모자가 마주 앉았다. 흘깃 쳐다보는 아들의 서늘한 눈빛이 죽은 남편을 닮았음을 처음으로 느꼈다. 결혼하여 오 년밖에 못 살았다. 술에 절어 살다시피 한 남편이어서 별로 애틋한 정을 느끼지 못했고, 속만 태웠다. 아들과 화해하려 마주 앉은 순간 남편에 대한 안 좋은 기억이 떠오르는 것이 이상했다. 숙은 머리를 흔들며 아들에게 말을 걸었다.

"너 솔직히 말해. 무엇을 제일 하고 싶어?"

상담사의 조언을 떠올리며 미리 준비한 질문이었다. 아들이 뒤통수를 긁으며 눈치를 보았다. 뜻밖의 반응에 얼른 말하라고 재촉했다. 아들은 정말 솔직히 말해도 되는가고 되물었다. 숙은 거듭 고개를 끄덕였다. 잠시 쭈뼛거리더니 바지 주머니에서 꼬깃꼬깃 접은 종이쪽지를 꺼내서 내밀었다. 쳐다보는 아들의 눈빛에 간절함이 어렸다.

쪽지를 펴니 놀랍게도 북한 주소가 적혀 있었다. 아들을 맡겼던 친척 집에서 멀지 않은 곳의 주소였다. 아들이 북한에서 한국에 오는 동안 잊어버리지 않으려고 명심한 주소란다. 상상 못 했던 대답이 아들의 입에서 술술 나오기 시작했다.

이 쪽지의 주소로 사람을 보내면 '현아'라는 소녀 애를 찾을 수 있는데, 그 애를 꼭 한국으로 데려와야 한다고 했다. 그 애가 누구냐고 물으니, 꽃제비 생활할 때 친형제처럼 의지하던 애라고 했다. 아들이 북한을 떠날 때, 너를 반드시 데리러 올 테니 그때까지 죽지 말고 살아만 있어달라고 울면서 헤어졌던 아이라고 했다.

"그럼 한국식으로 여자 친구?"

숙의 질문에 아들이 얼굴을 붉히며 고개를 수그렸다. 그 애를 데려오려고 목걸이를 훔쳐서 팔았냐는 말을 도로 삼키며 숙은 잠시 숨을 가다듬었다. 전혀 예상치 못했던 말이었다. 어떤 대답을 해야 아들의 심기를 거스르지 않고 계속 대화를 이어갈지 궁리했다.

아들이 먼저 깊은 한숨을 내쉬며 말을 이었다. 현아를 데려오려면 돈이 있어야 하는데 자신은 미성년이라 알바를 할 수 없었다고 했다. 그래서 게임으로 돈을 벌려 했다고 털어놓았다.

숙이 깜짝 놀라며 그럼 도박을 한다는 거니? 하고 묻자, 머리를 흔들며 아니라고 했다. 알아듣지 못할 게임 용어를 써가며 신이 나서 설명했다. 게임에서 나오는 무기를 사놓고 값이 올라가면 팔고 또 좋은 무기를 샀다가 다시 파는 식이라고 했다.

숙은 갑자기 헛헛한 웃음이 나오는 것을 참을 수가 없었다. 아들이 그 여자애를 데려올 생각에 이토록 속을 썩였다는 사실에 기가 막혔다. 사춘기답게 순진한 첫사랑에 눈이 멀어 엉뚱한 짓을 한 것이다. 어쩌면 아들을 설득하는 일이 쉽게 풀릴 수 있다는 생각이 들었다.

숙은 한결 편안한 마음으로 아들을 설득하기 시작했다. 북한에서 사람을 데려오는 것이 그렇게 간단한 일이 아니라는 것, 게임을 통해 큰돈을 번다는 건 말이 안 된다는 것, 그 애를 생각해서라도 우선 대안학교에 가서 공부하고, 대학에 가든 기술을 배우든 정착을 잘 하고, 후에 그 애를 데려오자고, 단숨에 말을 이어갔다.

"그 애가 죽으면요? 그 애는 몸이 약해요. 분명 오래 견디지 못해요!"

아들이 갑자기 버럭 소리를 질렀다. 깜짝 놀란 숙은 얼결에 마주 소리쳤다.

"너 정말 철딱서니 없이 굴겠어? 지금 엄마한테 그런 목돈이 없거니와 그 애 때문에 방황한다는 게 얼마나 어리석은 일인지 몰라? 제발 엄마 말대로 해. 그 애를 위해서라도 단단히 마음먹고 공부하자. 응? 지금처럼 한글도 제대로 몰라서는 이 땅에 설 곳이 없어."

입을 꾹 다문 아들의 얼굴이 점점 흙빛으로 변했다. 그럴수록 숙은 안달이 났다. 더 설득력 있는 말을 하려고 애를 썼다. 말을 끊는 순간 아들이 사라져버릴 것 같은 불안감에 같은 말을 몇 번이고 반복했다.

"싫어요! 그 애를 데려오기 전에는 아무것도 안 할래요! 현아가 죽을 수 있다고요."

숙의 말을 끊으며 아들이 번쩍 머리를 쳐들었다. 그리고 엄마를 쏘아보았다. 열다섯 소년의 눈빛이 아니었다. 남편을 닮은 서늘한 눈매에 섬뜩한 기운마저 느껴졌다. 아들을 설득하지 못할 것 같은 두려움에 숙은 악이 치받쳤다. 고집을 굽히지 않는 아들의 단단함에 분노했다. 점점 숙의 말은 거칠어졌고 아들의 숨소리가 높아졌다. 꽃제비 근성을 버리지 않다가는 평생 여기서도 거지처럼 살아야 한다는 모진 말이 튀어나왔다. 그렇게 살 바에는 콱 죽어버리라는 마지막 말까지 던지고야 말았다. 아들은 튕겨 난 화살마냥 미처 막을 새 없이 집 문을 박차고 사라져버렸다.

그렇게 아들은 가출했다. 어디로 갔을까. 무엇을 먹고, 잠은 어디서 자며 도대체 살아 있기는 한 걸까. 나른해진 숙의 뇌리에서 한순간도 떠나지 않는 질문이었다. 대답을 들을 수 없는 물음이 반복해서 머릿속을 윙윙 울렸다. 전화기가 꺼져 있어 아들의 위치 추적을 할 수 없다고 형사가 말했다. 온갖 무서운 상상이 파도처럼 밀려왔다.

아들을 찾아 헤매는 동안 집에서 밥을 먹 수 없었다. 정 배가 고프면 길가의 편의점에 들러 김밥이나 빵 한두 개를 억지로 삼켰다. 낮에는 아들을 찾아 정처 없이 돌아치느라 긴장해서 피곤을 못 느꼈다. 하지만 밤에 집에 들어서면 그냥 맨방바닥에 쓰러졌다. 몸은 천근만근으로 무겁고 머리가 터질 것처럼 아픈데 오히려 잠은 오지 않았다.

차라리 금목걸이 판 돈의 일부를 아들의 침대에 놓아두었을 것을. 그랬다면 덜 불안할까. 서울은 돈만 있으면 열다섯 소년이 자고 먹으며 얼마간 가출 생활을 이어갈 수 있었다. 그저 굶지 않고, 매 맞지 않고, 나쁜 일에 빠지지 말고 화 풀릴 때까지 곱게 숨어 있다 와주었으면 얼마나 좋으랴. 아들이 돈을 보내라고 문자라도 오면 당장 송금하고 싶은 심정이었다.

그날, 아들의 말대로 현아라는 애를 데려오자고 응했다면, 아들이 가출하는 일은 없었을까. 순순히 대안학교에 가고 공부에 달라붙었을까. 왜 그날에는 추호도 그럴 생각이 없었을까. 숙은 후회하고 있었다. 그까짓 돈이 뭐라고. 돈 때문에 아들을 잃게 된다면 결코 자신을 용서하지 못할 것 같았다.

길가를 헤매다가 버스 정류소 의자에 주저앉아 숨을 돌리는데 담당 형사한테서 문자가 왔다. 경찰서로 오라고 했다. 형사의 전화번호를 눌러 전화를 걸었다.

"혹시 애가 어디 있는지 알아냈어요? 어딘데요?"

담당 형사는 잠시 침묵하더니 일단 경찰서로 오라고 했다. 의논할 일이 있다고 했다. 숙은 서둘러 지나가는 택시에 올라탔다.

사무실 책상에 마주 앉은 형사는 측은해하는 눈빛으로 숙을 바라보며 커피 담은 종이 잔을 내밀었다. 자신의 핸드폰에서 사진 한 장을 보여주었다. 사람이 누워 있는 것 같은데 흰 천이 전신에 덮여 있었다. 낡고 어지러운 흰 운동화를 신은 발만이 비죽이 나와 있었다. 사람의 시체였다. 숙은 벌떡 자리에서 일어났다. 서슬에 종이 잔이 책상 위에 넘어지며 커피가 바닥으로 흘러내렸다. 숙은 눈을 홉뜨고 소리 질렀다.

"이게 뭐예요? 이게 뭐냐고요!"

형사가 두 손을 마주 비비며 앉으라고 거듭 권했다.

"마음을 진정하고 들으세요. 숙이 씨 아들이라는 확신은 없어요. 다만 연령대나 키가 비슷해서 혹시나 하는 겁니다. 여기서 멀지 않은 곳의 지하 피시방에서 불이 났어요. 다 피신했는데 잠이 들었다가 연기를 마시고 피하지 못한 남자아이 두 명이 사망했어요. 한 사람은 신원을 확보했는데 이 애는 신원을 확인할 수 없어요. 얼굴이나 손이 화재로 너무 상했더군요. 유일하게 신발과 발만이 식별이 가능해요. 혹시 아들이 신은 신발 기억하세요?"

숙은 덜덜 떨리는 몸을 진정하려고 으스러지게 주먹을 틀어쥐었다. 눈을 부릅뜨고 사진 속 시신의 발을 눈여겨보았다. 도저히 알 수 없었다. 아들에게 운동화를 몇 개 사주었는데, 어느 신발을 신었는지, 모양이 구체적으로 어땠는지 기억나지 않았다.

"혹시 아들의 발에 특징이 없어요?"

형사의 물음에 머리가 더 아득해졌다. 십여 년 동안 보지도 만지지도 못했던 아들의 몸, 아들의 발, 만나자 고슴도치처럼 몸을 도사리고 엄마에게 곁을 주지 않은 아들, 아들의 발이 어떻게 생겼던가. 숙은 머리를 흔들며 울음을 터뜨렸다.

"우리 애면 어쩌죠? 우리 애가 아니겠지요?"

형사는 말없이 다시 커피를 타서 숙에게 내밀었다.

"유전자 검사를 해보는 게 어떨까요? 아직 단정하지 말아요. 정신 차리고 힘내세요, 숙이 씨!"

형사의 간곡한 말이 한결 힘이 되었다. 아닐 거야! 주먹을 꽉 움켜쥐는 바람에 커피가 숙의 손등을 흥건히 적셨다.

"저런, 뜨겁지 않으세요?"

형사가 얼른 물티슈를 가져다 발갛게 된 숙의 손등을 조심히 닦아주었다.

"형사님, 그 유전자 검사라는 거 할게요. 아니겠지만……."

형사가 고개를 끄덕였다.

"머리카락을 몇 가닥 뽑아 주세요. 오늘은 이만 집으로 돌아가 쉬세요. 그러다가 숙이 씨가 쓰러지겠어요. 무슨 일이 있으면 저에게 바로 전화 주시고요."

집으로 돌아오자 갑자기 열이 나면서 어지러워 움직일 수가 없었다. 숙은 서랍을 뒤져 감기약을 꺼내 먹고 침대에 쓰러져 하룻밤, 하룻낮 동안 정신없이 잠들었다.

담당 형사 전화가 몇 번 울려서야 간신히 정신 차렸다. 천만다행으로 피시방에서 숨진 시신과 유전자가 일치하지 않는다는 결과가 나왔다고 했다. 악몽같이 고단한 하루가 또 지나갔다.

아들을 기다리는 날이 지속되면서 숙은 꺼져 있는 아들의 핸드폰에 문자를 보내기 시작했다. 어린 아들을 친척 집에 맡기고 두만강을 건너지 않으면 안 되었던 절박했던 상황들, 중국에서 인신매매로 겪었던 참담한 일들, 한국에 들어와서 아들을 그리워하며 돈을 모아 북한에 보냈던 사실, 제발 아들을 보내달라고 북한 친척에게 울면서 애원했던 일들, 이런저런 핑계를 대며 아들을 보내주지 않았던 친척에 대한 원망, 돈을 받고도 아들을 꽃제비로 살게 한 친척에 대한 울분을 문자에 담았다. 엄마가 잘못했다고, 일단 집으로 돌아온 다음 어떻게 현아를 데려올 대책을 세워보자고, 배터리 다할 때까지 문자를 쓰고 또 썼다. 그 문자는 아들에게 하는 말이라기보다 숙이 자신에게 하는 넋두리에 가까웠다.

아들에게 답장이 없는 문자를 매일 보내면서 숙은 비로소 어린 아들이 북한에서 어떻게 살아왔는지 물어본 적이 없었다는 것을 깨달았다. 아들이 북한에서 학교에 다닌 적 없고, 꽃제비로 살았다는 몇 마디 말을 듣고는 더 듣는 것이 두려웠었다. 어린 아들이 겪었을 모진 고난을 들으면 감당하기 힘들어 피했던 것 같았다. 그래도 이를 악물고 묻고 대화했으면 아들하고 간격이 훨씬 좁혀지지 않았을까.

아들이 가출한 때로부터 열흘이 됐다. 숙은 여전히 낮이면 주변 피시방을 돌아쳤다. 점심이 좀 지나 횡단보도를 건너려는데 전화벨이 울렸다. 어깨로 가로질러 멘 작은 가방에서 핸드폰을 꺼낸다는 것이 땅에 떨어뜨렸다. 전화벨만 울려도 가슴이 활랑거리고 손이 떨렸다. 핸드폰을 집어보니 담당 형사 번호였다.

"진철이 어머니, 빨리 수정경찰서로 오세요. 지금 진철이 여기 있습니다."

"네? 정말인가요? 우리 진철이 맞는가요? 아이고, 감사합니다!"

숙은 그 자리에 털썩 주저앉으며 울음을 터뜨렸다. 흐느끼며 전화에 대고 물었다.

"제 아들이 멀쩡한가요? 어디 혹시……."

형사는 걱정하지 말고 어서 오라고 했다. 숙은 도로에 한 발자국 성큼 뛰어들어 손을 흔들었다. 차들이 날카로운 경적을 울리며 피해 지나갔다. 웬 청년이 숙의 옷자락을 뒤에서 와락 잡아당겼다.

"제정신이에요? 그러다 사고 나요."

마침 택시가 숙이 옆에 멎었다.

"수정경찰서요. 빨리요."

경찰서에 도착하니 정문 앞에서 기다리던 형사가 숙이에게 곧바로 다가왔다.

"진철이 어머니, 아들을 만나기 전에 저와 잠깐 이야기 좀 합시다."

형사는 일 층 자그마한 방으로 숙을 안내했다. 차를 마시겠냐는 형사의 말에 숙은 머리를 흔들며 간절한 눈빛으로 바라보았다.

"놀라지 마세요. 진철이가 재래시장에서 떡을 훔치다 잡혀 왔어요. 떡 가게 아주머니는 처벌을 원치 않는다고 했어요. 대신 가출한 애가 틀림없어 보이니 부모를 찾아주라고 경찰서에 연락해 왔어요."

숙은 또 왈칵 울음을 터뜨렸다. 형사가 가볍게 한숨을 내쉬었다.

"아들을 찾았으니 마음을 진정하세요. 배가 고파 떡을 훔쳤던 것 같아요. 그러니 너무 혼내지 마세요. 지금은 무엇보다 애가 집으로 돌아가서 다시 가출하지 않는 게 중요해요. 이번엔 떡을 훔치는 정도지만 계속 가출하다 보면 애들이 생활에 필요한 돈을 벌려고 범죄에 말려들기가 쉬워요."

숙의 눈에서 눈물이 비 오듯 흘러내렸다.

"제가 진철이와 이야기 좀 해봤는데, 그 녀석 똑똑하고 배짱이 있던데요. 엉뚱한 면도 있고요. 나름 주견이 강하고 자기 살 도리를 할 줄 아는 녀석이라니까요."

숙의 긴장을 풀어주려는 듯 형사는 아들과 나눈 이야기를 대수롭지 않게 말해주었다. 아들에게는 집에서 나올 때 돈 십오만 원이 있었다고 했다. 엄마가 준 용돈을 모았다는 것이다. 돈은 찜질방에서 잠자는 데만 쓰고, 먹는 건 주로 재래시장에서 떡이나 빵을 훔쳐 먹었고, 옷은 아파트 쓰레기장에서 주워 입었다고 했다. 아들은 금목걸이 판 사연이랑 현아에 대해서도 형사에게 솔직히 이야기했다. 엄마가 미웠

다고, 너무 엄마가 그리웠는데 오자마자 대안학교에 보내서 싫었다고
했다. 그동안 고생했던 일을 털어놓고 엄마에게서 위로와 사랑을 받
고 싶었던 것 같았다. 숙이 아들한테 보낸 문자를 보여주면서 읽어보
라고 하니 아들은 외면하며 얼굴을 붉혔다고 했다.

"꽃제비로 살다 보니 아직 한글을 제대로 배우지 못했더라고요. 참
가슴이 아팠습니다. 제가 숙이 씨 문자를 읽어주었어요. 처음엔 입을
꾹 다물고 듣기만 하던 녀석이 갑자기 엉엉 소리를 내며 울지 않겠어
요. 나도 그만 같이 울어버렸어요. 어서 아들이 있는 방으로 갑시다."

아들은 이 층 휴게실 의자에 앉아 핸드폰을 들여다보고 있었다. 숙
이 문을 열고 들어서니 흘깃 쳐다보고는 고개를 돌려 외면했다.

"이 녀석 봐라. 아직도 엄마한테 삐졌냐?"

형사가 숙이에게 눈짓하며 방문을 닫고 나갔다. 잠시 어색한 침묵
이 흘렀다. 숙은 의자에 앉은 아들 앞으로 다가가 바닥에 무릎을 꿇고
앉았다. 흐릿해진 눈으로 아들을 올려다보았다. 외로 튼 목에서 작은
울대가 귀엽게 움직였다. 내 아들이 많이 컸구나. 숙은 아들의 무릎에
얼굴을 살며시 묻고 체취를 한껏 들이켰다. 따뜻한 물방울이 숙의 목
덜미에 떨어졌다. 아들의 눈물이었다. 톡. 토독 토도독……

사생아

사생아

1

순옥은 흠칫 걸음을 멈추었다. 온몸의 신경이 뒤통수에 쏠렸다. 저벅저벅, 바싹 다가서는 발걸음 소리가 머릿속을 파고들었다. 지독한 땀 냄새를 풍기며 검은 형체가 스칠 듯 지나갔다. 저녁 어스름에 사람은 보이지 않고 커다란 배낭이 뚱기적거리며 걸어갔다. 휴, 물속에서 자맥질하다 솟아난 듯 억눌린 숨이 휘파람 소리를 냈다.

순옥은 쫓기듯 다시 달음박질쳤다. 헐떡거리며 집 앞에 이르러 맞은편 창고 벽 그림자에 얼른 몸을 합쳤다. 창고 열쇠를 열고 밤 고양이마냥 소리 없이 캄캄한 광 속으로 스며들었다. 창고 구석 쪽으로 다가가 숨을 죽이고 바깥 동정에 귀 기울였다. 이어 쭈그리고 앉아 손바닥으로 바닥을 세심히 훑었다. 입에서 가느다란 김새는 소리가 났다. 창고 바닥에 파묻은 라디오는 안전했다. 털썩 흙바닥에 주저앉았다.

언제부터인가 뒤를 밟힌다는 섬뜩한 느낌을 받고 있었다. 시도 때도 없이 머리카락이 삐쭉 일어서고 오금이 저리곤 했다. 으스스한 그

느낌은 아침에 시장에 나갈 때도 저녁에 집으로 들어올 때도 계속 이어졌다. 잠자리에 누워서도 보이지 않는 날카로운 시선이 정수리를 지지는 것 같아 심장이 벌렁거리곤 했다.

며칠 전 보위원이 인민반 회의에서 소형 라디오를 가지고 있는 사람은 자발적으로 바치라고 한 다음부터 불안은 더 심해졌다. 라디오를 몰래 청취하고 그 내용을 퍼뜨리는 사람은 반혁명분자로 엄벌에 처한다고 으름장을 놓았다.

순옥은 일 년 전 시장에서 중국산 소형 라디오를 샀다. 남편도 시어머니도 그 사실을 몰랐다. 남편이 진통제를 먹고 깊이 잠든 후에야 조심스럽게 라디오를 들었었다. 며칠 전에는 그 물건을 비닐봉지로 겹겹이 싸서 창고 바닥에 묻었다. 당분간은 듣지 않을 작정이었다.

한참 후, 창고 문을 잠그고 집에 들어선 순옥은 비로소 분통을 터뜨리고 말았다.

"또 밧데리를 켜고 영화를 봐요?"

윗방에서 울려 나오는 음악 소리가 순옥의 청 높은 목소리를 밀어냈다. 아래 윗방 사이 미닫이창에는 푸릇한 티브이 화면 빛이 얼른거렸다. 정전되어 컴컴한 아랫방에서는 시어머니가 코를 골았다. 올봄에 살짝 풍을 만나고서는 초저녁이면 잠에 빠졌다.

순옥은 와락 미닫이를 제치고 윗방에 들어섰다. 열어놓은 창문 쪽으로 담배 연기가 뭉게뭉게 몰려가고 담뱃재가 방바닥에 뿌려져 있었다. 남편은 흘깃 순옥을 쳐다보며 수고했소, 하고는 피하듯 눈길을 돌렸다.

"또 그 영화예요? 수십 번이나 본 것을 왜 밧데리까지 켜고 보는가 말이야요!"

남편은 아예 못 들은 척 대꾸하지 않았다. 티브이 화면에 눈길을 박은 채 손더듬이로 방구석에 널브러진 담요를 사타구니 사이로 끌어당겼다. 곱사등처럼 꼬부린 남편의 등에서는 그 어떤 말에도 응대하지 않겠다는 완강함이 풍겼다. 이제는 익숙해진 뻔한 술수였다. 남편의 옆모습을 보노라니 더 가관이었다. 영화에 몰두하는 눈은 무한한 동경으로 빛났고 반쯤 벌어진 입으로는 탄성이 새어 나왔다. 여윈 볼에는 눈물 자국이 얼룩져 있었다. 이젠 대사까지 훤할 텐데 볼 때마다 질질 눈물을 짰다.

"정말 남세스러워서, 남자라는 게 무슨 눈물이 그리 헤픈지. 쯧쯧"

"눈물이 나는 걸 어쩌오. 당신은 감정도 없소?"

남편의 뒷덜미가 움씰하며 퉁명스러운 말을 던졌다.

"목구멍이 포도청인데 알량한 감상에나 빠져 있으니 팔자 좋구먼요."

"너무 그러지 마오. 나도 그 시절에 태어났으면 장군님을 따라 혁명가가 되었을 거요. 얼마나 멋지오."

남편은 비로소 얼굴을 돌리며 몽롱한 눈에 배시시 웃음까지 지었다. 순옥은 콧방귀를 탁 뀌며 못을 박아 말했다.

"제발 공상 망상에 빠져 살지 말라구요. 그건 영화일 뿐이고 그리고……."

새빨간 거짓말이요, 라는 말을 순옥은 어물거리며 삼켰다. 제풀에 화를 못 참고 미닫이를 쾅 닫고 아랫방으로 내려왔다. 남편 경수와의 결혼은 일생일대 최대의 잘못이었다. 미운 며느리는 발뒤축도 돼지주둥이처럼 보인다더니 이제는 남편의 모든 행동거지가 열불을 돋게 했다. 계집애처럼 웃는 것도 얄밉고 쩍하면 눈물을 짜는 것도 토하고 싶도록 역겨웠다.

호위국에 있을 때 남편의 꿈은 수령을 호위하다가 적의 탄환을 막고 장렬하게 전사하는 것이라고 했다. 혁명영화에서처럼 장군님이 자기를 붙들고 경수 동무 어서 눈을 뜨시오, 하고 눈물을 흘리는 모습을 늘 상상했다. 공상에 빠져 거짓 자아로 사고하고 행동하는 남편은 어찌 보면 정신질환자 같았다. 남편의 허무맹랑한 꿈은 그가 죽을병에 걸려 제대됨으로써 실현될 가망을 영영 잃었다. 지금 앓고 있는 병도 바로 그 유별난 수령 흠모 때문에 얻은 훈장 같은 것이었다.

평양 호위국에서 제대되기 일 년 전 겨울, 경수는 오랜만에 휴가를 받았다. 그러나 휴가를 부모 형제와의 상봉 따위로 값없이 보낼 수 없다고 생각했다. 김일성이 항일투쟁을 했다는 백두산을 찾아 혁명정신을 키우겠다고 다짐했다. 경수는 혹한에 빨치산 흉내를 내며 홀로 수백 리 길을 행군하기 시작했다. 북방의 추위는 살을 에는 듯했으나 비장한 각오로 혁명정신 수련을 하는 그의 결심을 돌리지 못했다. 행군하다가 밤이 되면 숲속에서 모닥불을 피우고 군용 밥통으로 밥을 해먹었다. 잠도 눈 위에 나뭇가지를 주워 깔고 비닐과 담요를 몸에 두른 채 잤다. 혁명영화에서 본 대로 따라 했다.

하지만 현실은 화려한 영화 화면과 달랐다. 경수는 마침내 독감에 걸렸다. 고열로 비틀거리면서도 행군을 계속하다가 그만 의식을 잃고 쓰러졌다. 마침 지나가던 답사 대열이 그를 발견하지 못했다면 공상대로 백두산에서 '장렬한 최후'를 마칠 뻔했다. 다행히 병원으로 옮겨져 간신히 목숨을 구했다. 경수의 열렬한 수령 흠모 정신은 마침 그곳에 온 기자에 의해 멋진 기사로 언론에 나가게 되었다. 그 덕에 표창을 받았다. 하지만 그 어혈로 남편은 '결절성 동맥주위염'이라는 난치의 병을 얻었다. 그토록 영예롭게 여기던 호위군관복을 벗어야 했다. 가엾게도 사회보장환자로 시한부 인생을 살게 된 것이다.

남편의 웃지 못할 과거를 생각하면 서글픔을 금할 수 없었다. 어떤 때는 남편이 측은하게 여겨지기도 했다. 서서히 말라 죽는 병이라 뼈에 가죽만 남았다. 죽음을 의식하지 않고 망상 속에 사는 게 차라리 다행일지 몰랐다. 남편이 난치병에 걸리지 않았다면 벌써 이혼을 했을 것이다. 바라던 대로 평양에서 호위군관 아내의 삶을 산다 해도 남편에게 싫증을 느꼈을 것이다.

2

수일 째 순옥을 괴롭히던 불안이 현실로 되었다. 어느 날, 시장에서 돌아오던 순옥은 컴컴한 골목에서 다짜고짜 앞을 막아서는 남자들에게 끌려갔다. 지프차가 이미 대기하고 있었다. 지프 뒷좌석에 오르자 양옆으로 두 사람이 바싹 다가앉았다. 왼쪽에 앉은 사람의 옆구리에서 권총집 끄트머리가 언뜻 눈에 들어왔다. 보위원이 분명했다. 순식간에 입안이 바싹 마르고 눈앞이 어지러웠다.

지프는 엉덩이를 들까불며 굴러가기 시작했다. 순옥은 몽롱해진 정신을 가다듬으려 애썼다. 창고 바닥에 묻은 라디오 생각이 번개같이 떠올랐다. 하지만 아침에 시장에 나갈 때까지 무사한 것을 확인했다. 언젠가 라디오를 듣던 중 부엌 창문 쪽에서 덜커덩 소리가 났던 것이 문득 생각났다. 혹시 감시자의 인기척이었을까? 그게 아니라면? 시장에서 라디오에서 들은 소식 몇 마디를 흘린 것 때문일까? 장사꾼 아줌마들 속에 보위부 끄나풀이라도 있었을까?

생각을 굴릴수록 연행 원인이 엄청나게 불어나기도 하고, 종잡을 수 없었다. 보위부에서 연행해 갈 때는 뭔가 꼬투리가 잡혔다는 뜻이었다. 그것을 알 수 없으니 미칠 것 같았다. 단속되면 무조건 뻗치는 게 장땡이라는 말이 떠올랐다. 순옥은 크게 숨을 들이쉬며 주먹을 단단히 쥐었다.

차는 구역 보위부로 들어섰다. 처음 와보는 곳이었다. 순옥은 보위원에게 양팔을 붙잡힌 채 건물 구석진 곳에 있는 철문 안에 들어섰다. 퀴퀴한 냄새와 습기가 얼굴에 들썩워졌다. 수수떡 같은 조명 하나가 가파른 나무 계단을 간신히 비추고 있었다. 삐걱대는 나무 계단을 걸어 내려가니 지하에 형광등이 켜진 좁은 복도가 나타났다. 양쪽으로 출입문과 좁은 창문이 엇바꾸어 줄지어 있는 것이 얼핏 보였다. 보위원은 우악진 힘으로 순옥의 등을 누르며 허리를 굽히라고 했다. 순옥은 긴 복도의 제일 구석방으로 끌려갔다. 두 평 정도의 작은 방이었다. 쇠창살이 달린 자그마한 창문 하나가 복도 쪽으로 나 있고 방안은 어두웠다. 구석에 개어놓은 푸른색 담요 하나가 보이고 작은 책상과 의자가 창문 쪽으로 놓여 있었다. 뒤 벽면에는 자그마한 쪽문이 있는데 화장실 같았다. 보위부 지하 감방이 틀림없었다. 벌건 전등불이 켜지고 보위원이 백지 몇 장과 연필을 내놓았다.

"이제부터 자술서를 쓸 것이다. 지금까지 살면서 저지른 과오를 하나도 숨김없이 다 적으라. 솔직히 털어놓으면 죄가 덜어질 것이다."

탕, 철문이 요란하게 닫히며 세상과 격리되었음을 실감케 했다. 순옥은 무너지듯 의자에 주저앉았다. 귀가 멍한 정적이 숨구멍을 압박했다. 무엇을 써야 할까. 물론 라디오에 대해서나 시장에서 주고받은 이야기를 절대 쓰면 안 될 것이다. 순옥은 잘근잘근 아랫입술을 깨물며 연필로 책상 위에 톡톡 방아를 찧었다. 잠시 후 심호흡을 크게 한 후 글을 쓰기 시작했다.

다음 날 아침, 보위원이 순옥이 쓴 자술서를 들고 나갔다. 한숨도 못 잤는데 정신은 더 말똥말똥해졌다. 자술서에 대한 반응이 몹시 기다려졌다.

몇 시간 후, 보위원이 나타났다. 얼른 자리에서 일어난 순옥은 의자 옆에 다소곳이 비켜섰다.

"흥, 미끈하게 잘 썼던데. 아주 모범적이고 훌륭한 공화국 공민이더군. 당의 배려로 사범대학을 졸업한 후 도 사적관 해설 강사로 일했고, 호위국 제대 군관 아내로 앓는 남편을 돌보는 조강지처라……."

보위원이 갑자기 주먹으로 책상을 탕 내리쳤다. 책상 위의 연필이 화들짝 메뚜기 뜀을 하더니 바닥으로 떨어져 돌돌 굴러갔다.

"어디서 감히 사탕발림 거짓말이야! 다시 써. 남편하고 결혼하게 된 경위랑 결혼 생활이랑 구체적으로 솔직히 다 쓰란 말이야!"

독기 어린 눈총으로 쏘아보던 보위원은 새 종이 몇 장을 책상 위에 팽개치더니 휙 돌아서 나가버렸다. 순옥은 다리 힘이 풀려 비칠거렸다. 심장이 할랑거렸다. 겁이 나고 눈물이 쏟아졌다. 정말 다 알고 있을까. 차라리 라디오를 들었다고 솔직히 쓸까. 세차게 고개를 저었다. 어제 쓴 자술서에는 결혼 생활을 좋게만 썼다. 차라리 결혼 생활에 대해 그대로 쓰는 것이 낫지 않을까. 자술서에서 진정성이 느껴져야 할 것이다. 후들거리는 손에 힘을 주며 다시 연필을 잡았다.

결혼 생활을 쓰자니 새삼 자신의 신세가 가궁하게 생각되었다. 남편 경수를 처음 만난 것은 순옥이 일하던 도 사적관이었다. 어느 날, 순옥의 해설 강의를 듣는 사람들 가운데 경수가 끼어 있었다. 미끈한 체격에 호위국 군관복을 입어서인지 유난히 눈에 띄었다. 저녁에 퇴근하려고 사적관을 나서는데 그가 다가왔다. 그날부터 매일 저녁 사적관 앞에 나타났다. 정열도 대단했지만, 평양 호위국에 있다는 직함에 끌려 순옥은 청혼을 받아들였다. 벼락 결혼식을 올렸다. 친구들은 순옥이 평양에서 호위군관 아내로 산다고 부러워했다. 지방 처녀들은 평양으로 시집가는 것이 로망이었다.

그러나 결혼 두 달 만에 순옥의 부푼 꿈은 바닥에 떨어진 유리 접시처럼 산산조각이 났다. 남편의 현직은 평양 호위국 군관이 아니었다. 백두산에 갔다가 얻은 난치병 때문에 이미 제대된 상태였다. 사기 결혼을 당한 셈이었다.

순옥의 어깨가 푹 꺼지며 한숨이 쏟아졌다. 누굴 탓하랴. 사기를 당했든 눈이 멀었든 남편을 택한 것은 자신이었다. 평양에서 살려는 타산을 앞세운 어리석은 허영심 때문에 남편의 거짓말에 쉽게 넘어갔다. 남편은 날쌔게 결혼 등록을 했고 오도 가도 못 하고 묻힌 시집 생활이었다.

남편 정체를 안 다음 창피하여 직장 생활을 계속할 수 없었다. 부러 워하던 동료들 앞에서 진실을 밝히기 싫었다. 그러던 중 고난의 행군이 닥쳐왔다. 자연스레 직장을 그만두고 시장으로 나갔다. 그런대로 장사가 되어 생활을 유지할 수 있었다. 순옥이 잡혀 온 것을 남편은 알고 있을까. 평시에는 미워하고 하찮게 여겼던 남편이지만, 이 무섭고 적막한 순간에는 남편 생각이 났다.

3

경수는 결혼 전부터 아내를 어려워했다. 아내는 지나칠 정도로 야무졌다. 대학물을 먹어서 그런지 매사에 사리 분별을 따지고 빈틈을 허용하지 않았다. 결혼하고 나서 아내가 더 두려워졌다. 처음엔 사기 결혼이 들통날까 전전긍긍했다. 다 들통난 후에는 아내 비위를 맞추느라 허둥거렸다. 아내를 무척 원해서 사기 결혼까지 했는데 별로 행복하지 않았다. 아내를 마주하면 자신이 자꾸 보잘것없는 놈으로 여겨졌다. 아내가 시장에서 벌어서 경수 모자를 부양하고 있었다. 올봄에는 어머니마저 풍을 만났다. 가뜩이나 두려운 아내가 이젠 여왕만큼이나 어려워졌다.

제일 겁이 나는 것은 앓는 자기네 모자를 버리고 아내가 훌쩍 가버리는 것이었다. 동네에는 온다 간다 소리 없이 가정을 버리고 달아난 여자들이 많았다. 처음 사기 결혼을 들키고 나서 아내는 바로 이혼하겠다고 선포했다. 경수는 시골 큰아버지네 집에 도망가 한 달 넘게 숨어 있었다. 그리고 콧물 눈물 발라서 애원의 편지를 거듭 날렸다. 편지 효력인지 그 후로는 이혼 말이 잠잠했다. 하지만 억지로 눌러 박은 용수철처럼 언제 튈지 모르는 것이 아내의 이혼 선언이었다. 생각에 잠기는 모습만 보아도 이혼할 궁리를 하는 것 같아 조마조마했다. 아내의 표정과 말투에는 간신히 누르고 있는 울분이 찰랑거렸다. 될수록 아내의 비위를 맞추는 쪽을 택할 수밖에 없었다.

"며느리는 왜 집에 들어오지 않냐? 벌써 이틀째다. 넌 아내를 찾을 생각을 안 하는 거니?"

어머니의 걱정에 경수는 은밀한 웃음을 슬쩍 흘렸다.

"걱정하지 마세요. 이제 들어올 거예요. 혼이 좀 나면…… 머리가 깨끗해져 올 거예요."

"그건 무슨 소리냐? 머리가 깨끗해져 돌아오다니? 너 혹시 뭘 알고 있니?"

경수는 움찔하며 아닌 보살 했다.

"집 안에만 있는 내가 어떻게 알아요?"

"답답해라. 여편네가 며칠째 들어오지 않는데도 찾을 염은 않고 티브이에만 코를 박고 있다니. 내가 봐도 네 모양이 기막히다."

"이젠 엄마까지 잔소리요?"

경수는 버럭 화를 냈다. 어머니도 지지 않고 목소리를 높였다.

"수십 번도 넘어 본 영화가 지루하지도 않니? 밧데리가 아깝단 말이다."

"젠장, 순옥이와 똑같은 소리만 하네. 제발 순옥이 없을 때만은 맘대로 하게 내버려두라고요."

말로는 큰소리쳤지만, 경수는 벌떡 일어나 똥 마려운 강아지처럼 방 안을 서성거렸다. 입을 동그랗게 모아 가락지 모양의 담배 연기를 천천히 날리며 무엇인가를 골똘히 궁리했다.

4

그 시각 순옥은 세 번째로 자술서를 쓰고 있었다. 보위원에게 귀싸 대기까지 맞았다. 미끈하게 좋은 소리만 쓰지 말고 솔직히 쓰라고 했다. 결혼 생활을 구체적으로 쓰라고 윽박질렀다. 결혼 생활에 문제가 있다는 암시 같기도 했다. 무슨 꼬투리 잡힐 일이 있었을까? 아무리 생각해도 걱정되는 건 라디오뿐이었다. 순옥은 갑자기 아차, 하고 입술을 깨물었다. 불현듯 하나의 기억이 선명히 떠올랐다.

그날 저녁에도 남편은 혁명영화를 보다가 진통으로 쓰러졌다. 병 증세인 근육통이 시작된 것이다. 남편은 진통제와 면역제 약을 달고 살았다. 강한 진통제를 먹고 한참 후에야 발에 밟힌 벌레처럼 축 늘어 지면서 잠이 들었다. 순옥은 남편의 푹 젖은 몸에 이불을 덮어주고는 부엌으로 내려와 혼자 울었다. 자기의 신세가 너무 기막혔다. 행복한 결혼 생활은 고사하고 남편과 시어머니 두 환자가 짐처럼 어깨에 매 달려 있었다. 시어머니가 풍을 만나기 전에 집을 확 나가버리지 못한 것이 천만번 후회되었다. 남편에게 무슨 정이나 미련이 있어서가 아니었다. 그냥 동정과 연민을 끊지 못했을 뿐이었다. 무슨 열녀라고 결 혼 생활에서 벗어나지 못하는지 아무리 생각해도 어처구니없었다.
한참을 울고 난 순옥은 미닫이 짬 사이로 방 안을 들여다보았다. 기척 없는 남편 옆에 시어머니는 자고 있었다. 서둘러 부엌문 겸 출입문을 닫아걸고 담요로 만든 창문 가리개를 내렸다. 그리고 아궁이 장작 사이에 감추어놓은 꾸러미를 꺼내 들었다. 소형 라디오였다. 안테나를 돌리며 미간을 찌푸리고 귀를 기울였다. 찍찍 하는 잡음과 함께 여자의 목소리가 들리기 시작했다. 볼 수 없고 갈 수 없는 라디오 세상이지만, 순옥의 유일한 안식처이고 위안이었다.

정신없이 라디오에 몰두했던 순옥은 정수리를 달구는 따가운 시선을 느끼며 흠칫 놀라 머리를 들었다. 다음 순간 헙, 기겁한 소리를 삼키며 부엌 바닥에 엉덩방아를 찧었다. 잠에 곯아떨어진 줄 알았던 남편이 뜻밖에도 눈망울을 잔뜩 키우고 내려다보고 있었다.

"그게 뭐요? 혹시 보위원이 듣지 말라던 라디오 반동 방송이 아니요?"

"미쳤어요? 반동 방송이라니? 그냥 노래예요."

"어디 들어보자니까."

순옥은 다급히 주파수를 돌려 방송 소리가 들리지 않게 해놓았다. 얼핏 라디오에 귀를 기울이던 남편은 여전히 의심스러운 눈으로 노려보았다.

"노래든 뭐든 소형 라디오를 들으면 안 된다고 보위원이 얼마 전에도 강연회를 하지 않았소? 라디오를 듣다 들키면 추방한다 안 했소? 자수하고 라디오를 보위부에 바치라고 했단 말이오."

"뭘 자꾸 따지면서 그래요? 이건 내 동무 거예요. 내일 줘야 해요."

침착성을 되찾은 순옥이 얼른 둘러댔다.

"그럼 내일 꼭 임자에게 돌려주오. 방송을 듣는 순간 반동의 거짓말에 속아 넘어간다고 보위원이 말했잖소. 혁명정신은 계속 닦아야 흐려지지 않는단 말이오."

경수는 제법 훈시조로 말하며 은근슬쩍 눈빛을 흐렸다. 약점 하나를 잡았으니 오늘 밤은 잠자리에 들어야 한다는 압박이었다. 남편이 싫어진 순옥은 잠자리를 따로 한 지 오랬다. 아내를 이길 수 없는 경수는 아내의 처분을 따를 수밖에 없었다. 하지만 유리한 환경을 그냥 스칠 남편이 아니었다. 그에게는 얄미울 정도로 약삭빠른 면이 있었다. 하지만 그렇게라도 그 순간을 모면해야 했다.

그날 일을 돌이키며 남편이 혹시 실수로 발설하지 않았을까 생각해보았다. 곧 고개를 가로저었다. 라디오 들은 것이 발각되면 무서운 처벌이 따른다는 것을 남편은 잘 알고 있었다. 오히려 더 걱정하고 무서워했었다. 만약 라디오가 들통났으면 증거를 들이댈 텐데 일언반구 없었다. 보위원이 묻기 전에 라디오 이야기를 먼저 입 밖으로 꺼내는 것은 자살 행위나 다름없었다. 입술을 옥문 순옥은 침착하게 연필을 놀리기 시작했다.

5

순옥이 심문을 받기 시작한 지 일주일이 지났다. 이제는 자술서 문구까지 다 외울 지경이었다. 귀싸대기도 몇 대 더 얻어맞았다. 그 과정에 보위원이 자신에 대한 그 어떤 확실한 단서도 잡지 못했다는 확신이 생겼다.

"너 보통 악질이 아니구나."

지친 듯 입을 다시던 보위원이 순옥을 노려보다가 코웃음을 탕 쳤다.

"그렇게 똑똑한 네가 남편 건사 하나 못 해서 이 꼴을 당해?"

순옥이 어안이 벙벙하여 쳐다보았다. 보위원은 재미있다는 듯 이죽거리며 주머니에서 손바닥만 한 수첩을 꺼내 들었다.

"좋아. 이제부터 내가 묻는 말에 대답해봐. 텔레비전을 보다가 혁명영화만 나오면 티브이를 꺼버렸지? 지겨워, 하고 투덜거리면서?"

순옥은 얼결에 허리를 곧추세우고 눈을 크게 떴다.

"왜? 이제야 등골이 서늘해져? 장군님에 대한 흠모심이 높은 남편을 사생아라고 했다며? 남편이 자신은 사생아가 아니라고 항변하자, '당신은 시대가 빚어놓은 사생아다, 정신적 불구자다'라고 면박을 주었다며? 혁명영화를 동경하는 게 왜 정신적 불구잔데? 그 외에 네가 지껄인 엄중한 말들이 이 수첩에 빠짐없이 적혀 있어. 이젠 알겠어? 당신 입으로 먼저 실토하는 게 좋을걸."

순옥은 눈앞이 아뜩해지는 것을 느끼며 보위원을 멍하니 쳐다보았다. 다 사실이었다. 도대체 누가 고발했단 말인가? 설마 남편이? 남편의 배신까지 인정하면 자신이 너무 비참해질 것 같았다. 희생성을 발휘해 남편의 옆을 지킨 것이 얼마나 가소롭게 될 것인가. 필사적으로 머리를 흔들었다. 순간 눈앞에서 퍼런 불이 번쩍 일었다. 얼얼한 볼을 손바닥으로 싸쥐며 순옥은 악에 받쳐 부르짖었다.

"아닙니다! 아니란 말입니다!"

보위원은 독이 오른 사냥개처럼 누런 이를 드러내며 눈을 부릅떴다.

"죽고 싶어? 증인이 시퍼렇게 살아 있는데 감히 부정해? 네 남편이 날짜에 시간까지 딱 맞추어 진술했단 말이야."

보위원은 갑자기 말을 끊고 헛기침을 했다. 홧김에 신고자가 남편이라는 것을 발설한 것이다. 한껏 확대된 순옥의 눈동자에서 동공이 파르르 떨었다. 보위원은 입을 씰룩거리며 비웃었다.

"믿어지지 않아? 혁명정신이 투철한 남편을 둔 널 축하해야겠지?"

온몸의 피가 아래로 죽 빠지듯 나른해졌다. 허탈한 웃음이 가슴을 흔들고 눈물이 솟구쳤다. 순옥의 아득한 눈빛이 허공을 방황했다.

"흥, 이제야 사태가 파악되는 거야? 어서 이실직고해!"

보위원의 앙칼진 소리에 비로소 정신을 가다듬었다. 흥분을 가라앉히려 눈을 감고 숨을 내쉬었다. 일단은 남편에 대한 분노에 빠지는 게 순서가 아니었다. 짧은 순간 재빨리 생각을 굴렸다. 남편이 고발자라는 것을 알게 되니 방도가 명백해졌다. 부부간의 시시한 가정 싸움으로 밀어붙여야 했다. 창고에 묻어놓은 라디오가 안전하다는 확신이 생기자 조금 힘이 났다.

"보위원 동지는 저의 남편이 어떤 병에 걸렸고, 그 증상이 어떤지 아십니까?"

"남편의 병이 너의 과오와 무슨 상관이야?"

"상관있습니다. 그 병명은 결정성동맥주위염이고, 병 증세 하나는 신경쇠약이거든요. 매우 예민하고 이상증세를 보이지요. 늘 방 안에 박혀 밧데리까지 동원해 같은 영화를 수십 번 반복해 보지요. 이게 과연 정상인가요? 충성심이 높은 건가요? 이런 남편에게 잔소리하지 않을 여자가 어디 있습니까? 그는 사기 결혼을 했고, 늘 자격지심에 빠져 있었습니다. 우린 말다툼이 잦았고, 남편은 이런 어리석은 방식으로 복수하려 한 겁니다. 말하자면 시시하기 그지없는 부부싸움이란 말입니다."

"오호라, 너 제법 머리 잘 굴리는데?"

"저는 몇 년 전까지 도 사적관에서 혁명역사를 해설하던 강사예요. 정신이 빠지지 않고야 어떻게 신경쇠약증 환자에게 말도 안 되는 발언을 할 수 있겠어요."

순옥은 공손하면서도 어처구니없고 억울하다는 표정을 지으려 애를 썼다. 무릎에 놓인 손바닥 안에 땀이 질펀했다.

"너 보통이 아닌데? 그렇다고 함부로 지껄인 죄가 없는 것으로 될 수는 없어."

보위원의 눈이 세모꼴로 변했다.

6

이틀 동안 보위원이 나타나지 않았다. 자술서도 씌우지 않았다.

하루가 더 지난 후, 순옥은 감방에서 나와 이 층 사무실로 끌려갔다. 햇살 무늬가 그려진 밝은 사무실에 들어서자 눈앞이 핑 돌며 몸이 휘청거려졌다. 대기하던 담당 보위원이 순옥을 날카롭게 노려보다 수화기를 들고 짧게 지시했다.

"들여보내."

잠시 후, 문이 열리고 놀랍게도 남편이 들어섰다. 바싹 여위어 눈알만 반들거리는 얼굴에는 비굴한 웃음이 들락거렸다. 송구하게 마주잡은 두 손이 버튼이 작동된 장난감마냥 연신 비비적거렸다.

순옥의 눈에 섬광이 번쩍 일었다. 비록 남편이 마음에 들지 않아 미위했지만, 아내를 보위부에 고발할 만큼 비열하다고 생각하지 않았다. 보위원이 실수로 남편을 거명하지 않았다면 끝까지 몰랐을 것이다. 그런데 남편은 다름 아닌 아내를, 자기 모자를 돌봐주는 순옥을 보위부에 신고했다. 순옥은 얼결에 올라가는 주먹을 허공에서 멈추었다. 부들부들 떨리는 손을 천천히 내린 순옥은 홱 고개를 돌려 남편을 외면했다.

"당신 남편이 꼭 할 말이 있다고 애걸해서 규정에 어긋나지만, 면회를 허락한다. 십 분이다."

보위원이 방을 나서며 문을 쾅 닫았다. 아무도 없는 빈방에 두 사람이 마주 섰다. 터질 듯한 정적 속에 순옥의 거친 숨소리가 점점 높아갔다. 경수는 겁에 질린 시선으로 한 걸음 물러서며 두 손을 내저었다.

"여보, 진정하고 내 말 좀 들어보오. 이게 다 당신을 생각해서 그런 것이오. 정말이오."

남편은 그 상황에 얄미운 웃음까지 지어 보였다. 순옥은 부르르 진저리를 치며 있는 힘껏 손을 날렸다. 남편이 비틀거리며 손바닥으로 볼을 싸쥐었다.

"제발 내 말 믿어달라니까. 이게 다 당신을 위해서 한 일이란 말이오."

"뭐? 날 생각해서 보위부에 고자질했다고?"

"내가 한 고발이 사실이 아니라고, 병적인 증세로 헛말을 한 것이라고 방금 보위원에게 진술을 번복하고 왔단 말이오. 진짜요."

"미친 자식, 병 주고 약 주냐?"

"제발 믿어주오. 내 말을 믿어야 당신이 무사할 수 있소. 이 모든 게 당신을 위해서 그랬다니까. 정말이오."

거듭 순옥을 위해서 고발했다는 말에 주춤했다. 남편의 표정이 너무 진지했고 눈빛이 간절했다. 솔직한 심정을 말하는 것 같아 혼란스러웠다. 그래서 그의 말귀를 더 알아들을 수 없었다.

"도대체 무슨 소리요? 날 위해서 그랬다니?"

"당신은 그동안 무서운 소리를 많이 하고……. 하여튼 혁명정신이 너무 흐려졌단 말이요. 가슴 아프고 안타까웠소. 이건 꼭 바로잡아야겠다고 생각했소. 그런데 내 힘으로 당신을 교양할 자신이 없고, 고민하다가 보위부에 신고했소. 솔직히 난 당신이 보위부에서 혼이 좀 나면 혁명정신이 바로 설 것으로 생각했소. 그래서 당신이 잡혀간 지 일주일 만에 보위부에 와서 내 진술이 사실이 아니라고 말했던 거요. 여보. 내 진심을 이해해주오."

남편은 자랑스럽게 씩 웃기까지 했다. 순옥은 헉 김빠진 소리를 냈다. 멍하니 낯선 사람을 보듯 남편의 얼굴을 쳐다보았다. 그 말이 사실이라면 가히 남편만이 할 수 있는 생각이고 행동이 아닌가. 자기의 말에 아내가 귀를 기울이는 듯 보이자 경수는 흥분하여 떠들어댔다.

"내가 당신을 진짜로 고발할 생각이라면 다 고자질했을 거요. 그러나 부엌 바닥에서 라디오 들은 것은 말 안 했소. 백성을 굶겨 죽이는 게 인민의 어버이인가, 하면서 장군님을 욕한 말은 고발 안 했단 말이요."

"닥쳐!"

순옥은 당황하여 황황히 주위를 둘러보았다.

"우리 둘뿐인데 뭐라오. 그리고……."

"닥치라니까!"

순간 문이 벌컥 열리고 보위원 넷이 우르르 몰려들었다. 두 사람이 순옥의 양팔을 붙들고 한 사람은 경수를 붙들었다. 담당 보위원은 자그마한 트렁크 같은 것을 들고 들어왔다. 책상 위에 그것을 놓고 조작하는 보위원 입가에 잔인한 비웃음이 스쳤다. 이어 트렁크 안의 기계에서는 방금 그들이 한 말들이 고스란히 울려 나왔다. 사태를 깨달은 순옥이 이를 갈았다.

"머저리 같은 개자식!"

그때까지 경수는 한껏 불거져 나온 눈을 굴리며 이 사람 저 사람을 둘러보기만 했다. 터 갈라진 입술이 낚시에 걸린 물고기 입처럼 덧없이 너풀거렸다.

순옥의 손에 철컥 수갑이 채워졌다. 비로소 경수가 비명을 질러댔다.

"이건 아니오! 다 거짓말이오! 아내를 잠깐 혼을 내달라고 보위부에 부탁하지 않았소? 이건 아니지 않소."

"멍청한 자식! 시끄럽게 굴면 동조자가 돼!"

경수를 붙들고 선 보위원이 놀리듯 씨부렁댔다.

"놔! 이걸 놔!"

아침 햇볕이 만들어낸 경수의 기다란 그림자가 처절하게 꿈틀거렸다. 영혼도 생명도 없는 검은 그림자가 뒤틀리는 모양은 소름 끼치게 을씨년스러웠다. 순옥은 자기를 향해 필사적으로 다가오려는 그림자를 피해 한 걸음 물러섰다. 고드름 같은 눈빛으로 경수를 쏘아보았다. 우악스러운 손길이 순옥의 등을 떠밀었다.

"나의 충성심을 이런 식으로 악용하다니. 난 아내를 위해 그랬단 말이야. 순옥을 돌려주시오! 제발 아내를 돌려주시오!"

올가미에 걸린 짐승처럼 울부짖는 경수의 처량한 울음소리가 순옥의 등 뒤에 비수처럼 꽂혔다.

밥

밥

　밥이 버려진다. 절반도 안 먹은 기름기 찰찰 도는 새하얀 밥이다. 뜯다 만 소갈비찜도 버려진다. 국물만 조금 축을 낸 미역국 건더기도 음식 찌꺼기를 받아내는 구멍이 숭숭한 플라스틱 그릇에 모여진다. 해산 후 몸매 관리를 한다고 다이어트에 열광한 며느리가 물린 밥상이다. 큼직한 소갈비찜이 너무 아까워 며느리 먹던 쪽 반대편을 입으로 가져가다가 홱 던져버린다. 먹던 음식이 아무리 아까운들 어찌하랴. 순녀는 한숨을 쉬면서도 음식 찌꺼기, 아니 생생한 음식을 비닐봉지에 쏟는다. 묵직한 무게가 느껴진다. 비빔밥처럼 다양한 색깔이 뒤섞인 음식 찌꺼기를 멀거니 내려다본다.

　불현듯 시커멓고 터 갈라진 야윈 손이 덥석 음식 찌꺼기를 덮친다. 비닐봉지에 머리를 틀어박는다. 코며 턱 언저리에 음식물이 지저분하게 묻어난다. 아랑곳없이 눈을 희번덕거리며 미친 듯이 음식 움켜쥔 손을 입으로 가져간다. 새카맣던 손이 음식물에 씻겨 얼룩이 진다. 뼈만 남은 팔뚝과 손가락 짬으로 구지렁물이 줄줄 흐른다. 툭 불거진 광대뼈며 비죽이 나온 입, 잘 익은 감자처럼 터실터실하고 검누런 피부가 뼈 위에 찰싹 말라붙어 골격이 선명히 드러난다. 검불처럼 부스스한 머리에는 서캐가 새하얗게 끼어 소름이 돋는다. 총각 애는 겨우 열 살이나 될까 말까 해 보이는데 열네 살이라고 한다. 그리고…… 그 애가 덮친 것은 비닐봉지 음식 찌꺼기가 아니라, 북한 집 앞마당, 도적맞힌 누렁이가 먹던 개 먹이다. 미처 치우지 못해 빗물이 가득 고인 개 먹이통에 퉁퉁 부풀어 있던 쉬어빠진 시라기다.

순녀는 환영을 털어버리듯 머리를 흔든다. 그 세월에 얼마나 많은 애들이 비루먹은 강아지처럼 길바닥에 죽어 넘어졌던가. 지금은 더 어렵다지, 북한은…….

순녀는 흐느끼듯 모두 숨을 토한다. 나가면서 비닐봉지를 음식물 분리수거 용기에 버릴 것이다. 이제는 한국에 온 지 십 년이 넘었지만, 아직도 음식물을 버릴 때면 한숨이 절로 난다.

며느리가 싫어해도 오늘 저녁에는 잔소리하리라 작심한다. 무엇이나 아끼려고 애를 쓰는 순녀를 촌스럽고 궁상스럽게 여기는 며느리다. 얼굴이 가무잡잡하고 좋은 옷을 입어도 태가 안 나는 시어머니를 불편해한다는 것을 순녀는 안다. 며느리가 아들은 좋아하지만, 순녀는 어쩔 수 없이 덤으로 함께 산다는 것을 왜 모르랴. 시어머니와 함께 사는 걸 배려를 베푼다고 생각할 것이다. 크게 틀린 말은 아니다. 요즘 세월에 어느 며느리가 시어머니와 함께 살려고 할까.

며느리와 함께 사는 생활이 어려워도 아들하고 떨어져 살고 싶지 않다. 탈북하는 과정에 서로 헤어져 고생하다 만난 아들이다. 이제 두 번 다시 갈라져 살 생각은 추호도 없다.

처음에는 예쁘장한 남한 아가씨가 탈북자 아들을 좋아하는 것에 감지덕지했다. 아들 며느리의 행복을 위해서는 모든 것을 양보하며 살리라 속으로 다짐을 했다. 그러나 요즘은 나날이 한숨이 늘어나고 시름이 깊어지는 것을 어찌할 수 없다.

며느리는 부잣집 딸도 아닌데 무슨 배짱인지 돈을 펑펑 쓰지 못해 안달이다. 그냥 좋은 것, 세련된 것, 고급스러운 것만 찾는다. 시장에서 장을 볼 때 흥정을 할라치면 며느리는 창피하다고 자리를 뜬다.

물론 아들 수입이 높고. 며느리도 일하니 알아서 생활을 꾸려나가겠지만, 순녀 눈에는 허투루 나가는 돈이 훤히 보인다. 먹던 음식을 절반이나 남기는 버릇이라든가, 유통기한이 하루만 지나면 버리는 짓은 제발 그만두었으면 싶다. 얼마든지 입을 수 있는 옷이나 신발을 유행이 지났다고 버리고 새 옷을 사는 것은 너무 안타깝다. 백화점 옷이나 일반 상가 옷이나 별로 달라 보이지 않는데 굳이 백화점에서 비싸게 사는 것은 정말 이해가 안 된다. 며느리는 키가 크고 젊은 애들 옷이라 순녀가 물려 입을 수 없다. 남한에서 나서 자란 며느리와 한 생을 북한에서 살아온 자신이 다른 것은 당연하다고 스스로 달래지만 깜짝깜짝 놀란 적이 한두 번이 아니다.

순녀는 아들 통장에 돈이 얼마 있는지 저축을 얼마 하는지 관여 못 한다. 아들이 장가가기 전에는 돈 관리를 순녀가 했다. 결혼하자 당연한 듯이 아들 통장 관리를 며느리가 한다. 그 풍습 역시 북한하고 달라서 생소하기만 하다. 북한에서는 살림하는 엄마에게 모든 경제권을 맡긴다. 차라리 순녀에게 돈을 맡기면 정말 아껴서 앞으로 아들 인생에 도움을 주고 싶다. 착해빠진 아들은 며느리 돈 관리에 관심을 두는 것 같지 않다. 그래서 좀 참견을 할라치면 며느리는 노골적으로 싫은

티를 낸다. 더 섭섭한 것은 엄마밖에 모르던 아들이 며느리 편에서 순녀를 이해시키려 애쓴다는 것이다. 그런 아들이 안쓰럽지만 고생하던 북한 생각을 벌써 잊어버린 것 같아 은근슬쩍 노엽다.

거실로 들어온 순녀는 요람 속에서 새근새근 자는 손녀를 보며 빙그레 웃는다. 그래, 눈에 넣어도 아프지 않은 귀한 손녀와 내 아들 며느리를 위해 좋은 것만 쓰려고 하는 게 나쁘기만 한 건 아니겠지. 며느리 말마따나 내가 너무 궁상을 떠는 건지 몰라. 돈 한 푼 못 벌고 아들 며느리 벌어들이는 돈으로 살림하는 처지에 무슨 발언권이 있다고…….

순녀는 티브이를 켜려다 그만둔다. 애가 깨어날까 염려되어서다. 일감을 찾아 두리번거렸으나 방 안은 손댈 데 없이 깨끗이 정돈되어 있다. 아직 저녁 준비하기는 이르다. 잠시 멍하니 앉아 있던 순녀는 핸드폰을 집어 들고 마디진 손가락으로 서툴게 번호를 누른다. 북한에서 같은 동네에 살던 동갑이 친구의 전화번호다. 버스로 몇 정거장 가면 만날 수 있는 거리에 산다. 친구와 수다라도 떨면 답답한 가슴이 좀 열릴 것 같다.

"뭘 하오? 시간 있으면 우리 집에 놀러 오라고."

친구는 며칠 전부터 파출부 일거리가 생겨 바빠 못 온다고 한다. 오히려 순녀보고 주말에 놀러 가자고 한다. 순녀는 시무룩해서 전화를 끊는다. 저린 다리를 손으로 자근자근 두드리며 긴 들숨으로 마음을 내리쓴다. 이 다리만 아니면 순녀 성미에 벌써 무슨 일이든 했을 것이다. 남한 토박이 여자들은 육십 초반이면 아직 팔팔하고 젊어 보인다. 하지만 순녀는 벌써 머리가 백발이고 다리를 절뚝거린다. 북한에서 오금에 단물이 다 빠져 아무리 잘 먹고 보약을 써도 별 효력이 없다. 지금은 손녀를 보고 살림살이를 하지만 몸이 아프면 아들의 짐이 될까 염려스럽다. 수중에 돈 한 푼 없이 아들 부양으로 노후를 보내야 하는 처지를 나날이 절감하고 있다.

순녀는 저녁을 지으려 쌀 두 홉을 그릇에 담고 흐르는 수돗물에 씻는다. 하얀 쌀뜨물을 습관처럼 다른 그릇에 받아놓는다. 쌀이 깨끗하니 쌀뜨물이 뽀얀 우유 같다. 북한에서는 쌀뜨물을 아주 요긴하게 쓴다. 국에 넣으면 특별한 조미료를 넣지 않아도 국이 구수하다. 알뜰히 모아 돼지나 개를 길러 생활에 보태기도 한다. 물기를 머금은 쌀알들이 보석처럼 반짝인다. 쿠쿠 밥 가마에 정성스럽게 쌀을 쏟아 물을 맞춘 다음 버튼을 누른다. 밥 가마에서는 백미 취사를 시작한다는 아름다운 목소리가 울려 나온다. 그 말은 늘 신기하고 반갑다. 밥을 해도 너무 호사스럽게 하니 조금은 싱겁다.

북한에서는 쇠 가마에 밥을 짓는다. 불 물 조절을 잘해야 맛있는 밥이 된다. 이밥은 명절이나 식구들 생일 때 간혹 먹는다. 여느 날에는 쌀알 크기만큼 바순 옥수수와 감자를 섞은 잡곡밥을 짓는다. 그런 밥을 짓자면 더 섬세한 기술과 노력이 필요하다. 옥수수를 먼저 삶은 다음 쪼갠 감자를 테두리에 얹고, 입쌀 한 옴큼을 가운데 앉혀서 슬슬 불 조절을 하며 밥을 한다.

"이 세상은 참 살기가 편하지. 너무 팔자가 피어서 내가 배부른 투정이라도 하는 걸까?"

순녀는 설레설레 머리를 젓는다. 냉장고에서 애호박을 꺼내 썰며, 쉭쉭 쿠쿠가 뿜어대는 밥 익는 냄새를 흠흠 들이킨다. 아무리 맡아도 싫지 않은 밥 냄새다. 북한에서는 채우지 못한 식욕에 밥 냄새만 맡으면 입에서 신물이 났다. 솟구치는 식욕으로 마음이 조급했다. 곧 밥을 먹게 된다는 생각으로 기분이 붕 떴다. 그러나 지금 맡는 밥 냄새는 왕성한 식욕을 일으키기보다는 이름할 수 없는 향수와 아늑함에 잠기게 한다.

순녀는 구수한 밥 냄새와 국 냄새, 매콤한 찌개 냄새가 방 안에 그득 차 있는 것을 좋아한다. 그러나 밥과 반찬을 다 만들자 창문과 출입문을 서둘러 열고 음식 냄새를 뽑는다. 정 냄새가 안 빠지면 돌아가며 페브리즈를 뿌린다. 며느리가 퇴근해 집에 조금이라도 음식 냄새가 떠돌면 인상을 찌푸린다. 페브리즈 냄새를 맡으면 밥맛이 싹 없어진다.

"어머니, 제가 다이어트에 좋은 식재료와 요리를 인터넷에서 뽑아 왔어요. 힘드시더라도 저만 이대로 따로 좀 해주시면 안 될까요. 저 살을 다 빼려면 아직 멀었어요."

저녁 밥상에서 며느리가 프린트한 종이 한 장을 내민다.

"어머니, 현아도 보고, 이 사람 음식을 따로 하시려면 힘드시겠네요. 미안해요."

아들이 면구스러운 웃음을 지으며 눈치를 본다. 순녀는 군말 없이 머리를 끄덕인다. 며느리 몸이 건강해 보여서 좋은데, 하고 나오려는 말을 순녀는 밥과 함께 우물우물 삼킨다. 어쩔 수 없이 며느리의 눈치를 보게 된다. 아까 다짐했던 마음속 가득한 말은 한마디도 꺼내지 못한다. 늘 혼자서 중얼거리다 제풀에 지친다. 친구하고 수다를 떨다가도 문득 터져 나오는 며느리 뒷소리를 삼키느라 무척 애를 쓴다. 그냥 속으로만 끊임없이 묻고 답변한다. 그 세월이 어언 삼 년 가까이 된다.

"어머니, 제가 인터넷에서 몇 가지 요리 방법을 뽑아드릴까요?"

며느리 말에 순녀는 움찔한다.

"왜 찬이 맛이 없느냐?"

"아니에요. 어머니 해준 밥이 제일 맛있어요."

아들이 얼른 대꾸한다.

"자기는 북한 음식에 습관이 됐으니 그러지. 전 좀 입에 안 맞네요."

며느리는 습관대로 또 밥을 절반이나 남기고 숟가락을 놓는다.

"그렇게 밥을 꿀꺽꿀꺽 삼키지 말고 마지막 밥알까지 오래오래 씹어야 달착지근하고 고소한 밥맛을 느낄 수 있느니라."

"호호……. 어머님은 옛날 할머니 같아요. 밥이야 무슨 특별한 맛이 있나요? 여러 가지 반찬 덕에 먹는 거죠. 밥은 탄수화물이 많아서 살이 얼른 찐단 말이에요. 전 풀만 먹고 살 수 있었으면 좋겠어요. 그럼 늘 날씬한 몸매를 유지하지요."

"저런, 밥을 놓고 그런 말을 하면 농민들이 섭섭해한다."

"호호, 어머니도 참."

저녁상을 물리자 며느리는 냉큼 아이를 안는다. 순녀는 군말 없이 설거지하러 부엌으로 나간다. 아들이 엉거주춤 따라 나와 제가 할까요, 하고 손을 내민다.

"온종일 일하고 왔는데 내가 하지 않으리."

순녀는 그렇게라도 해주는 아들이 고마워 얼굴에 주름을 지으며 웃는다. 아들은 잠시 주춤거리다 순녀가 등을 떠밀자 거실로 들어간다.

설거지를 끝내고 보니 아들이 화장실에서 손녀 옷을 손빨래하려고 대야에 물을 받고 있다. 어른들 옷은 세탁기에 빨아도 손녀 옷은 주로 면이라 손빨래한다. 며느리는 샤워했는지 젖은 머리를 흔들며 자기 방으로 들어간다. 순녀는 얼른 아들 손에서 빨래를 빼앗는다.

"피곤한데 어서 쉬거라."

"어머니도 현아 보느라 고생하셨는데 제가 해요."

아들이 웃으며 대꾸한다. 순녀는 굳은 표정으로 눈을 내리깐다.

"남자가 이런 일을 자꾸 해줘 버릇하면 색시 버릇 굳힌다."

"어머니도 참, 여긴 북한하고 달라요. 집안일을 여자만 하는 게 아니라 남자도 똑같이 해요. 저 사람 회사에 다니잖아요."

"너는 노니? 그리고 어디 똑같이 하니? 난 에미가 현아 옷 빠는 거 한 번 못 봤다. 넌 왜 색시를 공주처럼 떠받들기만 하니?"

"북한처럼 생각하시면 안 돼요. 친구들이 이쁜 남한 여자를 데리고 사는 날 부러워해요."

"아이고, 물러빠진 자식, 네가 어때서? 좋은 대학 나오고 좋은 직장에서 연구원을 하고, 노임도 높고, 뭐가 어때서? 이 집도 네가 번 돈으로 분양받았잖니. 그만하면 남편 구실 잘하는 거지. 뭘 그다지 머리를 숙이고 사니?"

"우린 탈북자잖아요. 어머니가 이해해주세요."

"탈북자가 뭐 죄인이냐? 왜 무작정 머리를 숙여?"

"어머니, 그냥 우리가 이해해요. 그래야 사는 게 편해요."

순녀는 입을 다신다. 며느리에 대한 섭섭한 마음을 이젠 아들에게 섣불리 터놓을 수 없다. 생각 같아선 아들에게 한바탕 속에 있는 말을 쏟아내고 싶으나 웅크리고 앉아 빨래하는 아들의 모습이 안쓰러워 차마 입을 벌리지 못한다. 순녀는 억지로 아들 등을 떠밀어 방으로 들여보낸다. 이래저래 살림은 온전히 순녀의 몫이 된다.

아들의 방에서 웃음소리가 난다. 그래, 니들이 금슬 좋은데 내사 뭐, 다행이지. 순녀는 빨래를 주무르며 고개를 끄덕인다. 아무리 마음을 달래도 가슴은 마냥 답답하기만 하다. 어깨를 올리며 긴 숨을 토해내는데 갑자기 눈물이 솟구친다. 손등에 엉킨 비누 거품에 구멍을 내며 굵은 눈물이 뚝뚝 떨어진다. 설움이 머릿속을 찌르며 오한이 난다.

문득 오늘이 그 영감 경비 서는 날이라는 생각이 든다. 옷소매로 눈물을 훔치고 서둘러 빨래를 끝낸다. 부엌으로 나와 그릇에 밥과 남은 반찬 몇 가지를 담는다. 노란색 보자기에 도시락을 싼 다음 흘깃 방안 동정을 살핀다. 아들 며느리는 손녀를 데리고 노느라 정신이 없다. 순녀는 대강 머리 모양이며 옷매무시를 바로 하고 얼른 집을 나선다. 비로소 후, 숨이 나온다. 엘리베이터 버튼을 누르는 순녀의 손이 가늘게 떨린다. 저녁이지만 아파트에서 쏟아지는 조명에 밖은 밝아 보인다. 순녀는 사방을 둘러보며 아파트 입구에 자리 잡은 경비실로 다가가 문을 두드린다.

"혹시 저녁을 드시지 않았으면 이거 드시라고요. 아니면 밤참이라도……"

"어이구, 어서 오세요. 아주머니 밥은 저녁을 먹었어도 또 먹고 싶은걸요. 감사합니다. 빈번히 이렇게 신세를 집니다."

푸른색 유니폼을 입은 경비 영감은 순녀가 들고 온 도시락 꾸러미를 반갑게 받아 탁상 위에 놓는다. 서둘러 도시락을 펴는 순녀의 얼굴이 발그스레 달아오른다. 밥을 꿀처럼 달게 먹는 경비 영감의 모습을 보는 것이 무척 좋다. 자기가 한 밥이며 반찬을 맛있게 먹어주는 사람은 남한에 와서 처음이다. 아들도 이 사람처럼 맛있게 먹어주지 못한다. 끼니때마다 며느리에게서 받는 스트레스가 경비 영감 밥 먹는 모습만 보면 다 풀린다. 오래오래 천천히 밥을 씹어서는 보물을 집어넣듯이 울대를 내밀고 고개를 주억이며 밥을 삼키는 모습이 정말 보기 좋다.

밥을 오래 씹으면 달착지근하고 고소한 맛이 입안을 가득 채우며 머리가 핑 도는 현기증을 느끼는 것을 순녀는 안다. 북한에 있을 때 식구들에게 밥알이 그냥 생으로 나가지 않게 하려면 죽이 될 때까지 오래 씹어야 한다고 했다. 그래야 적은 밥으로 영양 보충을 알뜰히 할 수 있다고 잔소리했다. 양식을 한 알이라도 낭비하지 않으려면 오래 씹어야 한다는 것은 오랜 가난이 일러준 지혜다. 경비 영감은 순녀가 가져다주는 밥과 반찬을 하나도 남기지 않고 다 먹는다. 물 한 모금을 들이켠 다음 굵직한 손으로 배를 슬슬 문지른다.

"맛있게 잘 먹었습니다. 아줌마가 가져다주는 밥을 먹으면 오랜 시장기가 가셔지는 것 같습니다."

경비 아저씨는 입가에 주름을 잡으며 이를 드러내고 사람 좋은 웃음을 짓는다. 어느 날인가 순녀가 집에 없을 때 며느리가 주문한 운동기구가 택배로 온 적이 있었다. 집에 사람이 없다는 택배기사의 전화에 며느리는 집 앞에 물건을 두고 가라고 했다. 그리고 순녀에게 전화로 운동기구를 집에 들여놔 달라고 했다. 하지만 운동기구는 순녀 혼자 힘으로는 집 안으로 들일 수 없는 무거운 물건이었다. 마침 그 층에 올라왔던 경비원 영감이 순녀를 도와주었다. 그렇게 처음 면식을 익힌 경비 영감이다. 그날 일이 고마워 순녀는 어느 날 저녁 집에 있는 밥에 반찬 몇 가지를 곁들어 가져다주었다. 그런데 경비 영감이 하도 밥을 맛있게 먹으니 저녁에 밥에 반찬이 남으면 그 영감 가져다줄 생각이 나곤 한다. 아들 며느리가 오해할까 저어되지만, 언제부터인가 저녁이 되면 일부러라도 아파트 밑으로 내려가 그 영감이 경비를 서나 슬쩍 엿보게 된다.

아들 며느리와 마주 앉은 밥상보다 좁다란 경비실 탁상 옆에서 경비 영감이 밥 먹는 모습을 지켜보는 지금이 더 마음 편하다. 순녀는 서둘러 빈 그릇을 주섬주섬 모아들고 얼른 경비실을 나온다. 혹 사람들 눈에 띌까 두려워서다.

"내가 무슨 죄를 지었나?"

스스로를 나무라며 김빠진 웃음을 웃는다. 가슴 가득히 꽉 차서 숨 막히게 했던 그 이상한 안타까움이 조금은 가셔지는 것 같다.

"어머니, 어디 가셨댔어요?"

광택이 나는 하얀 얼굴을 손바닥으로 토닥이던 며느리가 들어서는 순녀를 의아한 눈으로 쳐다본다. 순녀는 얼결에 도시락 보자기를 등 뒤로 감추며 고개를 가로젓는다.

"바람 좀 쐬느라고."

"제가 몇 가지 한식 요리 방법이랑 자료를 뽑은 김에 현아 기르는 데 필요한 상식을 더 적었어요. 어머니 보시기 쉽게 큰 글자로요."

순녀는 며느리가 내미는 프린트한 종이 몇 장을 얼결에 받아든다.

"그걸 보시고 그대로 하시면 한결 쉬우실 거예요."

며느리는 큰 배려를 한 듯 만족한 웃음을 짓는다. 순간 순녀는 속에서 노성이 인다. 내가 아이 돌볼 줄 모를까 봐? 나도 자식 기른 어미다. 이 집에 어른이 누군데 네 입맛에 맞게 음식을 하라고 지시하는 거냐? 내가 너의 하녀냐? 내가 바로 그 어렵다는 시어미란 말이다. 그러나 순녀는 침과 함께 그 모든 말들을 꿀꺽 삼키며 고개를 끄덕인다.

"그래, 알았다. 수고했다."

며느리는 칭찬까지 받아내고야 몸을 흔들며 자기 방으로 들어간다. 쿵, 아들 방문이 닫히자 급기야 적막이 순녀를 휩쓴다. 아들 내외는 티브이도 자기 방에서 따로 본다. 처음엔 거실에 한 대만 놓았는데 좋아하는 채널과 프로가 너무 달라 서로 눈치만 보다가 아예 티브이 두 대를 장만했다. 온종일 현아하고 있다가 아들이 들어오는 시간이면 마음이 들뜨고 기쁘다. 하지만 밥만 먹으면 또 이렇게 혼자 남는다. 아들 방 안에서 키득거리며 웃는 소리가 들린다. 개그콘서트인지 하는 프로를 보는 것 같다.

그 개그 프로는 암만 들어봐야 무슨 소린지 모르겠다. 아들 며느리는 그 프로를 무척 좋아한다. 북한에서는 만담이나 재담을 보면서 허리가 부러지게 웃어댔다. 남한에 온 지 이젠 십 년이 넘지만, 개그콘서트는 아무리 봐도 이상하기만 하지 도무지 웃음이 나오지 않는다.

순녀는 땅이 꺼지게 한숨을 내쉰다. 드라마 내용이 눈에 들어오지 않고 온통 신경은 아들 방 안에만 쏠린다. 총각 때 아들은 이 거실 소파에 나란히 앉아 순녀가 알아듣지 못하는 말들을 설명해주었다. 이런저런 바깥일도 자상히 말해주었다.

순녀는 냉장고에서 배를 꺼내 정성스레 껍질을 벗기고 조각을 내 접시에 담는다. 그렇게 해서라도 아들 방에 가서 몇 마디 말을 나누고 싶다. 순녀가 과일 접시를 들고 방문을 두드리자 잠옷 차림의 며느리가 반색하고 접시를 받는다.

"고마워요, 어머니."

며느리는 해쪽 웃으며 얼른 방문을 도루 닫는다. 순녀는 잠시 멍하니 문 앞에 서 있다가 쓴웃음을 지으며 도로 거실로 나온다.

"내가 왜 이러지? 장가간 아들이 며느리하고 지내는 건 당연한 건데 시샘이라도 하는 건가? 아이고, 노망이 나나 봐. 정말 주책이야."

순녀는 드라마에 집중하려 애쓰다 종시 꺼버리고 방으로 들어와버린다. 서랍을 뒤져 관절염 약을 찾아 먹고 이부자리를 편다. 그 약을 먹으면 얼른 졸음이 온다. 순녀는 희미한 천장을 올려다보며 곰곰이 생각을 굴린다.

"그래, 말 타면 견마 잡히고 싶어 한다더니 팔자가 펴니 별 시샘을 다 하는구나. 북한 같으면 먹고살 걱정에 머리가 터질 지경이겠는데 뭐가 불만이람. 금쪽같은 내 아들과 한집에서 사는데, 그것이면 됐지. 왜 공연히 마음을 끓인단 말인가."

자신을 다독이는 마음의 소리가 자장가처럼 순녀를 잠재운다.

다음 날, 고향 친구한테서 전화가 걸려 온다.

"이보게 동갑이, 집에서 아이만 보지 말고 놀러 다니고 구경 좀 다니기오."

"지는 파출부 일을 한다고 안 했소?"

"했지. 그런데 가만히 생각해보니 내사 자식도 없이 혼자 사는 게 자꾸 벌어서 뭘 하겠소? 그래서 좀 쉬려고."

"원, 변덕은. 언제는 늘그막에 돈이 최고라더니."

"그야 그렇지만, 북한과 달리 먹고살 걱정이 없는데 왜 기를 쓰고 일한단 말이오. 이젠 좀 놀면서 즐기면서 살아야 할 거 아니겠소? 북한에서 고생한 거 억울해서라도 말이오. 그러니 나와 함께 놀러 다니기요. 이 좋은 세상에서 왜 그렇게 답답하게 사는가 말이오?"

"안 되오. 난 아들이 있어 기초생활수급비가 안 나오고 아이도 봐야 하오."

"자기는 북한에서 남편과 큰아들 잃고 그 아들을 먹여살리느라 얼마나 고생했소. 그리고 아들을 한국으로 끝내 데려오지 않았소. 그뿐이오? 식당 일하면서 아들을 대학 공부 시키지 않았소. 그만하면 어미 구실 잘했구먼. 자식들이 이젠 엄마 편히 쉬게 해야지. 아들이 좋은 대학 나오고 기술이 높아 돈을 많이 번다면서 왜 애를 엄마한테만 맡긴다오? 애 돌보는 도우미를 들이거나 어린이집에 보낼 것이지, 참 안타깝소."

"애가 너무 어려서 그러오. 할미가 있는데 남의 손에 맡길 수 없지 않소."

"이제 더 늙으면 놀러 다니고 싶어도 못 다니오. 그러니 나하고 놀러 다니자니까. 지금 벚꽃이 한창 아니오."

"에그, 태평한 소리 그만하오."

어디론지 꽃구경 가자고 조르는 친구를 간신히 달래고 순녀는 전화를 끊는다. 손녀 데리고 산책할 시간이 된 것이다. 어쩔 수 없이 며느리가 정해놓은 일과에 따라 손녀를 돌보게 된다.

"난 자식 둘을 길러도 이리 유별나게 기르지 않았다. 아들 녀석도 같아. 어머니 힘드신데 현아 어린이집에 맡깁시다, 하는 말 한마디도 없지, 제 색시 치마폭에 싸여서 점점 어미의 마음은 알려고도 하지 않지. 에그, 이 허한 마음 누가 알까?"

순녀는 유모차를 끌고 산책로를 걸으며 허공에 대고 하염없이 항변한다. 아들 며느리는 밥상에 앉아서도 저희끼리 신나게 이야기한다. 이따금 아들이 말을 걸지만 한두 마디로 동강이 난다. 순녀는 집안의 가장집물처럼 별 의사소통 없이 아들 내외에 껴묻어 존재하고 있다. 점점 말수가 적어지지만, 마음속에서는 더 가열찬 말들이 끊임없이 들끓으며 머리를 지끈지끈 두드려댄다. 길을 찾지 못한 말들은 딱딱한 앙금으로 몸속에 가라앉는 것 같다. 그 단어들은 파편처럼 날카롭게 몸속의 곳곳을 찌르기도 한다. 그럴수록 순녀는 속에서 소용돌이치는 말이 입 밖으로 나오지 못하게 안간힘을 써서 입을 꼭 닫는다. 그렇게 하는 것이 가정의 평화를 위한 길이라고 생각한다. 그것이 어른의 도리라 생각한다.

언제부터인가 순녀는 소화가 안 되고 밥맛이 떨어진다. 아무리 밥알을 오래 씹어도 이전 같은 꿀맛은 도저히 느낄 수 없다. 오히려 씹을수록 모래알이 디글디글 맴도는 것 같아 당장 뱉어버리고 싶다. 물에다 밥을 몇 숟가락 말아서 꿀꺽꿀꺽 삼키기 시작한 지 한참 된다. 저녁에 아들 며느리가 방으로 들어가면 혼자 부엌에서 막걸리 한 컵 따라놓고 찔끔찔끔 들이켠다. 그거라도 마시면 속에 소화되지 않고 뭉친 것이 조금 내려가는 것 같다. 최근엔 음식 만들기가 점점 싫어진다. 전신에 맥이 빠지고 자꾸 다리가 후들거린다. 관절염 통증도 더 심해진 것 같아 약을 먹고야 밤에는 잠을 이룰 수 있다. 식은땀을 자주 흘린다.

유모차를 끌고 오르는 산책로가 점점 멀게 느껴지고 중간에서 돌아가고 싶다. 이러다 아들 며느리 짐이 되지 않을까 내심 두렵다. 아들 며느리 앞에서 몸이 불편하다는 말이 선뜻 나오지 않는다. 밖에서 일하고 저녁이면 지친 듯이 들어오는 아들 앞에서 자신의 고달픔은 하찮게 여겨지고 주눅이 든다.

이전처럼 억척같이 일하는 것도 아니요, 집에 앉아서 가사나 돌보고 손녀를 보는 정도니 무슨 밥맛이 나겠는가. 사람은 죽을 때까지 일해야 한다는데 아마 너무 편안해서 소화가 안 되는가 보다. 순녀는 혼자 중얼거린다.

순녀가 산책로에서 돌아와 아파트 마당에 들어서는데 경비 영감이 함박웃음을 담고 마주 나온다. 순녀도 반가움이 치밀어 서둘러 마주 간다.

"안녕하세요. 그러지 않아도 아줌마를 만나려 했어요. 이거 시장에서 두루 좀 샀는데 죄송하지만 저녁 좀 지어주실 수 없으실까 해서요."

큼직한 비닐봉지 두 개가 경비 영감의 양손에 들려 있다.

"이런 걸 꼭 사야 하나요? 우리 저녁에서 한 술 덜면 될 것을."

"아닙니다. 그동안 얼마나 신세를 졌다고요. 아줌마 음식 솜씨가 하도 좋으니 자꾸 아줌마 밥 생각이 난다니까요. 그게 북한식 요리법인가요?"

"요리법이라고까지야. 그냥 북한에서 살 때 해 먹던 방법이지요."

"우리 민족은 남이건 북이건 입맛이 같지요. 죄송하지만 좀 부탁드릴게요."

순녀의 얼굴이 달아오르고 눈에서 빛이 난다. 순녀와 유모차를 번갈아 보던 경비 영감은 봉지를 든 채 앞장서 걷는다. 유모차를 맞들어

엘리베이터에 실으니 한결 쉽다. 집 앞에 와서 손녀를 안아 들여가고 유모차를 접어서 집 안으로 나르는 것까지 도와주고야 경비 영감은 손을 털며 돌아선다.

손녀는 요람에서 새근새근 자고 있다. 경비 영감이 가지고 온 봉지에는 명태며 돼지고기, 여러 가지 채소, 과일 등이 들어 있다. 순녀는 잠시 궁리하다 얼근하게 동태탕을 끓이고 돼지고기는 수육을 만들리라 생각한다. 나른하고 눕고 싶던 생각은 싹 달아나고 팔다리에 기운이 솟는다.

퇴근해 집으로 먼저 들어온 아들이 웬 특식이냐고 좋아한다. 아들 며느리에게 밥을 차려주니 저녁 일곱 시가 된다. 순녀는 경비 영감이 시장할 거라는 생각으로 조바심이 난다. 서둘러 꾸려놓은 도시락을 들고 나선다.

"저녁 안 드시고 어디로 가시려고요?"

아들이 의아하게 쳐다본다.

"그게……. 아래 경비 영감이 택배랑 날라주고, 두루 신세 져서 저녁 도시락이나 가져다드리려고."

"네. 그분이 고맙네요. 어서 그러세요."

순녀는 변명처럼 말하지만, 아들은 별생각 없이 고개를 돌린다. 며느리는 애초에 관심 없이 현아를 안고 밥상에 앉는다. 아들 며느리의 무관심이 오히려 반갑다. 순녀는 안도의 숨을 쉬며 부랴부랴 집을 나선다.

좁다란 경비실 탁상 위에 도시락을 펴놓자 경비 영감이 환성을 지른다.

"이런, 진수성찬이네요. 보기만 해도 군침이 도는군요. 정말 고마워요. 이렇게 신세를 지면서도 아직 통성명을 못 했군요. 전 한정호라고 해요."

"전 오순녀라고……."

"오순녀 씨. 이름이 순하고 예쁘네요. 순녀 씨처럼."

순녀는 얼굴이 확 달아오르며 몸 둘 바를 몰라 손을 마주 비빈다.

"보아하니 저녁 전 같은데 같이 식사합시다. 근데 어디 편찮으신가요? 입술이 초들초들 마른 게 안색이 안 좋아 보이네요."

순녀는 갑자기 눈물이 핑 돌아서 얼른 고개를 숙인다. 갑자기 식욕이 당긴다. 경비 영감은 서랍에서 숟가락과 젓가락 하나를 더 꺼내더니 순녀의 손에 들려주며 재촉한다. 순녀는 의자를 벽 쪽으로 붙이고 경비 영감과 거리를 두려고 신경을 쓰며 옆에 앉는다.

"순녀 씨가 해준 밥을 먹으면 아득한 옛적이 생각나요. 우리 엄마가 해주던 밥을 먹던 때가 말이지요."

"엄마요?"

머리 허연 사람이 엄마라고 부르는 것이 우스워 순녀는 그만 웃는다.

"왜요? 늙어 죽을 때까지 엄마는 엄마지요. 우리 엄마는 없는 살림에도 온갖 정성을 다해 끼니를 끓였지요. 된장국에 김치만 먹어도 참 달고 맛있던 밥이었어요. 우리 엄마는 밥은 꽁꽁 씹어야 제맛이 난다, 늘 즐겁고 고맙게 밥을 먹어야 그 밥이 뼈와 살로 된다, 하고 말씀하셨지요. 난 어릴 때 밥을 오래오래 씹어서 단물을 빨아 먹으며 그 밥이 살로 되고 뼈가 되는 모양을 상상해보곤 했어요. 그런데 아줌마 밥을 먹으면 그 생각이 난다니까요. 아줌마 밥에는 지극한 정성이 보여요."

경비 영감은 천천히 잘근잘근 밥을 씹으며 눈을 가늘게 뜨고 웃는다. 순녀는 다시금 눈물이 솟구치는 것을 참으려 연신 눈을 깜빡거린다.

"아줌마를 보니까 북한 여자들이 순수하다는 생각이 들어요. 편하고 따뜻하게 느껴져요. 실례가 아니라면 집 식구는 몇인가요?"

"아들하고 며느리, 손녀 넷이요."

"행복한 가정이군요. 전 아들 딸 남매를 길렀는데 딸은 서방 따라 미국 가고 아들은 인천에서 자그마한 회사 하며 따로 살아요. 아들하고 같이 살아봤는데 이래저래 불편해서 저 아래 빌라에서 혼자 살고 있지요."

"그럼 부인은……."

"마누라는 십 년 전 아이엠에프 때 내 사업이 망하자……. 아 참, 북에서 오셨으니 아이엠에프가 뭔지 혹 모르실 수 있겠군요."

"들은 적은 있어요. 티브이에서요."

"네. 마누라는 그때 도망가버렸지요. 내가 갖은 고생을 다하며 남매를 기르는 새 재가를 했더라고요."

"미안합니다. 제가 괜히."

순녀는 미안하여 금방 울상이 된다. 경비 영감은 그러는 순녀를 보며 허허 웃는다.

"괜찮아요. 아득한 옛일인걸요."

경비 영감은 반찬을 순녀의 밥그릇에 놓아주며 연신 권한다. 이런저런 이야기를 나누며 먹다 보니 어느새 그릇이 다 비워진다. 최근 들어 음식을 제대로 먹어보기는 처음인 것 같다.

"잘 먹었어요. 이러다 아줌마 음식에 중독되겠어요."

"별말씀을. 우리 먹는 음식을 나무라지 않으신다면 종종 가져다드려도 될까요?"

"그래주시면 저야 너무 감사하죠. 정말 고마워요."

경비 영감은 벙글거리며 그릇을 보자기에 싸는 순녀의 일손을 돕는다. 순녀는 어줍게 웃으며 눈길을 허둥거린다. 바깥에 나서니 시원한 저녁 바람이 순녀의 달아오른 얼굴을 어루만진다.

집에 올라오니 아들 며느리는 이미 자기 방으로 들어가고 고즈넉한 정적이 흐른다. 오늘은 그 고요가 다행으로 느껴진다. 순녀는 잠자리에 누워서도 몇 번이고 경비 영감이 맛나게 음식을 먹던 모습을 그려본다.

잠들었던 순녀는 갑자기 배에서 불 뭉치가 치밀어 숨통을 막는 듯한 통증에 놀라 깨어난다. 애고 소리를 지르며 배를 그러안고 대굴대굴 구르기 시작한다. 간신히 약함을 열고 그동안 먹던 소화제를 후들거리는 손으로 입에 넣은 다음 침으로 꿀꺽 삼킨다. 시계를 보니 새벽 다섯 시다. 아침을 지을 시간인데 도저히 몸을 일으킬 수가 없다. 이불을 그러안고 허리를 꼬부린 채 이를 악물고 아픔이 멎기를 기다린다. 진통은 더 빠른 간격으로 가슴을 치민다. 위경련이다. 저녁에 경비실에서 지나치게 많은 음식을 먹은 것 같다. 혼자 신음하던 순녀는 더 참지 못하고 문을 열고 기어서 아들 방문을 두드린다. 잠시 후 불이 켜지고 아들이 나오더니 어머니, 하고 놀란 소리를 지른다.

응급실에서 주사와 링거를 맞으니 아픔은 수그러들기 시작한다.

"외래에 가서 내시경을 받아보십시오. 제가 보기에는 위장염이 심하신 것 같습니다. 앓으신 지 퍽 된 것 같은데 왜 이제야 병원으로 오셨습니까."

"앓으신 지 오래되셨다구요?"

아들의 당황해하는 옆모습을 보며 순녀는 눈을 감는다. 아들의 부축을 받으며 구급병동에서 나와 외래병동 쪽 소파에 앉아 차례를 기다린다. 아들이 회사에 전화를 하는데 며느리가 손녀를 유모차에 태워 나타난다. 며느리도 오늘 하루 휴가를 받았다고 한다.

"다 나았는데 뭣 하러 왔니? 나 때문에 너희들이 회사에 못 가고……."

"별 말씀을 다 하세요. 아직 심하게 아프세요?"

며느리가 근심스러운 표정으로 순녀의 손을 살뜰히 어루만진다. 순녀는 울컥 눈물이 솟구치려는 걸 간신히 참는다. 요즘은 왜 주책머리 없이 쩍하면 눈물이 나는지 모르겠다.

구급실을 통했기에 내시경을 빨리 하게 되었다. 의사의 설명을 듣고 수면 내시경을 하겠다고 했다.

……사방이 탁 트인 무연한 잔디밭에서 순녀는 네 활개를 펴고 누워 파란 하늘을 올려다보고 있다. 싱긋한 풀잎 향기가 코를 간질인다. 햇볕이 강렬해 눈을 바로 뜰 수가 없다. 문득 커다란 그림자가 눈 앞을 가린다. 올려다보니 경비 영감이 들꽃을 한 아름 안고 벙글거리며 내려다본다. 얼른 일어나 꽃다발을 받으려고 하였으나 왠지 옴짝할 수 없다. 양쪽에 아들과 며느리가 각각 순녀의 팔다리를 잡고 있다. 놓아라. 난 일어나야겠다. 말은 입안에서만 맴돌고 아들 며느리는 순녀를

붙잡은 채 저희끼리 이야기하느라 정신이 없다. 경비 영감은 설레설레 머리를 가로젓더니 슬며시 돌아서 가버린다. 목이 바싹 타올라 물을 달라고 애원했지만……

"그게 무슨 소리야?"

며느리의 말소리에 순녀는 정신이 든다. 눈을 찌푸리고 사방을 둘러보고야 수면 내시경을 받으려 침대에 눕던 생각이 난다. 아들 며느리는 순녀에게 등을 돌리고 옆 침대에 나란히 앉아 있다.

"그러니 자기는 내가 어머니에게 스트레스를 주어 병이 생겼다는 거야?"

낮으면서도 맵짠 며느리의 목소리에 순녀는 흠칫한다.

"내가 언제? 의사 말이 어머니 위장병은 신경성 위염이래. 스트레스성 위염이라는 거지. 우울증 증세도 있다고 하고, 그래서 자기에게 물어보는 거야."

"나도 몰라. 솔직히 어머니가 무슨 불편이 있으시겠어? 돈 벌 걱정이 있으시나, 우리가 어머니를 괴롭힌 적이 있나, 생활비도 푼푼이 드리고. 스트레스 받으실 일이 뭐냐 말이야."

"그렇다고 어머니 때문에 우리가 불편한 것은 없잖아."

"내가 언제 어머니가 불편하다고 했어? 어머니와 지금껏 잘 지내온 것 같은데 왜 우울증에 걸리셨는지 속상하다는 거지."

"글쎄, 나도 나름 어머니에게 최선을 다한다고 했는데…… 당황스럽네."

순녀가 갑자기 명치를 움켜잡는다. 숨이 막히는 듯한 통증에 억눌린 신음을 낸다. 동시에 허리를 꼬부리고 어린애처럼 흐느껴 운다. 어쩔 바를 모르던 아들이 의사를 부르려는지 급히 문을 차고 나가는 것이 안개 사이로 보인다. 순녀는 베개에 얼굴을 묻은 채 배를 움켜쥐고 끅끅 울음을 삼키려 애를 쓴다.

부드러운 손길이 순녀의 흐트러진 머리를 매만지고 등을 살뜰히 내리쓴다. 며느리다.

"어머니, 많이 아프세요? 조금만 참으세요. 곧 의사가 올 거예요. 죄송해요, 어머니!"

죄송? 순녀의 울음이 들숨과 함께 몸속으로 훅 들어간다. 며느리를 쳐다보는 눈빛에 간절함이 어린다.

"제가 무심했어요. 앞으로 더 잘할게요. 현아 돌보시고 집안일 도맡아 하시느라 고생 많으신 거 다 알아요. 죄송하고 고마워요. 어머니! 그러니 마음 푸시고……"

며느리 눈가에 반짝 물기가 보인다. 서서히 통증이 멎는 것이 느껴진다. 얼결에 순녀의 두 손에 며느리의 말랑한 손이 꼭 잡혀 있다. 고맙구나!

붉은 낙인

붉은 낙인

만 십 년 만이다. 동생 진미와 헤어진 지 십 년 만에 자매 상봉이 이루어지게 됐다. 진옥이 스무 살에 두만강을 넘어, 중국에서 육 년을 지내다가 한국에 정착한 지 사 년이 되었다.

이제 한국발 중국행 비행기를 타고 상하이에 도착해서 이틀을 기다리면 그렇게 찾던 동생을 만나게 되었다. 동생은 브로커가 마련한 연길의 가옥에서 대기하고 있다.

동생이 두만강을 넘어섰다는 연락을 받고 화상통화를 하면서 진옥은 깜짝 놀랐다. 진옥의 기억 속에 동생은 가느다란 팔다리와 서캐를 잡아 뜯던 검불 같은 머리카락을 가진 열 살의 계집애였다. 진옥이와 같은 큰 눈을 가졌고 특이하게 왼쪽 볼에 깊은 보조개가 파였다. 하지만 핸드폰 네모난 화면에는 머리를 길게 늘어뜨린 웬 아가씨가 울며 웃고 있었다. 아가씨의 얼굴에서 왼쪽 볼의 보조개와 큰 눈이 같은 유전자임을 간신히 알 수 있게 하였다. 동생이 다섯 살 때인가 언니를 도와준답시고 아궁이 불을 보다가 목에 화상을 입은 적이 있었다. 그때 생긴 흉터를 보여주고서야 화면 속 아가씨가 동생 진미라는 것을 확신했다. 십 년 터울인 동생은 꼭 진옥이 두만강을 건너던 때의 나이인 스무 살의 아가씨가 되었다.

　진옥이 열 살 때 동생을 임신한 엄마는 진미를 낳고 한 달 후, 산후탈로 죽고 말았다. 그때부터 진옥은 다니던 학교를 그만두고 언니가 아니라 엄마가 되었다. 동생이 젖먹이였을 때는 애틋한 추억보다는 누워서 주먹을 빠는 동생보고 꽉 죽어버리라고 울던 기억만 났다. 먹을 것이 변변히 없는 상황에서 아기를 키우는 일은 열 살 어린 소녀가 감당하기에는 너무 아름찬 일이었다. 암죽은 아버지가 일 나가면서 끓여놓곤 했다. 하지만 아기를 업고 달래는 것은 전적으로 진옥이 몫이었다. 제일 힘든 것은 작은 손을 호호 불며 개울에서 기저귀 빠는 일이었다. 아기를 겨우 재워놓고 그 옆에 쓰러질 때마다 잠에서 깨어나면 아기가 죽어 있는 상상을 했다. 하지만 아기는 멀건 암죽을 먹고도 신기할 정도로 잘 자라주었다.
　동생이 아장아장 걷고 말을 재깔거릴 때쯤 아버지가 어린 두 딸을 데리고 북중 국경의 시골 할머니 집으로 갔다. 할머니한테 동생을 맡기고 오랜만에 소녀로 돌아온 진옥은 온 동네를 돌아치며 정신없이 놀았다. 기분이 째지게 좋은 것은 그뿐이 아니었다. 저녁에 할머니가 삶아준 감자를 오랜만에 배 터지게 먹었다. 동생이 태어나 처음으로 아기가 잠에서 깨는 것에 대한 걱정 없이 실컷 자고 일어났다.
　할머니 집에 온 며칠 후 아버지가 보이지 않았다. 아버지가 어디 갔냐고 물어도 할머니는 울기만 할 뿐 대답이 없었다. 후에야 아버지가 죽을병에 걸려 애들을 할머니한테 맡겼다는 것을 알게 되었다. 일 년 후 원래 살던 고장에서 아버지가 사망했다는 소식이 날아왔다. 어린 손녀 둘이 딸린 할머니는 아들의 사망 소식에도 움직일 수 없었다. 아버지의 장례는 아버지가 다니던 공장에서 치러주었다고 했다.

자매는 고아가 되어 할머니 손에서 자랐다. 그래도 할머니가 죽기 전까지는 감자라도 배불리 먹었다. 끔찍하게 싫었던 동생 돌보기도 면하게 되었다. 동생을 돌보는 일을 할머니가 하면서부터 오히려 동생에 대한 애정은 더 각별해졌다. 열 살이나 어린 동생을 진옥은 끔찍이 아꼈고 진미도 언니를 졸졸 따라다녔다. 동생이 대여섯 살 나서부터는 할머니 집에서 한 시간이나 가야 하는 학교에 데리고 다녔다. 동생이 다리가 아프다고 하면 진옥이 업고 학교로 다녔다. 학교에서 수업을 받을 동안 동생은 운동장 구석에서 얌전히 세간놀이를 하였다. 수업이 끝나고 가방을 멘 언니가 나타나면 동생은 달음박질쳐 와 안기곤 했다.

그 동생이 지금 진옥의 품으로 다가오고 있었다. 진미는 동생이라기보다 자식에 가까웠다. 열 살밖에 안 된 동생을 고아원 앞에 두고 떠날 때만 해도 이별이 이렇게 오래 걸릴 줄은 몰랐다. 언니가 돈 많이 벌어서 일 년 후에 꼭 널 데리러 오겠노라 약속한 것이 어언 십 년이 되었다.

진옥이 열여덟 살 때 할머니가 돌아가셨다. 중학교를 졸업한 진옥은 꼼짝없이 농장원으로 일하면서 소학교를 다니는 동생을 부양해야 했다. 갈수록 산골 농사일에 진절머리가 났다. 할머니가 입던 허름한 작업복을 입고 평생 농사짓는 건 너무 싫었다. 계속 흉년이 들어 감자도 배불리 먹을 수 없었다. 산이 겹겹이 에워싼 그 골짜기만 벗어나면 새로운 세상이 열릴 것 같았다. 당장이라도 도망치고 싶었다.

그때 뚜쟁이가 다가왔다. 울고 싶을 때 때려주는 격으로 중국에 가면 쉽게 돈을 벌 수 있다고 했다. 돈만 벌면 도시에 가서 집을 잡고 동생과 같이 살 수 있다는 뚜쟁이의 말은 꿀처럼 달콤하고 믿고 싶었다. 진옥은 선뜻 뚜쟁이를 따라나섰다. 진미가 문제였다. 처음엔 데리고 탈북하려 했지만, 중국 땅이 어떤 곳인지 모르면서 동생까지 데리고 갈 수 없었다. 진옥은 고심 끝에 진미를 도에 있는 고아원 앞에 두고 가기로 했다.

차라리 그때 진미를 데리고 탈북했으면 어땠을까. 지금 생각해도 진미를 두고 탈북한 것이 다행한 일 같았다. 어린 진미는 북한에서 당연히 고생했을 것이다. 어쩌면 꽃제비로 목숨을 잃을 수 있었다. 하지만 진옥이 중국에서 겪은 그 처참한 고통을 동생은 피해 갈 수 있었다. 그때 동생을 데리고 탈북했더라면 진미도 인신매매의 그물에 걸려들 수밖에 없었다. 그건 너무도 끔찍한 일이었다.

뚜쟁이한테 받은 중국 돈 오백 원을 어린 동생의 괴춤에 넣어주며 네가 꼭 고아원에 있어야 언니가 찾을 수 있다고 했다. 언니가 돈 많이 벌어가지고 와서 도시에 집도 잡고 둘이 같이 살자고 새끼손가락을 걸고 약속했다. 어린 동생은 흑흑 흐느끼면서도 고사리 같은 손가락을 내밀었다. 멀어지는 언니를 보며 앉은 자리에서 발버둥을 치면서도 따라오지 않은 기특한 동생, 이제 그 동생을 만나게 되었다.

한국에 와서야 동생을 찾기 위한 시도를 할 수 있었다. 중국 땅에서는 엄두를 못 냈다. 한국에 도착해 이 년 동안은 고등학교 과정을 마치고 작년에 교원대학에 입학했다. 주말 짬짬이 알바를 했다. 기초생활수급비나 장학금을 아끼고 모아서 동생 찾는 일에 썼다. 동생 찾는 일은 쉽지 않았다. 고아원 주소에 사람을 띄웠으나 그 건물은 어느 외화벌이 회사 창고가 되었다고 했다. 브로커마다 동생을 찾지 못했다는 통지를 보내왔다.

동생을 영영 찾지 못할 수 있다는 불안감에 티브이 탈북민 프로에 출연하여 사연을 호소했다. 혹시 동생에 대해 아는 사람이 탈북했으면 연락해주기를 바라서였다. 그런데 기적처럼 동생 진미를 안다는 사람이 나타났다. 북한 국경도시에서 살았다는 탈북자였다. 그 사람 말에 의하면 진미가 도 예술단 성악배우라고 했다. 진미 어릴 때부터 목청이 고와 노래를 곧잘 부르긴 했지만, 성악배우가 될 줄은 몰랐다. 그 사람을 만났고 제발 동생을 만날 수 있게 도와달라고 울며 매달렸다. 진미와 연락이 닿는 일은 생각보다 빠르게 추진되었다.

진미는 언니가 시키는 대로 고아원에서 자랐다. 고아원 졸업 무렵, 설 공연에서 독창을 했고, 그것을 계기로 예술단 배우로 뽑혔다고 했다. 지금은 도 예술단 기숙사에서 산다고 했다. 진옥은 가슴을 내리쓸었다. 언니가 없는 동안 운 좋게 자라준 동생이 눈물겹게 고마웠다. 언니한테 오겠냐고 물었을 때도 순순히 응했다. 서둘러 탈북 브로커를 물색했다. 이상할 정도로 일이 잘 풀려 일사천리로 진행되었다. 강이 얼기를 한 달 기다려 1월 초에 진미가 두만강을 건너겠다고 했다. 약속대로 진미는 강을 건넜다. 지금 연길에서 진옥을 기다리고 있었다. 모든 것이 꿈만 같았다.

출국 시간보다 네 시간이나 먼저 공항에 도착한 진옥은 큼직한 트렁크를 화물로 부쳤다. 동생이 입을 웃가지며 신발, 화장품을 사 넣었다. 진옥이 갈아입을 옷까지 넣으니 큰 트렁크가 꽉 찼다. 휴대용 가방만 어깨에 멘 간편한 차림으로 몇 시간 동안 공항 안을 서성거렸다. 도저히 의자에 앉아 있을 수가 없었다. 괜히 매장마다 기웃거리기도 했다. 동생과 연결된 중국 브로커 전화번호를 누르고 싶었으나 꾹 참았다. 중국 쪽에서 먼저 연락하기 전에 전화하지 말라고 했다.

가방 안에서 휴대폰 벨 소리가 울렸다. 허겁지겁 꺼내보니 중국 브로커 번호였다. 조선족 억양의 브로커가 동생이 통화하고 싶어 한다고 했다. 곧 동생의 목소리가 들렸다.

"언니 언제 떠나?"

"음, 이제 두 시간 정도 지나면 출발해."

"몇 시면 도착해?"

"아마 두 시간 걸릴걸. 상하이에 도착하면 언니 여권 가지고 브로커가 너한테로 갈 거야. 그 여권으로 네가 상하이에 오면 그때 언니를 만나게 돼. 조금만 참아."

갑자기 퉁명스러운 브로커 목소리가 들렸다.

"이보오. 전화로 그런 얘길 하면 어쩌오."

이어 통화가 뚝 끊겼다. 아차, 하고 머리를 쳤다. 최대한 조심해야 했다. 연길로 직행하지 않는 것은 동생과 진옥의 안전을 위해서였다. 가족 탈북 때문에 북중 국경으로 갔다 행불된 사례가 많았다. 탈북 과정에 안전이 얼마나 중요한지 진옥은 잘 알고 있었다.

처음 동생 탈북을 의뢰했을 땐 브로커가 한국까지 데려오기로 했다. 그런데 동생이 중국에 도착하자 브로커가 뜻밖의 제안을 했다. 언니 여권만 있으면 동생을 라오스 국경까지 안전하게 데리고 갈 수 있다고 했다. 동생을 라오스 국경으로 넘기고 여권은 언니에게 돌려준다고 했다. 아주 그럴듯한 제안이라고 생각했다. 동생을 안전하게 데려올 수만 있다면 중국에 열 번도 갈 수 있었다. 마침 2학년 기말고사가 끝나고 1월은 방학이라 부담 없이 중국으로 갈 수 있었다.

진옥은 사람이 붐비는 공항 안을 휘둘러보았다. 가슴이 벅차올랐다. 방학이면 동생과 함께 이 공항에서 비행기를 타고 해외여행을 다녀오고 싶었다. 제주도부터 가보고 싶었다. 동생은 북한에서 예술단 성악 가수이니 한국에 와서 그쪽으로 발전해도 될 것이다. 아니면 대학에 다녀도 된다. 동생과 한집에서 같이 살 생각을 하면 막 소리를 지르고 싶을 정도로 환희가 솟구쳤다. 서울 양천구에는 정부에서 마련해준 임대 아파트가 있다. 여권을 신청하고 기다리는 며칠간 작은 방에 침대를 사 넣고 이불도 새로 장만했다.

이제나저제나 기다리던 비행기 탑승 시간이 다가왔다. 이번이 두 번째 비행기 탑승이었다. 태국에서 난생처음 비행기를 타고 한국으로 왔다. 그동안 새로운 사회에 적응하고 대학에 입학하느라 외국 여행은 아직 가보지 못했다. 곧 승무원의 안내가 시작되고 비행기가 몸을 떨며 하늘로 날아올랐다. 호, 모두 숨을 내쉬는 진옥의 두 볼로 하염없이 눈물이 흘렀다. 태국에서 처음으로 비행기를 탔을 때도 지금처럼 눈물이 쏟아졌다. 그때 미지의 세계인 한국으로 간다는 감격도 있었지만, 중국 남편의 손아귀에서 완전히 벗어났다는 안도감이 더 컸었다.

중국에 있을 때, 하늘 나는 새만 보면 목을 젖히고 정신없이 바라보았다. 새처럼 날개가 생겨 중국 집을 벗어나려고 퍼덕이다가 도로 마당에 곤두박질치는 꿈을 몇 번이나 꾸었다. 중국 남편 손에서 간신히 도망쳐 라오스를 걸쳐 태국으로 가는 한국행 과정에도 공포로 떨었다. 당장 남편이 뒤쫓아와서 덜미를 잡고 질질 끌고 가는 환각에 밤낮으로 시달렸다. 작은 소리에도 비명을 지르고 뒤를 흘깃거리는 진옥을 일행은 불편한 시선으로 바라보았다.

태국 수용소에 들어가서야 남편이 쫓아오지 못할 것이라는 생각으로 다소 마음이 진정되었다. 하지만 남편이 태국 감옥이라고 못 찾아온다는 법은 없었다. 탈북자들이 태국 수용소를 거쳐 한국으로 간다는 것을 남편은 알고 있었다. 결혼사진과 결혼 등록한 서류를 가지고 나타나 내 아내를 내놓으라고 하면 수용소에서는 어쩔 수 없지 않을까, 하는 생각을 했다. 한 방에 있는 탈북자들에게 거듭 물어보았다. 어떤 이는 혀를 찼고, 어떤 이는 안심을 시켰다.

그때 생각을 하자 갑자기 중국에 가는 것이 무서워졌다. 공항에 중국인 남편이 기다릴 것만 같았다. 당장이라도 비행기에서 내리고 싶었다. 미쳤어. 내가 중국에 가는 걸 그 깡패가 어떻게 알겠어. 하지만 돈 있고 완력 있는 깡패 남편이 마음만 먹으면 진옥의 행적을 알아내는 건 어렵지 않다는 생각이 들었다. 등골이 서늘해지고 갑자기 식은 땀이 흘렀다. 선글라스라도 준비할 것을. 중국 공항에 도착하자마자 선글라스를 사야겠다고 다짐했다. 한참을 안달복달하다가 픽, 자신을 비웃었다.

"말도 안 돼. 아직도 그 깡패를 무서워하다니. 난 당당한 한국의 국민이고 대학생이야."

동생을 만나러 가는 들뜬 기분에 찬물처럼 들씌워지는 과거가 너무 싫었다. 앞에 놓인 병을 들어 벌컥벌컥 물을 들이켰다.

비행기에서 내리고 짐을 찾은 진옥은 곧바로 매장으로 달려가 큼직한 선글라스부터 사서 썼다. 비로소 후 모두 숨이 나왔다. 선글라스 뒤에 숨어 푸동공항 홀을 샅샅이 훑어보았다. 천장 조명이 줄지어 들어박힌 번들거리는 대리석 바닥 위로 사람들이 무심히 오고 갔다. 정신을 가다듬고 아무리 보아도 알 만한 사람은 없었다. 눈길 주는 사람도 없었다. 그동안 잊고 살았던 중국말이 여기저기서 귓속으로 날아들었다.

진옥은 공항 밖으로 나가 택시를 탔다. 불쑥 튀어나온 유창한 중국말로 상하이 데코 호텔로 가자고 말했다. 중국에 도착하니 중국말이 바로 튀어나왔다. 아무리 잊고 싶고 지우고 싶어도 낙인처럼 지워지지 않는 중국에서의 육 년간 흔적이었다.

진옥이 중국에서 당했던 비참한 고난을 동생은 겪지 않게 된 것에 너무 뿌듯했다. 언니로서 앞장서 가시덤불 길을 헤쳤다는 위안을 하면 덜 억울할 것 같았다. 그 고통의 터널을 지났기에 한국에 정착해 다른 삶을 살 수 있었다. 그깟 중국 전 남편에 대한 환영으로 벌벌 떠는 자신을 비웃었다.

이십 분가량 달려 택시는 데코 호텔에 도착했다. 호텔에서 대기하노라면 브로커한테서 연락이 오게 되었다. 동생이 상하이에 오면 이 호텔에서 하루 이틀 묵을 생각이었다.

호텔에 짐을 풀고 샤워하고 나니 호텔 프런트에서 연락이 왔다. 일 층 홀에서 몸이 퉁퉁하고 눈빛이 신중해 보이는 오십 대 남자가 기다리고 있었다. 진옥이 중국말을 건네자 그쪽에서 조선족 말로 대답했다. 그 남자는 중국 핸드폰을 건네주며 이제부터 이 전화로 연락하자고 했다. 자기 번호가 거기에 입력되었다고 했다. 진옥이 여권을 건네자 받아서 옷 안쪽 주머니에 넣었다. 이제 진옥의 여권을 가지고 연길에 가서 진미를 데리고 상하이까지 온다고 했다. 갈 때는 혼자여서 비행기로 가고 올 때는 진미와 기차로 온다고 했다.

브로커가 가자 긴장으로 목이 뻣뻣해 왔다. 본격적으로 동생의 중국에서 탈북 여정이 시작된 셈이었다. 호텔 방으로 들어간 진옥은 두 손을 맞잡고 눈을 꼭 감았다. 상하이까지 동생이 무사히 도착하기를 기도했다. 자매가 닮았다고 하나 서른 살 진옥이 사진을 스무 살 동생으로 믿을지가 걱정이었다. 이미 주사위는 던져졌다. 방안이 답답하고 숨이 막혔다. 점심을 먹을 겸 호텔 방을 나서려는데 브로커가 준 중국 전화기에서 여자의 고음이 터져 나왔다. 핸드폰에서 방금 만난 브로커 목소리가 들렸다.

"지금 호텔 홀로 내려오오. 급히 의논할 일이 있소."

호텔 홀 구석 소파에 앉아 있던 브로커가 진옥을 보자 마주 걸어왔다. 진옥의 여권을 도루 내미는 남자의 눈빛이 번뜩이고 볼멘소리가 터져 나왔다.

"내 참, 무슨 변덕인지. 아가씨를 데리고 연길로 오라는 거요. 아가씨가 군이 연길로 갈 필요가 없는데 왜 비행기 푯값을 두 배로 지불하면서 아가씨를 오라고 하는지 모르겠다니까."

"그래요? 무슨 이유인지 다시 한번 물어봐주시면 안 될까요?"

그 남자가 전화 버튼을 누르더니 진옥에게 넘겨주었다. 연길 브로커가 동생이 언니를 만나기 전에는 한 발자국도 움직이지 않겠다고 하니 동생과 통화해보라고 했다. 잠시 후 전화기에서 언니야, 하고 부르는 진미의 목소리가 들렸다.

"언니야, 어서 연길로 와. 언니 만나고 떠날 거야!"

진옥은 고개를 끄덕이며 브로커를 안심시켰다. 비행기 푯값은 걱정하지 말라고 했다. 상하이 브로커는 이미 비행기를 예약했으니 먼저 떠나야 했다. 진옥은 부득불 저녁 비행기로 예약했다. 그 남자는 연길에서 만나자며 종종걸음으로 가버렸다. 부랴부랴 호텔 방에 가서 짐을 챙긴 진옥은 택시를 타고 공항으로 출발했다. 공항에서 연길로 짐을 부치고 탑승 시간을 기다리는데 연길 브로커한테서 전화가 걸려왔다. 짜증 섞인 칼칼한 목소리로 다급하게 질문을 쏟아냈다.

"아가씨! 여기 있는 애가 아가씨 동생이 맞기나 하오? 친동생이 맞는가 말이오."

"네. 제 동생이 틀림없어요. 왜 그러세요?"

브로커는 무슨 소리인지 모르겠다고 투덜거리며 동영상 하나를 보낼 테니 보라고 했다. 동영상에는 방 안에 혼자 있는 동생이 나타났다. 검은 바지에 회색 스웨터를 입고 긴 머리를 뒤로 묶은 모습이었다. 진미가 창문을 내다보더니 바지춤을 뒤적여 전화기를 꺼내 들었다. 진미에게 전화기가 있었구나. 그런데 왜 나한테 따로 연락을 안했지? 브로커가 단속했나? 침을 삼키며 보는 가운데 진미가 어디론가 전화를 걸었다. 동생의 말소리가 또렷이 들렸다.

"보위원 동지, 저녁 7시에 언니가 연길공항에 도착한다고 합니다.

네? 보위원이라고 부르지 말라고요? 그만 습관이 되어서…… 브로커는 밖에 나가고 방에는 저 혼자 있습니다. 언니는 전혀 눈치채지 못했습니다. 제 말을 당연히 믿을 겁니다. 네. 침착하게 잘하겠습니다. 걱정 마십시오."

진옥은 어안이 벙벙하여 핸드폰 화면을 멍하니 들여다보았다. 이건 무슨 소리지? 진미가 지금 무슨 전화를 건 거지? 머릿속에서 윙 회오리바람이 불며 도무지 생각을 집중할 수 없었다. 핸드폰에 빛이 켜지며 중국 특유의 고음이 노래를 질러댔다. 연길 브로커가 다시 전화를 걸어 왔다.

"봤소? 내가 보낸 동영상을 말이오. 내가 만일의 경우를 대비해 방 안에 CCTV를 설치했으니 망정이지 아가씨나 나나 큰일 날 뻔했단 말이요. 무심결 CCTV를 돌려보다가 기절하는 줄 알았소. 방금 동생인지 뭔지 하는 계집애가 북한 보위원한테 전화하는 거 봤지요? 이건 동생이 아니라 밀정이란 말이오. 북한 보위부 함정이라고. 기가 막혀서. 여보시오. 내 말을 듣고 있소?"

진옥은 미처 대답하지 못하고 고개만 끄덕였다.

"아가씨는 일단 저녁 비행기로 연길에 오면 안 되오. 그 시간에 틀림없이 보위원이 공항에서 변장하고 기다릴 거요. 내 말을 알아듣겠소? 잘못하면 아가씨가 북한으로 납치될 수 있는 상황이란 말이오. 여보시오? 지금 내 말을 듣는 거요? 아, 젠장, 여보시오!"

핸드폰을 쥔 진옥의 오른손이 풍을 만난 듯 달달 떨렸다. 무거운 물건을 받치듯 왼손으로 전화기 쥔 오른손을 움켜쥐며 입술을 감빨았다.

"네, 듣고 있어요. 아저씨! 아마도 동생이 보위원의 협박을 받은 게 아닐까요? 이 세상에 언니를 함정에 빠뜨릴 동생이 어디 있겠어요. 제발 우리 동생 구원해주세요. 사례비는 드릴게요. 제발요. 저 좀 도와주세요."

연길 브로커는 이 상황에 지금 동생 걱정이냐고 버럭 소리를 질렀다. 일단 연길로 오되 내일 새벽 비행기로 오라고 지시하듯 말했다. 연길공항에는 상하이에서 만났던 브로커가 기다리게 하겠다고 했다. 오늘 밤 중으로 상하이 브로커와 함께 동생을 그 집에서 뽑아내도록 노력해보겠다고 했다. 틀림없이 그 집은 보위원이 감시하기 때문에 쉽지 않을 것 같다고 생색내는 말을 했다. 진미만 뽑아낼 수 있다면 브로커의 생색은 암만해도 상관없었다.

"암튼 동생을 그 집에서 뽑아내는 데 성공하면 전화하겠소. 젠장, 이게 무슨 상황인지……."

"제발 도와주세요. 꼭 제 동생을 그 함정에서 뽑아주세요. 부탁합니다."

전화를 마치자 풀썩 다리가 꺾였다. 연길 브로커는 믿을 수 있을까. 연길 브로커가 보위부와 연결된 것은 아닐까. 하는 생각이 잠시 들었다. 곰곰이 생각해보니 연길 브로커가 만약 보위부와 연결되었다면 동영상을 보여주지 않았을 것이다. 진옥이 보위부 그물에 걸리지 않게 새벽 비행기를 타라고 이르지 않았을 것이다. 이제는 전적으로 연길 브로커에게 의지하는 수밖에 없었다.

잠시 넋 놓고 앉아 있던 진옥은 의자를 두 손으로 짚고 무겁게 몸을 일으켰다. 공항 카운터로 가서 저녁 비행기를 취소하고 새벽 다섯 시

비행기로 다시 예약했다. 그냥 공항 홀에서 탑승 시간을 기다릴 작정이었다. 움직일 기운이 없었다. 저녁 시간이라 배에서 쪼르륵 소리가 났지만, 입안이 쓰고 깔깔한 게 아무것도 먹고 싶지 않았다. 동생을 만날 일만 남은 줄 알았는데 이 무슨 날벼락인가.

핸드폰만 들여다보고 있는데, 밤 열 시에 연길 브로커한테서 전화가 왔다. 동생을 그 집에서 무사히 뽑아내서 다른 집에 안전하게 피신시켰다고 했다. 진옥은 외마디 비명을 지르며 감사하다고 거듭 말했다. 동생하고 통화를 할 수 없냐고 했더니 지금 깊은 잠에 빠졌다면서 잠든 진미의 사진을 보내주었다. 동생을 깨워서 통화하게 해달라고 하자 연길 브로커는 버럭 화를 냈다.

"동생은 안전하다지 않소. 지금 수면제를 먹고 잔단 말이오. 만나면 다 말해주겠소. 동생을 보위부 손에서 뽑아내느라 얼마나 고심하고 품을 들였는지 연길에 오면 구체적으로 말해주겠소. 이건 뭐 공공칠 영화를 찍는 것도 아니고, 내 원 참, 브로커 하다가 이런 일은 처음이오."

연길 브로커 말을 따르는 수밖에 없었다. 진미를 안전한 곳으로 피신시켰다니 빨리 가서 연길에서 빼내 와야 했다. 동생이 쉽게 강을 넘은 것도 보위부 손에서 놀아난 것이 틀림없었다. 구체적인 사연은 동생을 만나 들어봐야 알겠지만, 보위원이 뒤에서 조정하면서 진옥을 납치하려 했던 것만은 명백했다. 어디서부터 보위부가 개입했을지 생각해보았다. 티브이에 나와 동생 이야기를 한 것이 발단일 수 있었다. 동생은 당연히 보위부 요구를 거부할 수 없었을 것이다.

새벽에 연길 차오양공항에 내렸다. 보위부 요원이 사방에 도사리고 있을 것만 같은 공포가 밀려왔다. 비행기에서 내리자 선글라스로 눈부터 가렸다. 잔뜩 흐린 날씨에 선글라스를 낀 모습이 오히려 이상해 보일 수 있었다. 하지만 선글라스라도 껴야 용기가 생길 것 같았다. 짐을 찾아들고 공항 홀에 나오니 상하이 브로커가 보였다. 고개를 빼 들고 사방을 둘러보던 브로커는 진옥을 알아보고 앞장서 걸었다. 따라오라는 신호였다. 브로커를 따라 택시에 올라타서야 선글라스를 벗었다. 뒷좌석에 나란히 앉은 상하이 브로커가 낮은 소리로 말했다.

　"걱정 마오, 공항에 보위원 새끼들은 없는 것 같았소. 참, 아가씨 동생이 왜 그랬는지 이해가 안 되는구먼."

　차는 시내 중심을 한참 달리다가 삼 층 건물 앞에 멈추어 섰다. 중국 글과 한글로 여관이라고 쓴 간판이 보였다. 상하이 브로커가 택시 짐칸에서 트렁크를 꺼내 들고 말없이 앞장섰다. 건물 입구로 들어가는 브로커를 멈추어 세우며 진옥이 물었다.

　"제 동생이 여기에 있어요?"

　"아니요. 여기서 연길 브로커가 기다리오. 동생은 지금 우리 고모 집에서 자고 있소."

　브로커가 접수구에 대고 뭐라고 말하자 안에 앉아 있던 아줌마가 고개를 끄덕였다. 퀴퀴한 냄새가 나는 일 층 복도 맨 끝방에 들어서자 날파람 있어 보이는 삼십 대 사내가 침대에서 일어섰다. 연길 브로커였다. 눈매가 날카롭고 입이 씰룩거리는 것이 조금은 무서운 인상이었다. 사내는 침대 맞은 켠 의자를 손으로 가리키며 뭘 마시거나 먹겠냐고 물었다. 악센트가 강한 것이 전화하던 연길 브로커 목소리가 틀림없었다. 진옥이 머리를 가로 흔들며 동생 안부부터 물었다.

"동생은 안전하게 있소. 동생한테 가기 전에 합의할 일이 있어서 아가씨를 만나자고 했소. 솔직히 이런 상황은 나도 처음이오. 동생을 뽑아내느라 고생을 정말 많이 했소. 내 얼굴도 보위원이 알고 있을 것 같아 상하이 브로커와 다른 사람을 그 집에 들여보내 동생에게 수면제가 든 음료수를 먹였소. 동생이 보위원과 통화하던 전화기는 위치 추적 장치가 있을 것 같아 아예 그 집에 두고 나왔소."

연길 브로커는 동생을 뽑아내던 긴박한 상황을 자초지종 이야기했다. 들을수록 대단히 긴박하고 용의주도한 탈출이었다. 진미의 머리에 백발 가발을 씌워 노인으로 변장시킨 다음 환자처럼 업고 내려와 택시를 타고 탈출했다. 밤에 가발을 얻느라 연길시를 발칵 뒤졌다고 했다. 다행히 아는 친구가 연극 동아리여서 가발을 빌릴 수 있었다는 것이다. 그러니 가발 빌린 값도 줘야 하고 진미를 업고 나온 사람에게도 사례비를 줘야 한다고 못을 박았다. 지금 동생을 보살피고 있는 상하이 브로커 고모에게도 사례비를 줘야 하고, 자신과 상하이 브로커도 당연히 추가로 수고비를 지불해야 한다고 했다. 그 모든 협상이 이루어진 다음에야 동생을 만날 수 있다고 연길 브로커는 단호한 어조로 말했다. 진옥은 다급히 고개를 끄덕였다.

"얼마나 더 필요한데요?"

"최소 만오천은 더 있어야 하오."

다행히 진옥이 가방에는 인천공항에서 환전한 중국 돈 만 원이 있었다. 만약의 경우를 대비해 현금을 준비한 것이 선견지명이 되었다. 주저 없이 가방에서 만 원짜리 지폐 묶음을 꺼내주며 날이 밝으면 함께 은행으로 가서 오천은 바로 이체해주겠다고 했다.

"헐, 아가씨 아주 화통한데? 일이 잘될 것 같소."

연길 브로커는 씩 웃으며 손에 쥔 돈다발을 탁탁 두드렸다.

일행은 곧 여관을 빠져나와 택시를 잡아탔다. 택시는 연길 시내를 조금 벗어나 벽돌 단층집들이 줄지어 선 골목에 멈추어 섰다. 상하이 브로커 고모 집이라고 했다. 빨간색의 '복' 자가 새겨진 전형적인 중국식 나무 대문이 보였다. 마당에 들어서니 쇠줄을 목에 걸고 마당 구석에 앉아 있던 말 같은 누렁 개가 사납게 짖어댔다. 집 현관문이 열리고 짧은 파마 머리를 하고 누비 점퍼를 입은 할머니가 고개를 내밀었다. 그만해, 개에게 소리치며 들어오라고 손짓했다. 현관에 신발을 벗고 중문을 열자 부엌 겸 거실로 쓰이는 기다란 공간이 나왔다. 양옆으로 네 개의 문이 보였다. 하나는 화장실이고 세 개는 방이었다. 그중 부엌 쪽으로 난 마지막 방문을 손짓하며 할머니가 들어가라고 고갯짓을 했다. 집안에 긴장감이 팽팽히 감돌았다. 상하이 브로커가 하품하며 말했다.

"이 사람하고 난 저 방에서 몇 시간 눈을 좀 붙일 테니 아가씨는 동생과 회포를 나누고 좀 쉬시오. 고모, 아침에 맛있는 거 좀 해주오."

방문 앞에서 잠시 숨을 고른 진옥은 문을 조심히 당겼다. 삐걱하는 문소리에 흠칫 멈추어 섰다. 열리고 닫히는 문소리가 캄캄한 방안을 울려도 침대 위에서는 기척이 없었다. 다가가 보니 새근새근 숨소리가 들렸다. 동생이었다. 흐느낌이 터져 급히 손으로 입을 막았다. 숨을 고르며 문 옆에 스위치를 눌렀다. 밝은 전등불이 천장에 켜지며 동생 얼굴을 정면으로 내리비쳤다. 흰 볼이 통통한 동생의 얼굴은 무척 낯설면서도 낯익었다. 볼록한 이마 위로 흐트러진 긴 머리가 베개 위에 나른히 늘어져 있었다. 편안하게 자는 진미의 모습을 보고서야 비로소 동생을 탈북시켰다는 것이 실감 났다. 진옥은 침대 옆에 앉아 모로 누운 진미를 이불째로 그러안았다. 품에 쏙 들어오던 어린 동생이 훌쩍 커버려 두 팔을 한껏 벌려도 모자랐다. 절대로 동생을 품에서 놓지 않으리라 다짐했다. 절대로.

수면제를 먹은 동생이 너무 오래 자는 것이 무서워 진미를 흔들어 깨웠다.

"진미야! 언니야. 어서 일어나."

"응? 언니 왔어?"

눈을 감고 웅얼거리던 동생이 가늘게 눈을 떴다. 아직은 몽롱해 보이는 눈동자에 반짝 빛이 어렸다.

"정말 언니야?"

진옥은 동생의 목덜미 밑으로 팔을 넣어 일으켜 세웠다. 팔이 뻐근하게 무거웠다. 동생의 살 냄새, 금방 잠에서 깨어난 콜콜한 입 냄새에 다시 눈물이 솟구쳤다. 눈을 크게 부릅뜨며 고개를 흔들던 진미가 뚫어지게 쳐다보았다. 이어 큰 눈망울에 눈물이 가득 고이더니 입술을 씰룩이며 "언니야!" 하고 어릴 적처럼 울음을 터뜨렸다. 자매는 하염없이 붙안고 울기만 했다. 진미는 울면서 언니의 어깨를 쾅쾅 두드렸다.

"이젠 됐어. 진미야, 이제 다시는 언니와 헤어지지 말자. 이제 한국으로 가서 언니와 함께 행복하게 살자. 진미야! 걱정 마!"

진옥의 푸념에 진미는 비로소 울음을 멈추고 사방을 둘러보았다. 침대에서 벌떡 몸을 일으킨다는 것이 뒤로 쾅 넘어졌다. 아직 약 기운이 남아 있지만 자기가 있던 방이 아닌 것을 알아차린 듯했다. 당황한 표정으로 괴춤을 뒤적였다. 보위원과 통화하던 전화기를 찾는 듯했다.

"진미야, 걱정 마. 보위부 감시망에서 벗어났어. 여기는 안전해. 보위원하고 통화하던 전화기는 그 방에 버리고 왔어. 그래야 널 찾지 못하니까. 안심해."

진미는 고개를 푹 수그리며 늙은이처럼 깊은 한숨을 토해냈다. 진미의 눈동자가 불안하게 떨며 눈물을 밀어냈다. 도르르 눈물이 굴러가는 흰 볼이 창백하게 반들거렸다.

"언니야, 난 그 집으로 돌아가야 해. 언니하고 같이."

"그게 무슨 소리야? 거긴 보위원이 포위하고 있는 위험한 곳이야."

"아니야. 보위원 동지는 언니를 구원하려고 왔어. 언니를 조국의 품으로 데려가려고 나와 함께 왔어. 남조선 괴뢰들로부터 언니를 구원하려고. 지금 애타게 나를 찾고 있을 거야. 어쩌면 나까지 조국을 배반한 줄로 오해할지 몰라. 어서 그 집으로 가야 해!"

진미의 말은 농담이라기에는 너무 진지했고, 진담이라기엔 도저히 믿을 수 없었다. 진옥은 끅 숨을 들이쉬었다. 이어 심한 딸꾹질이 터져 나왔다. 딸국질을 멈추려고 목젖을 꽉 누르고 고개를 숙였다. 하지만 한껏 놀란 횡격막은 경련을 멈추지 않았다. 어깨를 들썩이며 진옥이 말했다.

"너 지금……, 농담하는 거지? 난……, 네가 무슨 말을 하는지 도저히 알아들을 수가 없어."

진미는 다시 눈물이 글썽해지며 고개를 가로저었다.

"농담이 아니야."

"너…… 보위원한테 협박받은 것이 무서워 그러는구나. 걱정하지 말라니까. 여긴 북한이 아니야. 보위원도 이젠 널 찾기 힘들 거야."

진미는 연달아 깊은 한숨을 토해내며 진옥을 물끄러미 쳐다보았다. 졸린 듯 동공이 흐려진 그 애의 눈빛에는 스무 살 청춘다운 발랄함이 없었다. 한 생을 다 산 늙은이의 처연함이 느껴졌다.

"너 아직 잠에서 깨어나지 못했구나. 널 구출하려고 수면제를 먹였어. 아직 약 기운이 있는 것 같으니 더 자고 일어나 얘기하자. 아직 제정신이 아닌 것 같아."

진미가 갑자기 눈을 부릅떴다.

"그래서 내가……. 비열한 것들!"

"비열해? 누가? 널 위험한 함정에서 꺼내려니까 어쩔 수 없이 그런 거야. 널 구출하느라고 얼마나 고생했는데. 그 사람들한테 고맙다고 꼭 인사해."

"고마워? 날 반역자로 만든 사람들이 고마워? 언니는 내가 어떻게 살았는지 알아?"

진미의 숨소리가 높아지더니 언성을 높이며 빠르게 말을 이어갔다. 진미의 말을 통해 비로소 동생을 고아원 앞에 두고 간 날, 바람이 불고 몹시 추웠다는 것을 상기했다. 진옥은 까마득히 잊고 있었지만, 어린 동생은 그날 생사를 넘나들었기에 오늘까지 생생히 기억하고 있었다. 마침 지나가던 구역당 비서가 구원해주지 않았으면 동생은 그날 하마터면 얼어 죽을 뻔했다. 고아원에서 배를 곯기는 했지만, 동생은 원장 선생을 어머니처럼 따르며 자랐다. 동생을 구원해준 구역당 비서는 퇴직하고서도 명절 때마다 선물을 가지고 찾아왔다. 진미가 노래를 잘한다고 예술단에 추천해서 성악배우로 뽑히도록 많은 애를 썼다고 했다.

"그런데 그런 분들을 배신하라고? 그게 사람이야?"

진미가 따지듯 물었다. 뚝, 딸꾹질이 멈추어졌다. 진옥은 입을 다물지 못하고 눈썹을 치뜬 채 한참 굳어졌다. 마침내 옷걸이에서 떨어진 옷처럼 진미 무릎에 무너졌다. 고개를 파묻고 흐느끼며 거듭 속삭였다.

"미안해! 언니가 미안해!"

진옥은 눈물범벅이 된 얼굴을 번쩍 들고 연신 고개를 끄덕였다.

"그랬구나. 그분들이 정말 고맙구나, 하지만 진미야. 그분들도 네가 언니와 함께 좋은 세상에서 행복하게 사는 걸 바라실 거야. 그러니 언니와 함께 한국으로 가자. 한국에 우리가 살 두 칸짜리 아파트가 있어. 너의 방을 다 꾸며놓았어. 한국에 가면 네 희망대로 가수가 될 수 있고, 대학공부를 할 수도 있어. 언니는 교원대학 2학년이야. 너도 다시는 언니와 헤어지고 싶지 않겠지? 언니와 살고 싶겠지? 그래서 위험을 무릅쓰고 도강한 거 아니야?"

진미가 손을 들어 언니의 눈물을 닦아주었다. 따뜻하고 말랑말랑한 동생의 손길에 진옥은 씩 웃음이 나왔다. 진미도 생긋 마주 웃었다. 동생은 고개를 살래살래 저으며 말했다.

"언니야, 다시는 언니와 헤어지지 않고 함께 살 거야, 꼭. 근데 한국 말고 우리 조국에서 살 거야. 그깟 집? 조국에 돌아가면 예술단 주변에 집을 잡아주고 언니와 같이 살게 해준댔어. 언니의 잘못을 다 용서해준다고, 과거를 묻지 않고 받아준다고 했어. 정말이야. 내가 장담해. 당 비서 동지랑 보위원 동지랑 약속했거든."

진옥은 눈앞이 아찔해지며 머리카락이 곤두서는 것을 느꼈다. 비로소 진미가 자기를 따라 한국으로 가려고 강을 건넌 것이 아님을 깨달았다.

"그럼 너 언니 따라 한국으로 가려고 탈북한 거 아니라는 거야?"

진옥이 휘파람 같은 낮은 소리로 다급히 묻자 진미가 해쭉 웃으며 고개를 끄덕였다.

"물론이지. 보위원 동지가 그러는데 언니가 남조선 텔레비전에 나와 울면서 나를 애타게 찾는 것을 보았대. 보위원 동지는 언니가 찾는 동생이 나라는 걸 알아냈고, 남조선에 줄을 놓아 언니도 찾아냈대. 정말 대단하지?"

진옥은 다시금 소름이 돋았다. 자신이 지금껏 보위부 작전에 놀아났음을 알아챘다. 더 경악스러운 것은 진미가 주동적으로 언니를 납치하는 작전에 공조했다는 것이다. 진옥은 정신을 가다듬으려 눈을 지그시 감았다. 어리고 순진한 동생이니, 바깥세상을 전혀 모르고 우물 안의 개구리처럼 살아왔으니 보위부 회유에 넘어갈 수 있었다. 정말로 언니를 구원한다고 생각했을 테니까. 천만다행으로 보위부 포위망에서 벗어났다. 중요한 것은 빨리 연길을 벗어나야 했다. 진미가 아직 순진무구한 생각에서 깨어나지 못하는 건 차츰 바꾸면 되었다. 동생은 어차피 브로커를 따라 한국에 오게 되었다. 한시바삐 이곳을 벗어나야 한다는 조급함에 진옥의 심장이 뛰었다.

"진미야, 지금 여기서 이야기해봤자 네가 다 이해하지 못할 것 같구

나. 우선 조금 더 자. 아침을 먹고 넌 언니 여권을 가지고 승용차로 길을 떠나야 해. 기차가 위험할 것 같아 승용차를 쓰자고 했어. 돈이 좀 많이 들겠지만, 까짓 돈 또 벌면 되지 뭐. 문제는 이곳을 빨리 벗어나는 거야. 아니면 보위부 포위망에 걸려들 수 있어. 구체적인 이야기는 한국에 가서 하자."

진옥이 일어서려는데 진미가 "안 돼!" 하며 언니의 팔을 잡아 도로 침대에 주저앉혔다.

"난 언니와 헤어지기 싫어. 절대 안 돼!"

동생이 떼를 쓰듯 몸을 흔들며 진옥의 팔을 아프게 꽉 잡았다. 동생의 왼쪽 볼 보조개가 깊이 파였다. 그 귀여운 보조개가 깊게 파이면 진옥은 늘 동생의 고집에 손을 들어주곤 했다.

"얘도 참, 당분간이야. 네가 중국 국경을 넘어 한국으로 올 때까지만이야. 길어야 한 달."

"그게 아니라 언니를 남조선으로 다시 보낼 수 없어. 나는 물론 절대 남조선으로 가지 않을 거고……."

진미는 흘깃 문 쪽에 눈길을 주더니 진옥의 귀에 입을 대고 비밀을 말하듯 속삭였다. 언니만 결심하면 이 집을 가만히 나가 보위원한테 전화를 걸면 된다고 했다. 자기가 전화번호를 기억하고 있다고, 무슨 상황이 발생하면 빨리 탈출해서 보위원한테 전화하기로, 그럼 바로 데리러 오도록 약속했다고 했다. 진미는 단호한 어조로 말했다.

"언니 지금 나와 함께 이 집에서 나가자 응? 날 믿으라니까!"

어머, 진옥의 입에서 비명이 터졌다. 눈을 동그랗게 뜨고 낯선 사람을 보듯 동생을 찬찬히 쳐다보았다. 꼭 다문 진미의 입술이 파들파들 떨리고 보조개 음영이 더 짙어졌다. 동생의 결심이 확고하고 결코 장난이 아님을 말해주고 있었다. 누구의 강요가 아니라 분명한 자기 의지를 말하고 있었다. 진미가 왜 이런 말도 안 되는 생각을 하고 있을까? 도저히 이해할 수 없었다. 언니를 보기만 하면 달려와 안기던 어릴 때처럼 동생은 무조건 자신을 따르리라는 것을 의심조차 안 했다. 진옥이 그랬듯이 동생도 당연히 한국을 좋아할 것이라 여겼다. 진옥은 비로소 뭔가 심각한 문제가 있음을 느꼈다. 동생의 의식에 생각지 못했던 그 무엇이 깊이 새겨졌음을 깨달았다. 갑자기 동생의 보조개가 무서웠다.

씨름하듯 가쁜 숨을 몰아쉬던 자매는 약속한 것처럼 동시에 한숨을 내쉬었다. 진옥과 마찬가지로 진미도 언니를 설득해야 한다는 생각을 한 것 같았다. 둘의 합의가 이루어지기 전에는 어느 길로 가든 함께 갈 수 없다는 것을 서로가 느꼈다. 진미는 보조개에 힘을 주며 고개를 외로 꼬았다. 제 쪽에서 오히려 자기의 말을 따라주지 않는 데 대해 불만이 생긴 듯했다. 그만큼 진미는 자기의 주장이 정당하다고 믿는 것이 분명했다.

진옥은 입안이 바싹 말라 들며 찔끔 오줌이 지려졌다. 불안하고 긴장하면 오줌 마려운 증상이 있었다. 중국 남편이 험상궂은 얼굴로 매를 들라치면 여지없이 오줌을 지리곤 했다. 남편은 더럽다고 또 때렸다. 화장실로 가고 싶은데, 그 사이 동생이 도망칠까 봐 움직일 수 없었다. 저쪽 방 브로커들이 깨어나면 아침을 먹고 동생은 상하이로 출발을 해야 했다. 진미는 그럴 생각이 눈곱만큼도 없는 것 같았다. 이

번에도 수면제를 먹일까, 하는 생각을 얼핏 했지만, 동생이 속을 것 같지 않았다. 동생은 나이에 비해 훨씬 똑똑하고 철이 들어 보였다. 하지만 헛똑똑이 아닌가. 잘못된 생각으로 고집을 피우기보다 차라리 철없고 단순한 동생이었으면 좋았다.

진옥은 입술을 감빨며 무슨 말을 해야 동생이 한국행을 택하게 할 수 있을지 궁리했다. 북한에 없는 자유에 대해서 말할까. 농장원이었던 언니가 대학생이 된 기회의 땅이라는 말을 할까. 자유롭게 해외여행도 다니고, 맛있는 것도 맘껏 먹고, 고운 옷도 많고…… 도대체 무슨 말을 해주면 동생이 생각을 돌릴 수 있을까!

북한에서 견뎌야 할 삶의 고단함에 대해 말할까. 하지만 동생은 자기의 삶을 별로 부정적으로 생각하는 것 같지 않았다. 자칫 꽃제비가 될 뻔한 불우한 운명에서 천만다행으로 좋은 귀인을 만나 고아원에서 자랐다. 운 좋게 예술단 성악배우가 된 것을 자랑으로, 은혜로 여기는 것 같았다. 오히려 언니가 자기를 버렸다고 원망할지 몰랐다. 동생은 아직 북한에 대한 의심이나 부정을 별로 해본 것 같지 않았다.

진옥도 마찬가지였다. 북한에 대한 부정 때문이거나 새로운 세계를 동경해 탈북한 것은 아니었다. 다른 세상은 알지 못했으니 동경이 생길 수 없었다. 단지 굶어 죽지 않기 위해서였다. 중국에 가면 북한보다 돈을 쉽게 많이 번다는 뚜쟁이의 말을 따랐을 뿐이었다.

중국에서 굶어 죽을 염려는 없었지만, 상상 못 했던 고초가 진옥을 덮쳤다. 젊고 예쁜 인물 때문에 깡패에게 비싸게 팔렸다. 중국에서 육년간 깡패 남편에게 갇혀 살았다. 깡패와 사는 동안 불행인지 다행인지 아기가 생기지 않았다. 매달 달거리를 할 때마다 매를 맞았다. 진옥이 살아서 깡패로부터 도망을 친 것은 지금 생각해도 기적이었다. 한국으로 가려는 칼끝 같은 의지가 기적을 만들었다. 가다가 죽더라도 한국으로 가려 했다.

차라리 중국에서 겪었던 일을 말할까? 어떤 고난의 길을 거쳐 새 인생을 찾았는지 말하면 동생의 마음이 움직일까? 진옥은 마른 입술을 혓바닥으로 축이며 두서없이 중국에서 겪었던 일을 이야기했다. 아직 악몽을 꿀 만큼 낙인처럼 새겨진 비참한 인생의 토막이었다. 하지만 그때의 고통, 절망, 분노를 표현할 말이 너무 부족했다. 어린 동생이 그 고통과 치욕을 어떻게 이해할까. 언니의 모자람으로 나무라면 어쩌지. 진옥은 이를 악물고 띄엄띄엄 자신 없이 말을 이어갔다.

뜻밖에도 동생이 격하게 반응했다. 눈물을 좔좔 쏟으며 언니의 몸을 조심스럽게 쓰다듬었다. 불쌍한 우리 언니, 가여운 우리 언니 얼마나 아팠을까. 진옥의 가슴에 와락 안기며 엉엉 울음을 터뜨렸다. 동생의 마음이 돌아설 것 같은 기대에 미소를 지으며 진미의 등을 다독였다. 흐느끼던 진미가 고개를 들고 사려 깊은 눈빛으로 진옥의 얼굴을 어루만졌다.

"언니야, 그래서 나라 잃은 백성은 상갓집 개만도 못하다고 했잖아. 조국을 떠나서 그런 불행을 겪은 거야. 차라리 굶어 죽을지언정 조국은 버리면 안 되는 거였어. 언니야, 그러니 어서 조국의 품으로 돌아가자, 응?"

진옥의 눈물이 순식간에 말라버렸다. 다시 등골이 오싹해졌다. 까마득히 높은 절벽을 마주했을 때처럼 막막함이 밀려왔다. 동생은 어리석고 무지한 생각을 마치 진리처럼 고집하고 있었다. 마음이 조급해진 진옥은 어느결에 목소리를 높였다.

"넌 북한이 왜 좋은데? 조국? 우리를 고아로 만들고 언니가 개고생하게 만든 게 북한이야. 언니가 북한에 있었으면 그 산골 농장에서 아마 굶어 죽었겠지. 하지만 언니는 한국에서 대학생이 됐어. 남들은 한국으로 가려고 목숨을 거는데, 넌 언니가 곱게 데려가려고 왔는데 왜 이리 속을 썩여? 언니를 믿어야지. 널 이용하려는 보위원 말을 더 믿는 거니? 언니가 아무렴 너를 불행하게 하겠어? 너 아직 몰라서 그러는데 한국에 가보면 언니한테 고맙다고 절을 할 거야. 와, 속 터져 미치겠네."

단숨에 말을 쏟아낸 진옥은 진미의 대답을 기다리지 않고 방을 나와버렸다. 더 있다가는 십 년 만에 만난 동생에게 크게 화를 낼 것 같았다. 소파에 누워 있던 할머니가 눈을 빠끔히 뜨고 올려다보았다. 손으로 물 마시는 시늉을 하자 냉장고 쪽을 가리켰다. 냉장고 안에서 생수병을 찾아들고 병째로 물을 벌컥벌컥 들이켰다. 진미가 아직 물을 마시지 못했다는 생각이 들었다. 컵에 물을 담아 들고 방에 들어가니 진미가 이불을 개어놓고 침대 위에 단정히 앉아 있었다.

"목마르지? 어서 마셔. 언니가 소리쳐 미안해."

물컵을 내밀자 진미가 살래살래 고개를 저으며 물컵을 받아 창턱에 놓았다.

"왜 안 마셔? 설마 물에 수면제라도 탔을까 봐 안 마시는 거야?"

진미가 고개를 끄덕였다. 진옥이 얼굴이 하얗게 질리며 배를 그러쥐고 허리를 꼬부렸다. 극심한 스트레스를 받으면 속이 메슥거리고 명치끝이 아팠다. 중국에 있을 때 생긴 증상이었다.

"언니 왜 그래?"

진옥은 황황히 동생의 손을 훔켜쥐고 볼에 비볐다.

"진미야, 언니 속 그만 태우고 언니를 믿고 빨리 가자, 응? 너 언니와 헤어져 살 수 있어? 언니보다 더 소중한 게 북한에 없지 않니? 응?"

진미가 살며시 진옥의 손을 뿌리치며 옹알거렸다.

"있어. 소중한 거. 언니만큼 소중한 거."

"뭐? 언니만큼 소중한 게 있다고? 그게 뭔데?"

"우리 극장에서 가극 〈두만강반의 아침노을〉을 재창조하는데 내가 주인공 후보로 선택됐어. 신인배우인 내가 김정숙 어머니 역을 하게 된 거야. 얼마나 대단하고 큰 영광인데. 언니야, 이것 봐. 이 목에 상처도 예술단 초급당 비서 동지가 깨끗이 없애주겠대. 김정숙 어머니 역을 하자면 머리를 올리고 조선옷을 입어야 하는데 상처가 보일 수 있다고."

진미는 긴 머리를 옆으로 젖히고 목덜미에 생긴 흉터를 손으로 가리켰다. 희고 매끈한 동생의 목에 난 상처는 옥에 새겨진 도장처럼 또렷했다.

"뭐? 그깟 예술단 주인공 배역 때문에 안 가겠다고? 목 상처? 그건 한국에 가면 흔적 없이 고칠 수 있어. 도대체 네가 북한에서 무슨 혜택을 입은 게 있다고 이리 감지덕지하는데? 너보다 몇 배로 북한 제도의 혜택을 입은 고위급이랑 외교관도 한국으로 많이 왔어. 왜 그런지 알아? 북한에는 미래가 없기 때문이야! 자유가 없기 때문이야!"

"언니야, 나 그런 거 몰라. 다만 난 조국과 원수님을 배반할 수 없어."

"이 일을 어쩜 좋아. 진미야, 넌 지금 속고 있는 거야! 중국만 와도 공기가 다른 게 느껴지지 않니? 북한에서 느낄 수 없는 자유의 바람 말이야. 진미야, 제발 정신 차려!"

"난 중국이 무서워. 싫어. 난 조국이 좋아."

"넌 어떻게 되어 이리도 철저하게 세뇌가 된 거니?"

"세뇌가 뭔데? 언니야, 미안해! 언니가 아무리 소중해도 난 원수님과 조국을 배반하지 못할 거 같아. 미안해, 언니"

"어쩌면 좋아! 너를 어쩌면 좋니!"

진옥은 울음을 터뜨리며 가슴을 쾅쾅 두드렸다. 진미가 살며시 진옥을 안았다. 색색하는 동생의 숨소리가 귀를 간질거렸다. 목에 난 검붉은 상처가 눈앞에 바싹 다가왔다. 하얀 목덜미에 낙인처럼 찍힌 상처였다. 한국은 물론 북한에서도 저 상처 정도는 얼마든지 지울 수 있었다. 하지만 동생의 순수한 마음에 찍힌 보이지 않는 낙인은 어떻게 지울지 알 수 없었다. 진옥이 다시 북한으로 갈 수 없듯이 동생이 한국으로 가지 않으리라는 사실을 통절히 깨닫고 있었다.

"언니야, 싫으면 조국으로 가지 마. 내가 좀 욕을 먹으면 되지 뭐. 언니를 이렇게 만난 것만 해도 난 너무 좋아. 언니야. 나 정말 잘 살게. 성악배우로 발전하고 시집도 잘 갈게. 그러니 언니도 행복하게 잘 살아야 해. 응? 언니야!"

긴긴 이별이 시작되었음을 느꼈다. 진미 마음에 깊숙이 새겨진 붉은 낙인을 동생 스스로 지우기 전에는 자매의 만남은 이루어지지 않을 것이다. 이별을 절감한 진옥의 구슬픈 호곡이 오랫동안 이어졌다.

증언에서 질문으로

박덕규

1. 정착하기 또는 단편소설 쓰기

한때 가파른 상승 곡선을 그으며 3만 5,000명 고지를 향하던 탈북민 집계도의 움직임이 아주 밋밋해졌다. 코로나19로 북중 국경은 말할 것도 없고 양국 내에서의 인구 이동도 급격히 감소한 영향이다. 북한은 봉쇄를 제대로 풀지 않았고 중국은 그사이 불확실한 신분을 가려내는 선진 시스템을 가동했다. 최근 국내 유입 탈북민은 대개 중국 외 지역에 머물던 사람들이다. 2023년 하반기 현재, 탈출을 꿈꾸는 북한 주민도, 한국에 입국하려는 재중 탈북민도 다른 특별한 경로를 찾지 못하고 있다. 언제까지 이럴지 아직은 알 수 없다.

그래도 탈북 붐이 일어난 지 20여 년, 한국 사회에서 탈북민은 '낯선 지역 출신'이되 더는 '낯선 국민'이라 말해서는 안 되겠다. 탈북민 입국 사건이 끊이지 않고 사회 이슈로 부각하고, 탈북민이 출연하는 방송 프로그램도 여전하다. 탈북민의 유튜버 가운데는 구독자 10만 이상의 이른바 '실버버튼'을 받은 인플루언서가 여럿이고, 그와 관련한 어떤 영상물은 조회수 100만 이상을 돌파하기도 한다. 탈북민 공연은 지역축제의 편한 콘텐츠가 되었다. 안보 강사, 요식업자, 농업 생산자, 의사, 종교인, 학자, 화가 등으로 이름을 낸 이들도 꽤 있다. 탈북민의 글도 여러 지면에서 만난다. 시, 산문, 소설 등 작품집 출간도 자연스럽다. 탈북민은 이렇듯 노동을 하고 학력을 쌓고 가족을 이루고 자손을 낳으며 사회 여러 분야에서 다채로운 활동을 하며 살아간다. 인원이 답보 상태라 하지만 입국한 뒤에 생기는 가족을 감안하면 숫자 이상의 의미가 있다. 탈북은 우리 일상 여기저기에 녹아들었다. 문학은 그 녹아듦의 상징적 실체가 된다.

지금껏 탈북민의 문학은 작가 자신의 실제 체험을 기반으로 한 자전, 고발 성향이 강했다. 근대문학은 표현한 말과 그 속뜻 사이의 차이로 발생하는 모호성을 중시한다. 이에 비해 이들의 문학은 직설적인 언술로 사태를 파악하게 해서 주제를 뚜렷하게 각인시킨다. '낯선 낯익음'이라 할까, 근대문학 초기의 자연주의나 낭만주의, 또는 사실주의나 신경향파라 불린 문예사조를 상기하게도 한다. 그럼에도 이들의 문학이 눈길을 끄는 것은 무엇보다 진술 내용이 여러모로 '충격적 사실'로 읽혀서일 것이다. 이는 그 작품들이 대개 수기나 장편소설 위주인 데서 짐작하는 바와 같다. 시 작품도 주목받는 예가 없지는 않은데 이 역시 체험적 사실을 즉각적 감정에 호소한 덕분이라 할 수 있다. 다만, 이들 문학에서 상대적으로 창작 건수가 적은 것이 바로 단편소설이다. 단편소설은 스토리를 기반으로 하면서도 서사의 응축으로 극적 카타르시스와 상징적 의미를 제공하는 데서 큰 효과를 얻는 장르다. 북한 출신으로 탈북에서 정착까지 그 지난한 과정을 겪은 사람의 글쓰기가 이 장르에 맞춤하기는 어렵다.

탈북 작가의 단편소설이 없었던 것은 아니다. 예를 들어 '북한 인권을 말하는 남북한 작가의 공동소설집' 시리즈 『국경을 넘는 그림자』(2015), 『금덩이 이야기』(2017), 『꼬리 없는 소』(2018), 『단군릉 이야기』(2019) 등 네 권에는 총 22편의 탈북 작가 단편이 실렸다. 이 기획은 이후 『원산에서 철원까지』(2020), 『신의주에서 개성까지』(2021), 『해주 인력시장』(2022) 등으로 이어지면서 총 15편을 더 보탰다. 이 과정에서 몇 단편은 매우 특별한 관심의 대상이 된 것으로 알고 있다. 또 단편집 발간을 아울러 진행하기도 했는데 김정애·이지명의 공동 소설집 『서기골 로반』(글도, 2018), 도명학 단편소설집 『잔혹한 선물』(푸른사상사, 2018) 등이 좋은 예다. 위 기획물에 인상적인 단편소설을 연이어 발표한 설송아 등의 단편소설집 출간도 머지않으리라 본다. 이와 별도로 북한 현지에서 반체제적인 내용을 담은 단편소설 여럿을 남쪽으로 유출해 '반디'라는 필명의 단편소설집 『고발』(조갑제닷컴, 2014)을 낸 것이 국제적인 화제가 되기도 했다.

이런 상황에서 오늘 우리는 뜻밖에 탈북민 작가 김유경의 단편소설집 『푸른 낙엽』을 보고 있다. 김유경은 2000년대 들어 한국에 정착한 뒤 장편소설 『청춘연가』(2012), 『인간모독소』(2016)를 발간한 바 있는데, 이 두 장편이 프랑스 등 여러 나라로 번역돼 나가는 중에도 위 기획물이나 다른 지면에 단편소설을 발표한 적이 거의 없다. 그리고 보니 김유경은 북한의 작가동맹에서 활동했다는 것 외에 특별한 이력을 공개한 적도 없다. "나는 프로필이 없다. 나의 몸 절반이 아직 북에 묶여 있기 때문이다. 실명은 물론 나의 과거 행적을 밝힐 수 없으며 숨어서 간신히 손만 내밀고 세상에 이 소설을 보낸다."(첫 장편 '작가의 말')라 한 이후 여전히 미궁의 이력 아래 이렇듯 미발표 단편소설 창작집을 내놓으니 참으로 호기심 당기는 일이 아닐 수 없다.

2. 북한 실상으로부터 정착 현실로

『푸른 낙엽』의 단편은 모두 9편이다. 이 9편은 쉽게, '탈북시대' 북한 실상을 다룬 것, 탈북해서 입국에 이르는 과정에서의 고충을 다룬 것, 입국 이후 정착해서 생기는 일을 다룬 것 등의 내용으로 이해된다. 반디(『고발』)나 도명학(『잔혹한 선물』)이 북한 실상만을 다루고, 또는 김정애·이지명(『서기골 로반』)이 주로 탈북 과정만을 다룬 것 등에 비하면 『푸른 낙엽』의 체험 영역은 탈북을 가운데 두고 그 전후의 사정을 두루 거느리고 있는 셈이다.

아시다시피 '탈북'은 1990년대부터 공산권의 와해로 냉전 체제가 해체되는 글로벌 환경에서 체제 모순의 누적과 연이은 자연재해 등으로 배급 시스템이 붕괴된 북한에서 일어난 심각한 국가 이탈 현상이다. 그 누적 수가 적어도 몇십만이며, 한국에 입국한 수는 그 10% 아래라는 설이 유력하게 들린다. 『푸른 낙엽』은 이런 시대를 배경으로 탈북할 수밖에 없는 북한의 실상(「평양 손님」「사생아」)에서부터 탈북 후 입국해 정착해 있으면서(「자유인」「밥」) 탈북 과정의 고통과 연루되는 정황(「정 선생, 쏘리」「푸른 낙엽」「장첸 씨 아내」「붉은 낙인」「그 나날들」)까지 매우 사실적으로 보여줌으로써 적어도 '탈북민은 과연 어떤 존재인가'를 입체적으로 이해할 수 있게 하는 데 성공한다.

① "자네에게 개과천선의 길이 열렸네. 당에서 평성 국가과학원 물리
학연구소 연구사로 자네를 소환하려고 하네. 자넨 이미 러시아 유
학 시절에 박사학위를 딴 수재가 아닌가. 자네 의향은 어떤가?"

(「평양 손님」)

② "당신은 그동안 무서운 소리를 많이 하고……. 하여튼 혁명정신이
너무 흐려졌단 말이요. 가슴 아프고 안타까웠소. 이건 꼭 바로잡아
야겠다고 생각했소. 그런데 내 힘으로 당신을 교양할 자신이 없고,
고민하다가 보위부에 신고했소. 솔직히 난 당신이 보위부에서 혼
이 좀 나면 혁명정신이 바로 설 것으로 생각했소. 그래서 당신이 잡
혀간 지 일주일 만에 보위부에 와서 내 진술이 사실이 아니라고 말
했던 거요. 여보. 내 진심을 이해해주오."

(「사생아」)

①의 발화자는 한때 주목받는 물리학 박사로 성장하다가 전쟁 때 할
아버지와 백부가 남조선으로 넘어간 일이 문제가 되어 변방으로 숙청돼
농민으로 30여 년을 산 허수혁을 찾은 '평양 손님'이다. 수혁의 대학 친
구인 이 '평양 손님'은 수혁을 평성 국가과학원 연구소 연구사로 소환하
려는 당의 '은혜로운' 뜻을 전하고 있다. 그러나 작중에 이어지는 서사에
서 수혁은 아주 늦게나마 찾아온 인생 역전의 이 기회를 외면한다. 추방
가족이지만 '멋진 수재'인 수혁에게 반해 결혼까지 하고 군말 없이 받들
어온 아내 '나'는 이때를 놓쳐서는 안 된다며 보채지만 수혁의 태도는 완
강하다. 결국 '평양 손님'은 실망감을 안고 돌아간다. 자신의 망가진 삶
을 표방할 뿐이던 수혁의 그 태도는 그런데 작품의 종반부에서 진정한
의미를 획득한다. '평양 손님'이 남기고 간 쪽지에 따르면 미국 사는 백
부가 수혁이 의젓한 과학자로 사는 모습을 확인하면 '조국에 헌금'을 낸

다고 했다고 한다. 이로써 이 소설은 망가진 삶 자체를 유지해 보인 수혁이야말로 '헐벗은 가짜 조국'에 맞선 '가치 있는 인물'임을 강력히 암시할 수 있게 된다.

②의 발화자는 보위부에 갇힌 아내 순옥을 찾아온 남편 경수다. 경수는 원래 평양 호위국 소속으로 제대 일주일 전 엄동설한에 스스로 백두산 김일성 전적지로 도보 답사를 감행했다가 쓰러져 몸이 서서히 말라가는 난치병에 걸렸다. 그걸로 '제대 상태'가 된 것을 모르고 결혼한 순옥은 장사를 하며 가계를 책임져왔고, 그러는 동안 경수는 허구한 날 혁명영화를 보며 동경에 빠져 지내왔다. 순옥은 경수를 '시대가 빚어놓은 사생아'라 면박을 주었고, 경수는 순옥에게 혁명정신을 세워줄 목적으로 보위부에 '면박 내용'을 신고했다. 구금이 길어지자 초조해진 경수가 보위부에 출두해 자신이 허위 진술을 한 것이라 밝혀 순옥을 구하려 한다. 그런 사실을 순옥에게 고백하는 과정에서 경수는 순옥이 평소에 저질러 온 '불순한 언행'을 발설해버린다. 소설은 그 때문에 둘이 더 큰 곤경에 빠지는 사태를 그리며 마무리된다. '시대가 빚어놓은 사생아'에서 한 치도 벗어나지 못하는 경수의 이 같은 면모는 인민을 세뇌한 것으로 체제를 구축해온 북한 현실에 대한 뚜렷한 풍자가 아닐 수 없다.

③ "난 자식 둘을 길러도 이리 유별나게 기르지 않았다. 아들 녀석도 같아. 어머니 힘드신데 현아 어린이집에 맡깁시다, 하는 말 한마디도 없지, 제 색시 치마폭에 싸여서 점점 어미의 마음은 알려고도 하지 않지. 에그, 이 허한 마음 누가 알까?" (「밥」)

④ "사연을 말하자면 깁니다. 암튼 평양에서는 그분이 돌아가신 것으로 결론 내리고 영웅 칭호를 수여했습니다. 그런데 단장님과 똑같이 생긴 분을 한국 바닷가에서 봤으니 얼마나 놀랐겠습니까? 그 환경관리원은 정말 어떤 분이실까요? 그분이 제가 아는 단장님이었으면 얼마나 좋겠습니까? 저는 단장님한테 많은 은혜를 입었습니다. 자칫 저의 인생은 물론 온 가문이 잘못될 수 있는 엄청난 위험에 처했을 때, 그분은 자신의 명예와 목숨을 걸고 저를 감싸고 구해주셨지요. 저는 그분의 은혜를 평생 잊을 수 없습니다. 은혜 갚을 길이 없어서 늘 마음이 무거웠지요. 바닷가에서 만난 분이 만약 우리 단장님이시라면……."
(「자유인」)

③의 발화자는 아들과 함께 한국에 온 지 10년 되는 탈북 여성 '순녀'다. '순녀'는 아들 식구와 함께 살면서 집안 살림에 육아까지 담당하고 있다. 남한 출신 며느리는 풍족하게 쓰고 살면서 다이어트 식단까지 '순녀'에게 요구한다. 아들은 '좋은 대학 나오고 좋은 직장에서 연구원을 하며 높은 노임'을 받는 수준이면서도 며느리의 '방종'을 덮어준다. '자신들이 탈북자이기 때문'에 어쩔 수 없다는 것이 아들의 해명이다. '많은 애들이 비루먹은 강아지처럼 길바닥에 죽어 넘어지던 시절'을 견딘 '순녀'에게 '밥'은 곧 행복이다. '순녀'는 귀한 음식을 함부로 버리는 며느리에게 단단히 따지려 하지만 결국 그러지 못하고 혼잣말로 항변을 해대고 있다. 그 때문에 마음의 병이 깊어져 위염에 우울증까지 앓는다. 그래도 '순녀'는 아파트 경비원에게 먹을 것을 건네며 마음을 터놓는 사이가 되어 위로를 얻고 있다. 결국은 병으로 앓아누운 자신에게 사과와 감사를 전하는 며느리 말에 통증이 풀리고 만다.

④의 발화자는 북한 외교관 출신 유명 탈북 인사다. 속초 바닷가에서 환경관리원을 자처하고 있는 '그분'을 발견하고 자신의 '단장님'이었던 분이라 단정한다. 이 말을 듣고 있는 사람은 '그분'을 관리 대상으로 둔 관할 지역 형사 '나'다. '평양기계대학 졸업, 함흥의 기계공장 엔지니어 출신, 퇴직 후 생활난으로 탈북' 등의 짧은 이력의 '그분'이 실은 상당한 인텔리일 거라 짐작하고 있던 차다. 탈북 인사는 '그분'이 '유럽 쪽에서 다양한 물품을 구해서 평양에 보내는 비밀스러운 일'의 공작조 단장으로 공을 세우다가 '이만 달러'를 품고 일시 귀국 중 실종되었고, 평양에서는 이를 사망으로 처리하면서 '그분'에게 영웅 칭호를 주었다고 한다. '나'는 탈북 인사에게 발견된 뒤 갑자기 홍천으로 자취를 감춘 '그분'을 찾아낸 다. '그분'은 짐짓, 북에서의 명성 따위는 '정권의 고급 노예이자 악의 공 범자'에 불과한 것이라면서 자신은 그저 평범한 탈북자이자 '기초생활수 급자'로서 자연 속에 무위도식하는 삶을 바란다고 밝힌다.

『푸른 낙엽』의 작품들은 ①과 ②의 세상을 살다가 온 탈북민들이 한 국에서 ③과 ④와 같은 시간을 보내게 되는 전 과정에 놓인 다양한 사연 을 보여준다. 이를 통해 우리는 북한은 왜 탈출할 수밖에 없는 곳인가에 대해, 그리고 탈출한 이들이 어떻게 정착하고 있으며 그 과정에서 어떤 어려움이 따르는가에 대해 알 수 있게 된다. 가령 ①의 소설(「평양 손님」) 을 통해 연좌제로 대표되는 모순의 제도에 수많은 인재들이 추방되거나 격리돼 인권을 박탈당하는 지경으로 살다가 죽어가는 실제적 정황을 구 체적으로 이해할 수 있다. ②의 소설(「사생아」)은 전 인민을 수령에 충성 하도록 세뇌한 체제의 폭력성이 개개인의 의식을 어떻게 해체하는가를 실감하게 한다. ③의 소설(「밥」)은 북한 체제에 살던 사람들이 한국 사회에 섞여들어 살아가는 일의 어려움을 이해하고 그 극복 방안에 대한 인식적 각성의 계기를 마련하게 해준다. ④의 소설(「자유인」)은 국가의 철저한 통제 안에 갇혀 있던 존재가 그로부터 도망친 자유의 세계에서 진정으로 자유로운 상태에 도달하려 애쓰는 과정으로써 인간에게 내재한 자유의지를 숙고하게 하는 단계로 나아간다.

3. 탈북, 살아남았으되 완성이 아닌 과정

앞에서 『푸른 낙엽』이 탈북을 가운데 두고 그 과정은 물론이고 그 이전과 그 이후를 아울러 보게 만듦으로써 일정한 성취에 이른 소설집이라 했다. 통제 시스템의 고리 안에서 기본권을 박탈당한 자신의 처지를 자각하지 못하고 수령지상주의에 세뇌된 일상을 사는 북한 주민의 실상은 지엽적일수록 구체적이고, 구체적인 만큼 충격적이다. 탈북은 그들 사이에서 거의 본능적으로 촉발된 행동의 결과라 할 수 있다. 문제는 그 탈북으로 끝이 아닌 데 있다. 우선 국경을 넘는 것부터가 죽음의 그림자를 동반한 행동이거니와 그 이후에 벌어지는 유랑 또한 이런저런 이야깃거리로 소진하기에는 억울하기 그지없다. 그 끝에 한국 정착이라는 과제가 자리하는 것은 이런 이유다. 탈북은 곧 '기본권 없는 인민'에서 '신분 없는 유민'을 거쳐 '상처 많은 실향민'으로 완성된다. 물론 그것도 그 진행을 감당해낸 사람에게만 한해서다. 가슴 아픈 일이지만, 그 진행 과정에서 죽거나 실종되거나 잡혀 가거나 갇혀 있거나 묻혀 살아야 하는 사람도 적지않다. 『푸른 낙엽』에서 「정 선생, 쏘리」, 「푸른 낙엽」, 「장첸 씨 아내」, 「그 나날들」, 「붉은 낙인」의 주 인물은 그나마 이 모든 과정을 통과한 상태다.

⑤ "이제 와보니 당신이 내 조카가 맞는지 의심이 되고, 당신이 요구하는 돈을 줄 형편도 안 돼요. 당신 일은 알아서 하세요. 더는 구질구질하게 연락하지 말고요." 「정 선생, 쏘리」

⑥ "이 나쁜 년! 의리 없는 년! 사람 구실 하게 만들어줬더니 이젠 날 배신하겠다고? 탈북자 년 주제에 날 감히 업신여겨?"
「푸른 낙엽」

⑦ "다행히 딸은 이런 동영상에 관심 없어요. 그리고 중국 농촌에 사는 그 사람이 어떻게 이 동영상을 보겠어요. 한족이거든요. 전 이렇게라도 그 사람과 우리 딸 사이의 천륜을 억지로 막은 죄책감을 덜고 싶었는지도 모르지요." 「장첸 씨 아내」

⑧ "그 애가 죽으면요? 그 애는 몸이 약해요. 분명 오래 견디지 못해요!"
「그 나날들」

⑨ "언니야, 그래서 나라 잃은 백성은 상갓집 개만도 못하다고 했잖아. 조국을 떠나서 그런 불행을 겪은 거야. 차라리 굶어 죽을지언정 조국은 버리면 안 되는 거였어. 언니야, 그러니 어서 조국의 품으로 돌아가자, 응?" 「붉은 낙인」

⑤는 '정'이 탈북 과정에 남한의 삼촌에게 도움을 청하는 전화를 했다가 거절당하는 전화 내용이다. 북한에서 의사 생활을 하던 '정'은 동료 의사인 남편이 죽은 뒤부터 가난을 면치 못하게 되자 탈북을 감행한다. 브로커를 통해 남한의 삼촌에게 연락이 닿은 것이다. 삼촌은 자신의 형

인 '정'의 아버지를 탈북시키려던 것인데 조카인 '정'만 온 것을 알고 큰 도움을 주지도 않고 혼자 귀국해버렸다. 중국에 혼자 남은 '정'은 갖은 고생 끝에 한국으로 오는 데 성공한다. 소설은 '정'이 입국해 요양병원 의사로 자리 잡은 뒤 찾은 삼촌과 재회하면서 혈육의 정을 다지는 사연을 현재 상황으로 두고 탈북 과정을 회상하는 내용을 전개하고 있다.

⑥은 동거녀 '미선'으로부터 이혼을 통보받아 집에서 쫓겨나다시피 하면서 화가 치민 '나'의 분노 표출이다. 사업 실패로 가족과 결별하고 중국에서 재기하던 '나'는 우연히 노래방에 예속돼 일하던 탈북 처녀 '미선'을 알게 된다. '미선'의 절절한 부탁을 거절할 수 없어 입국을 돕고 이런 과정에서 결국 23년이라는 나이 차에도 동거를 한다. 동거 생활 7년이 흐르는 동안 '총명하고 현명한' '미선'과 일자리를 찾지 못한 '나' 사이에 갈등이 깊어 있다. 소설은 미선에게서 밀려난 '나'가 원룸에서 지내던 중 미선이 교통사고를 당해 누운 병실을 찾아가 그동안 탈북민 미선 앞에서 허세를 부리던 자신을 반성하는 것으로 마무리된다.

⑦은 중국에서 장첸 씨에게 팔려가 살던 탈북 처녀 소연이 아이를 밴 몸으로 달아나 한국에 정착한 뒤 한 유튜브 방송에서 인터뷰하는 말이다. 소연이 달아난 지 12년, 장첸 씨는 2년 동안 한국어를 배우고 취업비자를 받아 한국에 와서 중국음식점 주방장으로 어엿하게 자리 잡았다. 소연과 함께 산 것은 1년 남짓이지만 장첸은 소연을 잊지 못하고 그때 그 배 속에 든 아이를 궁금해한다. 현재 32세로 탈북민 최연소 박사이자 교수가 된 소연은 장첸 씨와 자신의 딸 사이의 "천륜을 억지로 막고 있는 자신의 죄책감을 덜고" 싶어한다. 소설은 그 방송을 본 장첸 씨가 오열하면서도 미소를 짓는 것으로 마무리되고 있다.

⑧은 먼저 정착한 '숙'의 노력으로 뒤늦게 한국에 온 아들이 북한에서 자신을 돌봐주던 꽃제비 소녀 현아를 데려와야 한다며 떼를 쓰며 한 말이다. '숙'은 다섯 살 아들을 친척 집에 맡기고 탈북한 지 10년여 만에 아들을 데려오는 데 성공했다. 그러나 아들은 학교에 가는 대신 피시방을 전전했다. 십 대 중반에 한글도 못 읽는 아들을 야단도 치고 구슬려도 봤지만 아들의 태도는 바뀌지 않았다. 아들은 집에서 목걸이까지 훔쳐 가출을 감행하고는 용돈 모은 것으로 찜질방에서 잠을 해결하고 시장에서 빵을 훔쳐 배를 채우며 버텼다. 도둑질을 하다 경찰서에 구금된 아들을 찾아간 '숙'은 아들이 그동안 자신의 처지를 위로 받고 싶어 했다는 것을 알게 된다.

⑨는 남한에 정착한 진옥의 노력으로 중국까지 불러나온 북한의 동생 진미가 하는 말이다. 진옥이 열 살 때 엄마가 동생을 낳고 사망했고, 아버지가 동생이 걷기 시작했을 때 자매를 할머니 집에 데려다 주고는 병사했다. 진옥은 할머니마저 돌아가신 뒤 농장원으로 일하면서 소학교 다니는 진미를 보살폈다. 국경을 넘은 것은 스무 살 때, 인신매매로 중국인 집에서 6년을 살다 남한에 정착한 지 4년이 지났다. 진미는 고아원을 전전하다가 주변 사람들의 도움을 받아 예술단 성악가수가 되어 있다. 중국으로 건너온 진미는 알고 보니 보위원의 조종을 받으며 진옥을 데리고 북한으로 가려 했다. 진옥이 아무리 한국행을 유도해봐도 진미는 진짜 충성분자로서 진옥을 북송시킬 태세다.

위 다섯 편의 주 인물은 모두 중국을 거쳐 한국으로 입국한 탈북민이다. 북한에서는 극심한 가난을 겪었으며 그걸 극복하기 위해 가족과 결별하면서까지 국경을 넘었다. 중국에서는 인신매매를 당해 원치 않는 결혼 생활을 하다가 몰래 도망치거나, 체포의 위험에 빠졌다가 탈출하거나 한 경험이 있다. 한국에 정착하면서는 가족 불화를 겪거나 북에 둔 가족을 빼내오거나 하는 일로 어려움을 겪는다. 인신매매 당한 경험만 하더라도 「장첸 씨 아내」의 '소연', 「붉은 낙인」의 '진옥' 등이 원치 않는 결혼을 한 경우이고, '소연'은 그 사이에 아이까지 얻었다. 「그 나날들」의 '숙'도 '인신매매로 참담한 일'을 겪었고, 「푸른 낙엽」의 '미선'도 노래방에 예속된 몸으로 '나'에게 구제되기 전까지 '성적 나락'으로 빠지는 상태였다. 인신매매 같은 상황에 처하지 않더라도 그 경유 과정이 그저 편할 리는 없다. 「정 선생, 쏘리」의 '정'은 자신을 데려갈 줄 알았던 삼촌이 '형님'('정'의 아버지)이 동행하지 않은 것을 알고 돈만 쥐여주고 그냥 가버리는 바람에 갖은 고생을 다 하고서야 한국으로 입국할 수 있었다.

이들에게 정착 역시 쉬운 일이 아니었다. 「정 선생, 쏘리」의 '정'만 하더라도 의사 고시를 통과하고 10년째 요양병원 의사로 일하고 있지만 그건 말 그대로 각고의 노력이 있어서 가능했다. 자신을 중국에 떨구고 간 삼촌을 찾아내려 한 것도 입국 10년 뒤다. 「장첸 씨 아내」의 '소연'은 이름을 바꾸고 딸에게 아버지와의 천륜을 끊게 하는 안타까움을 안은 채 살아간다. 「붉은 낙인」의 '진옥'은 북한에 두고 온 동생 '진미'를 구출하려 하는데 '진미'는 아직 철저히 세뇌된 인민으로서 도리어 '진옥'을 북으로 데려가려 한다. 「푸른 낙엽」의 '미선'은 자신을 한국으로 이끌어준 고마운 남자 '나'를 버리면서까지 자기만의 정착을 위해 살아야 할 몸이다. 「그 나날들」의 아들은 북한에서 자신을 돌봐준 꽃제비 여자친구를 구출하고 싶어 전전긍긍하느라 제대로 정착하지 못하고 탈선을 거듭한다.

4. 시대의 증언에서 인간을 대한 질문으로

『푸른 낙엽』의 주 인물은 북한에서 '기본권을 박탈당한 인민'의 처지를 목숨 걸고 벗어났지만 '신분 없는 유민'이 되어 여러 고난을 감내하면서 끝내 한국에 입국한 사람들이다. 나아가 정착 과정에서 한편으로는 탈북 과정의 여러 후유증에 시달리면서 한편으로는 돌아갈 수 없는 고향을 둔 채 처음 와본 땅에 뿌리를 내리고 살아야 하는 실향민으로 살고 있다. 그들의 처지는 한국에서 나고 자란 사람과는 다르다. 작가는 이를 다음과 같이 비유했다.

> 나는 허둥지둥 병실을 나섰다. 비를 맞으며 터벌터벌 걷다가 길가에 널린 푸른 잎사귀들을 보며 문득 중국에 미선을 두고 떠나던 그 초가을 날을 떠올렸다. 그때처럼 미처 시들 새 없이 나무에서 떨어진 푸른 낙엽들이 축축한 보도블록 사이에 눌어붙어 있었다. 나는 물기를 머금고 반들거리는 푸른 잎사귀 몇 개를 집어 들고 하염없이 들여다보았다. 그 가여운 미선에게 내가 무슨 짓을 한 걸까? 눈물이 하염없이 앞을 가렸다. 　　　　　　　　（「푸른 낙엽」）

'나'는 국내에서 사업에 실패하고 중국에 진출해 사업을 하다 만난 탈북민 '미선'을 구해주고 서로 동거하는 사이가 되어 있다. '미선'은 한국에 와서 누구보다 영리하게 삶을 가꾸어 안정되게 정착하는 모습을 보인다. 한국 출신 '나'에 비해 '미선'의 삶의 태도나 현실적 상황은 훨씬 낫다. 그러나 소설에서 교통사고를 당한 '미선'의 처지에서 보듯 그 나은 상황이라는 게 한순간 미처 몸을 태우지 못하고 떨어지는 '푸른 낙엽'과

다를 바 없는 상태에 이를 수 있는 거다. 탈북민은 가짜 체제에 세뇌된 의식으로부터 벗어나면서 생기는 심리적 갈등, 두고 온 가족이나 친지들에 대한 그리움과 죄의식, 탈북의 전 과정에서 신분 없는 유민으로서 당한 상처 등으로 시달리면서 이제는 영원히 떠날 수 없는 낯선 땅에 뿌리내리고 있는 존재다. 이 소설집『푸른 낙엽』은 무엇보다 이 존재에 대한 증언으로 값한다.

　지금까지 탈북민의 체험 세계라는 관점을 위주로 설명했지만『푸른 낙엽』은 미학적 관점에서도 여러 가지 얘깃거리를 낳을 수 있는 소설집이다. 가령 '소설은 인간의 이야기이며 그것이 던진 질문을 형상화하는 것'이라는 명제와 관련해『푸른 낙엽』이 창출한 캐릭터를 주목할 수 있다. 탈북민 소설에서 탈북의 실제 경험을 수행하는 인물을 설정하는 일은 실은 그리 어려운 게 아니다.「정 선생, 쏘리」의 '정',「푸른 낙엽」의 '미선',「밥」의 '순녀' 같은 인물이 탈북 시대의 탈북민의 전형을 보여준다면 그로부터 보다 창조적 전형의 자리에「사생아」의 '경수',「붉은 낙인」의 '진미' 같은 미성숙한 인물이 놓인다고 할 수 있다. 나아가「평양 손님」에서 체제에 비순응으로 맞서는 허수혁,「자유인」에서 엘리트 탈북민의 지위를 버리고 무위도식하는 삶을 지향하는 '자유인' 등 전에 없이 질문거리를 안기는 문제적 캐릭터들이 탈북민 문학을 한국문학사에 내적 지위로 자리매김하는 동력이 되지 않을까 한다.

朴德奎 | 소설가, 문학평론가

푸른사상 소설선